南科人文学术系列

中国科幻
文论精选

A CHINESE
SCIENCE
FICTION STUDIES
READER

吴岩　姜振宇　主编

图书在版编目 (CIP) 数据

中国科幻文论精选 / 吴岩，姜振宇主编 . — 北京：北京大学出版社，2021.1
ISBN 978–7–301–31793–8

Ⅰ.①中… Ⅱ.①吴… ②姜… Ⅲ.①幻想小说 – 小说研究 – 中国 – 当代 – 文集 Ⅳ.① I207.42–53

中国版本图书馆 CIP 数据核字 (2020) 第 203173 号

书　　　名	中国科幻文论精选 ZHONGGUO KEHUAN WENLUN JINGXUAN
著作责任者	吴　岩　姜振宇　主编
责任编辑	朱房煦
标准书号	ISBN 978–7–301–31793–8
出版发行	北京大学出版社
地　　　址	北京市海淀区成府路 205 号　100871
网　　　址	http://www.pup.cn　新浪微博：@ 北京大学出版社
电子信箱	zhufangxu@pup.cn
电　　　话	邮购部 010–62752015　发行部 010–62750672 编辑部 010–62754382
印　刷　者	大厂回族自治县彩虹印刷有限公司
经　销　者	新华书店
	720 毫米 ×1020 毫米　16 开本　18.5 印张　415 千字 2021 年 1 月第 1 版　2022 年 5 月第 2 次印刷
定　　　价	78.00 元

未经许可，不得以任何方式复制或抄袭本书之部分或全部内容。
版权所有，侵权必究
举报电话：010–62752024　电子信箱：fd@pup.pku.edu.cn
图书如有印装质量问题，请与出版部联系，电话：010–62756370

"南科人文学术系列"编委会

主　编：陈跃红

本辑执行主编：吴　岩

编　委：
（按姓氏拼音排序）
陈跃红　李凤亮　李　蓝　马中红　唐克扬
田　松　吴　岩　杨　果　杨　河　张　冰

总 序

出版这个系列是我近年的重要心愿!

2016年,本人届满卸任北大中文系系主任职务,随即应陈十一校长之邀,离开北大来到南方科技大学工作。在谋划人文科学中心发展规划之时,陆续引进的唐克扬、吴岩和李蓝几位教授都赞同要出版两套书,一套是"南科人文学术系列",另一套是"南科人文通识教材系列"。如今4年过去,人文科学中心在快速发展过程中已经与其他4个中心整合成了颇具规模的人文社会科学学院,人文科学中心成了其中的系一级机构之一,新的学院楼宇也已经竣工并投入使用。在繁忙的建系建院和教学科研活动中,通过大伙儿不懈努力,这两套书的第一批著述,终于在南方科技大学校庆10周年之际出版,想想还真是有点成就感,也特别令人高兴。

"南科人文学术系列"的定位,与人文科学中心的定位完全一致,那就是尽量不走一般综合性大学文史哲为中心的传统发展道路,而是要根据南方科技大学"扎根中国大地,建设世界一流研究型大学"的目标和"创智、创新、创业"的定位,规划办成具有"科技人文"和

"跨学科"学科结构特色的"新文科"院系。因此，这个系列就不再是收入一般文史哲领域常见的学科著述——说实话这些著作眼下实在已经太多，而是打算出一批具有新型文科专业方向和跨界研究性质的、具有学科前沿特征的学术著述。此刻看看眼前这第一辑书稿——《"关键词"：绘制当代建筑学的地图》（唐克扬著）、《中国科幻文论精选》（吴岩、姜振宇主编）、《解码深圳：粤港澳大湾区青年创新文化研究》（马中红主编）、《20世纪中国科幻小说史》（吴岩主编），心里多少觉得很欣慰，因为都符合了当初的设想预期。

《"关键词"：绘制当代建筑学的地图》在唐克扬的众多著述中，我敢肯定是很有特色的一本。他此前的作品，无论是钩沉北大校园历史的《从废园到燕园》，还是书写古城建筑的系列如《洛阳在最后的时光里》《访古寻城》等，都已经成为学界注目的佳作，而对当代建筑学"关键词"做全景式透析的这本新作，我们有理由期待会得到来自学界和读者的关注和更好的评价。《20世纪中国科幻小说史》以及《中国科幻文论精选》，是吴岩教授主持的国家社科基金重点项目课题"20世纪中国科幻小说史"的成果，参与写作的人都是当前年轻有为的文学工作者。课题带头人吴岩既是科幻作家又是学者，他多年推进中国的科幻研究和创新教育，今年被美国科幻研究协会颁发了"克拉里森奖"。我不仅期待这两本书出版后获得国内认可，也对书的海外版权输出抱有较高期待。至于《解码深圳：粤港澳大湾区青年创新文化研究》，这本书所关联的研究项目由我主持，自然和我有些关系，但主要还是国内知名传播学和青年亚文化研究学者马中红教授及其研究团队的成果。他们花费两年时间，在深圳的南国盛夏，顶着酷暑和台风，展开大量城市田野调查之后集体撰述结集。在这一领域，写青年、写创新、写文化都不乏著述，但是把青年创新文化融为一体，对特区数代青年在创业创新成长过程中所面临的种种文化和心理状况展开全景与个案结合研究的，这本书恐怕还是第一部。本书出版之前，相关部分章节在报刊和会议上一发表就引起关注。这次全书完整出版，读者不妨通过仔细完整的了解，把握深圳的几代青年创业者曾经的心路历程，未来面临的挑战和问题，以及湾区和深圳青年创新文化提升发展的思考路径。

需要说明的是，上述项目的研究和著述的完成，都得到了广东省这些年在南方科技大学设立的高水平理工大学人文项目和冲刺双一流大学建设项目的支持。经费和政策的有力保障，使得项目得以顺利实施，著述得以成功结集。同时，这些著述和众多学术成果一起，也成为学院所属"空间与媒体实验室""科学与人类想象力研究中心"以及"计算人文学研究中心"研究成果的重要组成部分，有力地支撑了跨学科的"科技人文研究"创新思路的现实价值和未来意义！

本系列的著作能够顺利出版，无论是循例还是感恩，都应该表达对下列同事和朋友们的感谢之情。首先要感谢的是4本书的著者、主编以及他们的作者团队。著述本来就不容易，何况是在一所新办的理工科大学从事新人文研究，无疑需要以筚路蓝缕的精神去克服种种困难，才有可能完成有时候看似不可能完成的任务。其次是要感谢作为本辑执行主编的吴岩教授。他的教学科研已经够忙，可依旧腾出时间做了许多联络编辑的事务。再次要感谢我的老朋友，北大出版社的张冰主任。在学术图书出版如此艰难的今天，感谢她的全力担当、慧眼识珠和倾力帮助，帮助解决了出版过程中的许多难题。当然，尤其是要感谢本辑编辑朱房煦女史，大量联络和编务工作都是由她来组织完成的，十分不容易。最后我觉得我得感谢一下我自己的勇气，都这把年纪了，还要疯疯癫癫地跑来南方科技大学搞什么科技人文新文科！做这种基本无对标参照的学科创新的事情，各种风险都是可想而知的。我虽有思想准备，可一旦行动起来才知道有多么艰难！

不过，既然已经启程出发，开弓没有回头箭，就让我们一直走下去吧！

陈跃红

国庆中秋双节于深圳南科大九山一水校园

2020 年 10 月 1 日

目 录

序　言 / 吴岩　姜振宇　1

《月界旅行》辨言 / 周树人　1

《新纪元》开篇 / 碧荷馆主人　6

科学小说 / 周作人　10

《在北极底下》序 / 顾均正　15

谈谈科学幻想小说 / 郑文光　21

现实·预测·幻想 / 饶忠华　林耀琛　28

谈谈我对科学文艺的认识 / 童恩正　43

科学·幻想·合理 / 叶永烈　48

谈谈中国科学小说创作的一些问题 / 杜渐　53

谈谈我国科学幻想小说的发展 / 萧建亨　73

列宁和科学幻想 / 孟庆枢　117

打开联系现实的道路 / 刘兴诗　123

论科学幻想小说 / 叶永烈　128

关于惊险科学幻想小说的通信 / 叶永烈　143

在文学创作座谈会上关于科幻小说的发言 / 郑文光　151

科学技术现代化一定要带动文学艺术现代化 / 钱学森　158

科幻小说两流派 / 郑文光　170

科幻迷 / 郑文光　174

让科学文艺这株智慧之树万古长青 / 鲍昌　178

"灰姑娘"为何隐退？ / 谭楷　191

站着说话的新生代 / 星河　196

消失的溪流 / 刘慈欣　202

SF 教 / 刘慈欣　209

想象力真的比知识更重要吗？ / 韩松　216

从大海见一滴水 / 刘慈欣　223

科幻文学期待新的突破 / 韩松　吴岩　刘秀娟　237

我所理解的"核心科幻" / 王晋康　248

寂寞的伏兵 / 贾立元　255

自嘲的艺术 / 韩松　260

对"科幻现实主义"的再思考 / 陈楸帆　266

科幻未来主义宣言 / 吴岩　272

后记 / 吴岩　277

序　言

《中国科幻文论精选》是国家社科基金重点项目"20世纪中国科幻小说史"的一个附带成果。

收入本书的31篇文献，覆盖了从1902年至今国内出现过的最重要的科幻文学理论描述。我们通过阅读这些文献可以看出，中国科幻文学理论的探索一直围绕着这个文类到底是什么、到底应该有怎样的特征等问题来进行。在这个大的探索之下，在发展的不同时期，围绕作品模式、创作方法、读者指向、批评规则、代际差距、文化孕育、思考方式等方面出现了很多有价值的观点。而对这些观点的探讨和接受，直接影响了这一文类的成长。

我们深深地感到，科幻文学虽说在某种意义上是舶来品，但更大意义上则是本土文化的独特创造。这种创造的目的是拓展本土思维的疆界，同时为本土现实服务。承认这一点，我们可以更好地理解中国科幻理论思维发展跟世界科幻理论思维发展之间的差异，也能明白中国的成果在哪一种意义上跟世界的思考相互重合，在哪一种意义上凸显独特性并丰富了世界科幻文学的思维版图。

由于中国科幻史上曾经出现过的文献太多，不可能在这里全部收录，而哪些重要、哪些不重要又在不同时代和不同流派给出的独特透镜下产生巨大差异。为了让这个选本保持最大程度的文献价值，我们发起了一次投票，邀请多年从事科幻研究以及在国内各高校从事科幻教学的学者提供一份文献清单。我们把这些清单中的论文汇总，做成新的高频论文清单，再请大家对这个新清单投票打分，把得分最高的50多篇文献选择出来，再联系作者授权。

考虑到这本选集很可能成为各个高校中国科幻史、中国科幻研究的参考材料，并有可能为学生学习相关课程选用，我们再度缩减了选择的篇章数。这样一方面可以减少学生的阅读量，另一方面可以凸显文献的重要性。这种做法是否合适，还有待读者的检验。

近年来，我们在高校教学中常常发现，研究生找不到好的题目，因此不断重复一些别人已经做过的研究。因此，这本书的出现会对研究生的研究工作很有价值。本书挑选的31篇文章，提供了许多中国科幻历史上被郑重提出但没有被彻底解决的问题。如果能很好地思考这些问题，同学们将有可能独辟蹊径地延续中国科幻史，并确切地找到自己研究的历史定位。而对爱好科幻、关心科幻的普通读者，这31篇文章能帮助他们了解所读到的那些作品为什么会成为今天的模样。

有两个事情必须说明。第一，由于一些重要文献的作者已经作古，而他们的后人又不乐意该文入选，但这篇文论又非常重要，因此，我们的策略是选择一篇与它极为相关的其他文章，并请导读作者在导读中给出查找原初文章的路径，以便读者追根溯源，把握全貌。第二，这本文集是历史文献的汇总，没有收入近年来出现、发表在学术类期刊上比较严谨的学术论文，这是我们下一本文集的筛选目标，敬请大家继续关注我们的工作。

吴岩　姜振宇

2020 年 3 月 7 日

《月界旅行》辨言

周树人

在昔人智未辟,天然擅权,积山长波,皆足为阻。递有刳木剡木之智,乃胎交通;而桨而帆,日益衍进。惟遥望重洋,水天相接,则犹魄悸体栗,谢不敏也。既而驱铁使汽,车舰风驰,人治日张,天行自逊,五州同室,交贻文明,以成今日之世界。然造化不仁,限制是乐,山水之险,虽失其力,复有吸力空气,束缚群生,使难越雷池一步,以与诸星球人类相交际。沉沦黑狱,耳窒目矇,夔以相欺,日颂至德,斯固造物所乐,而人类所羞者矣。然人类者,有希望进步之生物也,故其一部分,略得光明,犹不知餍,发大希望,思斥吸力,胜空气,泠然神行,无有障碍。若培伦氏,实以其尚武之精神,写此希望之进化者也。凡事以理想为因,实行为果,既莳厥种,乃亦有秋。尔后殖民星球,旅行月界,虽贩夫稚子,必然夷然视之,习不为诧。据理以推,有固然也。如是,则虽地球之大同可期,而星球之战祸又起。呜呼!琼孙之"福地",弥尔之"乐园",遍觅尘球,竟成幻想;冥冥黄族,可以兴矣。

培伦者,名查理士,美国硕儒也。学术既覃,理想复富。默揣世界将来之进步,独抒奇想,托之说部。经以科学,纬以人情。离合悲欢,谈故涉险,均综错其中。间杂讥弹,亦复谭言微中。十九世纪时之说月界者，允以是为巨擘矣。然因比事属词，必洽学理，非徒搣山川动植，侈为诡辩者比。故当觥觥大谈之际，或不免微露遁辞，人智有涯，天则甚奥，无如何也。至小说家积习，多借女性之魔力，以增读者之美感，此书独借三雄，自成组织，绝无一女子厕足其间，而仍光怪陆离，不感寂寞，尤为超俗。

盖胪陈科学，常人厌之，阅不终篇，辄欲睡去，强人所难，势必然矣。惟假小说之能力，被优孟之衣冠，则虽析理谭玄，亦能浸淫脑筋，不生厌倦。彼纤儿俗子，《山海经》，《三国志》诸书，未尝梦见，而亦能津津然识长股，奇肱之域，道周郎，葛亮之名者，实《镜花缘》及《三国演义》之赐也。故掇取学理，去庄而谐，使读者触目会心，不劳思索，则必能于不知不觉间，获一斑之智识，破遗传之迷信，改良思想，补助文明，势力之伟，有如此者！我国说部，若言情谈故刺时志怪者，架栋汗牛，而独于科学小说，乃如麟角。智识荒隘，此实一端。故苟欲弥今日译界之缺点，导中国人群以进行，必自科学小说始。

《月界旅行》原书，为日本井上勤氏译本，凡二十八章，例若杂记。今截长补短，得十四回。初拟译以俗语，稍逸读者之思索，然纯用俗语，复嫌冗繁，因参用文言，以省篇页。其措辞无味，不适于我国人者，删易少许。体杂言庞之讥，知难幸免。书名原属《自地球至月球在九十七小时二十分间》意，今亦简略之曰《月界旅行》。

癸卯新秋，译者识于日本古江户之旅舍。

导读：

这是中国科幻理论和观念史上影响最深远、传播最广泛、作用也最大的一篇文章。文章中提到的科学小说，就是后来的科幻小说。文章中对科学与民族国家、优秀科幻文学的构成要素等，都提出了具有重要影响力且值得深入研究的观点。作者周树人（1881—1936）即鲁迅。文章最初刊登在1903年出版的《月界旅行》一书的开篇。

对中国人来说，科幻小说是舶来品。这种文学样式最初引起国人的注意，和近代以来的民族危机有直接关系。

甲午之后，民族危机日益深重。为教育民众成为合格的现代国民，知识精英开始注意到"小说"的价值，认为小说是欧、美、日文明日进的重要推动力。1902年11月，梁启超在日本创办《新小说》，并发表《论小说与群治之关系》，强调小说的魔力："今日欲改良群治，必自小说界革命始！欲新民，必自新小说始！"这一主张迅速引起强烈反响。另一方面，在民族竞争的时代，用现代科学破除迷信、增长人民智识、重塑国民理想，成为重要的政治议题。在这种背景下，"科学小说"自然引起了人们的兴趣。《新小说》创刊号上推出了凡尔纳的《海底旅行》，令看惯了帝王将相、才子佳人故事的中国读者大开眼界。此后，"科学小说"成为晚清小说译介与创作的一个特色版块。当时，正在日本留学的鲁迅是《新小说》的热情读者，他陆续翻译了四种科幻小说：《月界旅行》《地底旅行》《北极探险记》（未出版，今已遗失）和《造人术》，其中前三种原作者均为凡尔纳。

鲁迅晚年曾有回忆："因为向学科学，所以喜欢科学小说。"在《月界旅行》的"辨言"中可以看出，青年时代的他对于科学技术所抱有的热忱：面对自然界的束缚，人类作为"有希望进步之生物"，播下理想的种子，努力获得更大的自由，探索新的世界。《月界旅行》正是"以其尚武之精神，写此希望之进化者也"。另一方面，在"物竞天择"的时代，译者也表达了这样的忧虑：如果太空殖民成为现实，"虽地球之大同可期，而星球之战祸又起"。不管怎样，科学小说"经以科学，纬以人情"，能让普通读者在愉悦中"获一斑之智识，破遗传之迷信，改良思想，补助文明"。确实，在古典小说中，飞天入地依靠的是神仙法术；而在凡尔纳笔下，登月工程带出了铸造大炮的复杂过程、不厌其烦的数据罗列和详尽解说。对于中国读者来说，这是非常新颖的内容。可以想象，这些内容曾让这位中国青年何等激动，以至于模仿着思想领袖梁启超的句式写下了慷慨激昂的断言："故苟欲弥今日译界之缺点，导中国人群以进行，必自科学小说始。"

对"科学小说"的高度期待，并非鲁迅独有。就在《月界旅行》出版的三个月前，上海文明书局出版了凡尔纳的《铁世界》，译者包天笑也在颂扬："科学小说者，文明世界之先导也。世有不喜科学书，而未有不喜科学小说者，则其输入文明思想，最为敏捷。"紧接着，商务印书馆出版了押川春浪的《空中飞艇》，译者"海天独啸子"也强调：过去的小说作者喜好"道风流，说鬼神"，造成社会上"崇信鬼神之风潮"，此书则"以高尚之理想，科学之观察，二者合而成之"。"使以一科学书强执人研究之，必不济矣。此小说之所以长也。我国今日，输入西欧之学潮，新书新籍，翻译印刷者，汗牛充栋。苟欲其事半功倍，全国普及乎？请自科学小说始。"

看得出来，最初注意到科幻文学的中国人，对它促进民族文化革新、提升人民科学素养的能力寄予了极高的期待，这种期待一直贯穿了20世纪的大部分时段，在最极端的情况下甚至成为中国科幻不能承载的重任。换言之，要准确地理解科幻在中国的起起伏伏，就必须弄清它最初被引入中国时的缘由。这篇"辨言"正代表了同时代对科幻功用的一种普遍看法：用吸引人的故事情节完成科学传播的任务，让读者在不知不觉中获得一些见识。

需要注意的是,清末知识界对"科学小说"的理解,在很大程度上受到了日本的影响,不少欧美科幻作品的翻译也是经由日译本转译而来。《月界旅行》即以井上勤的日译本《(九十七时二十分间)月世界旅行》为底本,"辨言"中的观点也融汇并发展了《月界旅行》《地底旅行》《北极探险记》日译本序言的部分观点。另外,日本明治时期对凡尔纳作品的译介虽多,但作者姓名的译法不一,其国籍也有美、英、法等多种说法(详见工藤贵正《鲁迅早期三部译作的翻译意图》)。受此影响,凡尔纳作品的中译本署名也五花八门。《月界旅行》的版权页注明则是"美国培伦原著,中国教育普及社译印",并无鲁迅署名。

1903年2月7日,《中外日报》刊载的"昌明公司出版新书"广告曾对《月界旅行》有所宣传:"中国民之不肯研新理、设奇想者,在国民脑中全无科学感觉。是书即为科学小说,专启发国民新理想。"不过,该书究竟销量如何,有待进一步研究。这篇被后世的中国科幻迷引以为荣的"辨言",在当时可能并没有引起多大的影响。鲁迅本人的文艺思想也很快发生改变。周作人对此有过解释:"后来意见稍稍改变,大抵由科学或政治的小说渐转到更纯粹的文艺作品上去了。不过这只是不看重文学之直接的教训作用,本意还没有什么变更,即仍主张以文学来感化社会,振兴民族精神。"(《关于鲁迅之二》)另一方面,周作人又认为:《故事新编》中的《奔月》,"看惯了不以为奇,其实这如不是把汉魏的神怪故事和现代科学精神合了起来,是做不成功的"(《鲁迅与书的故事》)。这样看来,虽然鲁迅后来很少再提及"科学小说",但《月界旅行》或许以更隐秘的方式在他的写作中留下了印记。

新中国成立以来,鲁迅受到推崇,这篇文章也因此在科幻和科普界广泛传播,其中的理念被广泛接受。这种现象一直持续到新时期开始才有所改变。

(贾立元)

《新纪元》开篇

碧荷馆主人

现在世界上所有格致理化一切形下之学,新学界都唤叫科学。世界越发进化,科学越发发达。泰西科学家说得好,十九世纪的下半世纪,是汽学世界;二十世纪的上半世纪,是电学世界;二十世纪的下半世纪,是光学世界。照此看来,将来到了二十世纪的最后日期,那科学的发达一定到了极点。目下且不说别样,就说每一年中,世界上研究科学的人,所发明的新法,也不知有多少。据西历一千九百零二年美国管理新法部官员的报告,本年各国的人,报明国家,得了新法,蒙国家赏给凭据准他专利的,共有二万七千一百三十六家。比上年多二千家。到了第二年上,那管理新法部官员的报告,又说本年发明新法的,计有三万一千六百九十九家,比往年又多出四千家了,可见世界的进化与科学的发达,为同一之比例。虽然,将来到了二十世纪的最后日期,科学的发达究竟到了什么地步,那时候的世界,究竟变成了一个什么世界,这个问题,岂不是最有趣、最耐人研究的么?我国从前的小说家,只晓得把三代秦汉以下史鉴上的故事,拣了一段作为编小说的蓝本,将他来描写一番,如《列国志》《三国志》之类。否则或是把眼前的实事,变作了预言,凭空撰了一篇小说。从来没有把日后的事,仔细推求出来,作为小说材料的。所以,不是失之附会,便是失之荒唐。

只有前几年上外国人编的两部小说，一部叫作《未来之世界》，一部叫作《世界末日记》，却算得在小说里面别开生面的笔墨。

编小说的意欲除去了过去现在两层，专就未来的世界着想，撰一部理想小说。因为未来世界中一定要发达到极点的，乃是科学，所以就借这科学，做了这部小说的材料。看官，要晓得编小说的，并不是科学的专家，这部小说也不是科学讲义。虽然，就表面上看去，是个科学小说，于立言的宗旨，看官看了这部书，自然明白。

导读：

晚清作家如何看待科幻作品？如何处理这个文类？碧荷馆主人（原名不详）的《新纪元》（1908）可以成为一个典型案例，作者在小说中直接提出了自己对文类的观点。

19世纪末，进化论思想被普遍接受，科技的进步带来了对20世纪的乐观期待。在西学大潮中，国人对理想世界的期待也从追慕过去转向憧憬未来。在国外同类作品的启发下，小说家开始畅想未来。面对外忧内患，晚清科幻小说常幻想中国能在未来实现科技赶超，击败列强，进而按照儒家道德理想重塑世界格局。在此类作品中，上海小说林社于光绪三十四年（1908）二月出版的《新纪元》颇有特色。作者"碧荷馆主人"对发表社会改良意见或描绘乌托邦全景毫无兴致，只专注于描绘黄白两大种族的海陆空大斗法，写出了中国最早的长篇军事科幻小说。与当时许多志在改良风俗的小说家一样，真实身份不详的"碧荷馆主人"在讲述故事之前，先发表了一番议论，来说明自己杜撰这个未来故事的初衷：19世纪科技发明日新月异，以此推论一百年后科学必将发达到极点。因此，揣测未来成为一个有趣的问题。为了说明这一问题对于中国小说家的新颖，作者特别强调：过去的小说家只会以历史为蓝本敷衍故事，或者将当下事件化作寓言，"不是失之附会，便是失之荒唐"。当然，作者也有言在先：自己并非科学专家，此书虽看似"科学小说"，但并非科学讲义。

作者的这种态度反映了当时的一种普遍看法：在新颖的侦探小说、科学小说等外国小说面前，中国的旧小说显得令人不满，有志于创新的小说家于是有了效仿的动力，希望把时新的科技知识作为展开虚构的前提，写出中国人自己的未来推想。因此，接下来的故事中，科学确实成了情节发展的核心驱动。

一方面，小说套用了神魔小说的斗法模式：敌我双方不断拿出新的武器，不断较量。其中一位人物就说："从前遇有兵事，不是斗智，就是斗力；现在科学这般发达，可是要斗学问的了。""只要有新奇的战具，胜敌可以操券……某以为，今日科学家造出的各种攻战器具，与古时小说上所言的法宝一般，有法宝的便胜，没有法宝的便败。设或彼此都有法宝，则优者胜，劣者败。"

另一方面，庚子拳乱之后，很多人将愚民惑于妖邪归罪于《西游记》《封神传》等旧小说的熏染。在这种舆论中，小说家若要名正言顺地书写奇谈怪想，炫示秘宝高强，就必须托"科学"之威名。于是，小说林社为《新纪元》所做的广告便出现了这样的辩白："假科学之发明，演黄白之战争。所用器具，无识者见之，几疑为王禅老祖与黎山老母之法宝，故类皆注明年月姓氏及用法效果。善记忆者，当知其所言非虚。"因此，每一战具亮相，必有一番解说：最初起源于历史上的某位外国发明家，后经书中某位人物改良发展，等等。当时的各类期刊、书报，常刊载外国科技资讯，介绍各类新奇发明。《新纪元》中提到的绝大多数武器，都能在《政艺通报》《东方杂志》等期刊上找到原型，有的解说部分甚至不加改动地整段挪用了报刊上的文字，证明其确如广告所说"言皆有本，绝非子虚"。例如，第20回出现的"追魂砂"，名字虽然带有浓重的神魔味道，因而长期以来受研究者诟病，被视作晚清科幻小说科玄杂糅的例证；但其实相关的文字介绍表明，作者所写的实际是当时引发世人轰动的"镭"元素。

总之，虽然当时汉语中还没有"科学幻想"这个词汇，但"碧荷馆主人"的写作宗旨与创作方法，都和今天的科幻作家并无本质区别——他们都试图学习、理解时下的前沿新知，希望一窥未来的神奇面目。就此而言，这段开篇堪称晚清科幻小说创作观的一个标本。

在小说中直截了当地讨论文类特征，这在今天几乎是不可能的事情。这里既有传统的说书人痕迹，也说明科幻写作在当时刚刚起步，第一批中国科幻写作者展开了新鲜的探索，留下了具有时代特征的观点。

（贾立元）

科学小说

周作人

科学进到中国的儿童界里，不曾建设起"儿童学"来，只是在那里开始攻击童话，——可怜中国儿童固然也还够不上说有好童话听。在"儿童学"开山的美国诚然也有人反对，如勃朗 (Brown) 之流，以为听了童话未必能造飞机或机关枪，所以即使让步说儿童要听故事，也只许读"科学小说"。这条符命，在中国正在"急急如律令"地奉行。但是我对于"科学小说"总很怀疑。要替童话辩护。不过教育家的老生常谈也无重引的必要，现在列举一两个名人的话替我表示意见。

以性的心理与善种学研究著名的医学博士蔼理斯在《凯沙诺伐论》中说及童话在儿童生活上之必要，因为这是他们精神上的最自然的食物。倘若不供给他，这个缺损永远无物能够弥补，正如使小孩单吃淀粉质的东西，生理上所受的饿不是后来给予乳汁所能补救的一样。吸收童话的力不久消失，除非小孩有异常强盛的创造想象力，这方面精神的生长大抵是永久地停顿了。在他的《社会卫生的事业》（据序上所说这社会卫生实在是社会改革的意思，并非普通的卫生事项）第七章里也说，"听不到童话的小孩自己来造作童话，——因为他在精神的生长上必需这些东西，正如在身体的生长上必需糖一样，——但是他大抵造得很坏"。据所引医学杂志的实例，有一位夫人立志用真实教训儿童，废止童话，后来却见小孩们造作了许多可骇的故事，结果还是拿《杀巨人的甲克》来给他们消遣。他又说少年必将反对儿时的故事，正如他反对儿时的代乳粉，所以将来要使他相信的东西以不加在里边为宜。这句话说得很有意思，不但荒唐的童话因此不会有什么害处，而且正经的科学小说因此也就不大有什么用处了。

阿那多尔·法兰西 (Anatole France) 是一个文人，但他老先生在法国学院里被人称为无神论者无政府主义者，所以他的论童话未必会有拥护迷信的嫌疑。《我的朋友的书》是他早年的杰作，第二编《苏珊之卷》里有一篇《与 D 夫人书》，发表他的许多聪明公正的意见。

那位路易菲该先生是个好人，但他一想到法国的少年少女还会在那里读《驴皮》，他平常的镇静便完全失掉了。他作了一篇序，劝告父母须得从儿童手里把贝洛尔的故事夺下，给他们看他友人菲古斯博士的著作。"琼英姑娘，请把这书合起了罢。不要再管那使你喜欢得流泪的天青的鸟儿了。请你快点去学了那以太麻醉法罢。你已经七岁了，还一点都不懂得这一酸化窒素的麻醉力咧！"路易菲该先生发现了仙女都是空想的产物，所以他不准把这些故事讲给他们听。他给他们讲海鸟粪肥料：在这里边是没有什么空想的。——但是，博士先生，正因为仙女是空想的，所以他们存在。他们存在在那些素朴新鲜的空想之中，自然形成为不老的诗——民众传统的诗的空想之中。

最琐屑的小书，倘若它引起一个诗的思想，暗示一个美的感情，总之倘若它触动人的心，那在小孩少年就要比你们的讲机械的所有的书更有无限的价值。

我们必须有给小孩看的故事，给大孩看的故事，使我们笑，使我们哭，使我们置身于幻惑之世界里的故事。

这样地抄下去，实在将漫无限制，非至全篇抄完不止；我也很想全抄，倘若不是因为见到自己译文的拙劣而停住了。但是我还忍不住再要抄他一节：

请不要怕他们(指童话的作者)将那些关于妖怪和仙女的废话充满了小孩的心，会把他教坏了。小孩着实知道这些美的形象不是这世界里所有的。有害的倒还是你们的通俗科学，给他那些不易矫正的谬误的印象。深信不疑的小孩一听威奴先生这样说，便真相信人能够装在一个炮弹内放到月亮上面去，及一个物体能够轻易地反抗重力的定则。

古老尊严的天文学之这样的滑稽拟作，既没有真，也没有美，是一无足取。

照上边说来，科学小说总是弄不好的：当作小说与《杀巨人的甲克》一样地讲给小孩听呢，将来反正同甲克一样地被抛弃，无补于他的天文学的知识。当作科学与海岛粪一样地讲呢，无奈做成故事，不能完全没有空想，结果还是装在炮弹里放到月亮上去，不再能保存学术的真实了。即如法阑玛利俺(Flamarion)的《世界如何终局》当然是一部好的科学小说，比焦尔士·威奴(Jules Verne 根据梁任公先生的旧译)或者要好一点了，但我见第二篇一章里有这样的几句话：

街上没有雨水，也没有泥水；因为雨一下，天空中就布满了一种玻璃的雨伞，所以没有各自拿伞的必要。

这与童话里的法宝似乎没有什么差别，只是更笨相一点罢了。这种玻璃雨伞或者自有做法，在我辈不懂科学的人却实在看了茫然，只觉得同金箍棒一样的古怪。如其说只是漠然的愿望，那么千里眼之于望远镜，顺风耳之于电话等，这类事情童话中也"古已有之"了。科学小说做得好的，其结果还是一篇童话，这才令人有阅读的兴致，所不同者，其中偶有抛物线等的讲义须急忙翻过去，不像童话的行行都读而已。有些人借了小说写他的"乌托邦"的理想，那是别一类，不算在科学小说之内。又上文所说系儿童文学范围内的问题，若是给平常人看，科学小说的价值又当别论，不是我今日所要说的了。

导读：

该文是中国科幻史上最早出现的比较详细地区分科幻、童话、儿童文学差异的论文。它写于1924年9月1日，收入1925年北京新潮社出版的《雨天的书》。作者熟悉中外文学的多个品类，让论证具有很强的说服力。该文虽然写作目的不是介绍科幻文学，但对理解那个年代作家和研究者对科幻文学的理念，具有非常重要的意义。

周作人（1885—1967），原名周櫆寿，又名周奎绶，后改名周作人，字星杓，又名启明、启孟、起孟，笔名遐寿、仲密、岂明，号知堂、药堂、独应等，浙江绍兴人。鲁迅（周树人）之弟，周建人之兄。中国现代著名散文家、文学理论家、评论家、诗人、翻译家、思想家，中国民俗学开拓人，新文化运动的杰出代表。历任国立北京大学教授、东方文学系主任，燕京大学新文学系主任、客座教授。新文化运动中是《新青年》的重要同人作者，并曾任"新潮社"主任编辑。"五四运动"之后，与郑振铎、沈雁冰、叶绍钧、许地山等人发起成立"文学研究会"；并与鲁迅、林语堂、孙伏园等创办《语丝》周刊，任主编和主要撰稿人。曾经担任北平世界语学会会长。

在《科学小说》中，周作人反对用科学小说代替童话作为儿童读物，因为能够"引起一个诗的思想，暗示一个美的感情"的童话是儿童们"精神上的最自然的食物"，童话之于儿童正如糖对人身体的生长一样，是必需品；而科学小说却容易在儿童心中造成"不易矫正的谬误的印象"，原因是"既没有真，也没有美"。周作人作为新文学大家，早在1924年就敏锐地发现当时倡导的科学小说所包含的问题："科学小说总是弄不好的"，当作小说讲给儿童将来会被抛弃，无助于其增长科学知识；当作科学又不能完全真实，因为是故事就必定得有幻想的成分。虽然他对儿童阅读科学小说"一无是处"的论断有些矫枉过正，但他对当时的科学小说无限追求"科学真实"和"实用性"可能给儿童带来的负面影响，的确有清醒的认识。此外，文中还提到1902年由梁启超译介刊载于《新小说》的法阑玛利庵《世界如何终局》（弗拉马里翁《世界末日记》）、威奴（凡尔纳）作品以及清末民初的乌托邦小说。

周作人虽然在文中对科学小说有诸多批判，但在文末也强调，乌托邦小说不算科学小说，同时科学小说如果不是给儿童看的，"价值又当别论"。这些区分，为他的论述确定了适用区域。《科学小说》虽篇幅不长，却涉及科幻小说的定义内涵、审美特征、科普功能及其与儿童文学之间的关系等重要理论问题，具有较高的理论及史料价值，已经被儿童文学研究者重点关注。此次选入该文，希望科幻文学研究者也能从中受益。

众所周知，科幻文学跟儿童文学在中国一直保持紧密的联系，在有的时段，儿童文学通过自己的荫翳掩护科幻文学，使这类文学能够延续发展。但也有人认为，科幻文学跟儿童文学的紧密关系其实具有特殊的时代性尴尬。该文的出现，让我们知道，有关科幻文学跟儿童文学之间关系的讨论比想象得更加久远，区分科幻文学跟儿童文学的努力也有许多不同的目的。

（任冬梅）

《在北极底下》序

顾均正

自八一三中日战争发生后,威尔斯(H. G. Wells)的《未来世界》(The Shape of Things to Come)曾经传诵一时。大家喜欢这书,并不是没有理由的。

威尔斯在一九三四年就写成了这册历史的预言,他断定中日战事的必不可免,而且战事发展到汉口陷落以后,就会形成一个相持的局面,这局面长期地拖下去,必使沦陷区域中田园荒芜,农作歉收,从而发生了广大的饥馑与瘟疫,终至使战事无法继续。这些话在战事发生的初期就已应验了一大半,到了现在,更可以说是十不离九。威尔斯不是神仙,他的预言为什么会这样的准确呢?一半是由于他那丰富的想象,一半是由于他那科学的头脑。

威尔斯是以写科学小说著名的,由于这书引起了兴味,我很想读读他所写的科学小说。可是我所常常去借书的那个图书馆一半给炮火焚毁了,一半给搬场搬失了,我所能借到的,只有一册英日对译的短篇小说选,在这选集中只有寥寥的五六篇,实在不能餍足我贪饕的欲望。威尔斯的小说,向没有翻版本,原版西书的价钱是太贵了,不得已而求其次,我开始去买专载科学小说的杂志来读。

科学小说（Science Fiction）之有专门杂志，在美国，实创始于一九二六年根斯巴克（Gernsback, Hugo）的《惊异故事》（*Amazing Stories*），其后同样的杂志此起彼伏，到现在共有十余种之多，就我最近所见到而尚能记得起的，就有下列五种：

Amazing Stories（月刊）
Thrilling Wonder Stories（两月刊）
Marvels-Science Stories（两月刊）
Science Fiction（两月刊）
Dynamic Science Stories（两月刊）

对于此种杂志，我在七八年前就曾加以注意，当时总觉得其中空想的成分太多，科学的成分太少。即以威尔斯的《隐身术》（*The Invisible Man*）而论，究竟那个隐身的人何以能够隐身，却只有假定的事实而没有科学的根据，结果我们只能把它当《西游记》《封神榜》看，称之为科学小说，实在是名不符实的。这样一想，我对于科学小说的热望就冷了下去。

最近从新翻阅那一类杂志，却又发生另一种感想。我觉得现在的科学小说写得好不好是一个问题，科学小说值不值得写是另一个问题。这情形正像连环图画一样，现在的连环图画编得好不好是一个问题，而连环图画值不值得提倡是另一个问题。在美国，科学小说差不多已能追踪侦探小说的地位，无论在书本上，在银幕上，在无线电中，都一样地受大众的欢迎。读者想还记得，在一年以前，报载美国纽约的某无线电台，为了播送威尔斯的关于未来战争的科学小说，致使全城骚动，纷纷向乡间避难吗？这很足以说明科学小说入人之深，也不下于纯文艺作品。那么我们能不能，并且要不要利用这一类小说来多装一点科学的东西，以作普及科学教育的一助呢？

我想这工作是可能的，而且是值得尝试的。

本集中所选的三篇小说，便是我尝试的结果。

《和平的梦》是可能性最大的一篇。用无线电来作群众催眠，现在虽然还没有实现，但是它的希望是极大的。当然像故事中的那种催眠效果也许是夸张得过分了一点，可是强力的暗示，却确能使人发生一种不自知的信仰。有一位心理学家曾经说过，希特勒的演讲，暗示的力量远胜于他以理折服人的力量，这话大概是可靠的。所谓近朱则赤近墨则黑，凡观念习惯之受暗示而转变同化，都是不自觉的。最近报载，香港和菲律宾等地都接到一种不知名的怪电台的播音。① 这可说是将来秘密的催眠式的电波战的先声。至于故事的后半，述及无线电定向的方法，完全根据着现代的科学事实，并且是早经实践了的。

《伦敦奇疫》的主题在利用一种人造的触媒，使空气中所含的氧、氮和水在常温常压下化合而成为硝酸。这理想的本身，并没有与现代科学发生矛盾的地方。本来，在自然界中，由于电闪的作用，空气中的氧、氮和水事实上确在化合而成硝酸。据科学家的估计，这样产生的硝酸，每年有一万万吨之多。这许多的硝酸，都随雨水而渗入土中，为土壤中氮肥料的重要来源。本故事中的人造触媒，虽然我们现在还不能造成，但是等到催化作用（即触媒作用）的研究进步了以后，合成这样的物质是大有可能的。并且这理想的出发点是在叶绿素的光合作用，叶绿素光合作用既为一种科学的事实，可见我们这人造触媒也不完全是空中楼阁了。但是故事显然有一个缺点，极不合理，那就是硝酸是极容易检查出来的，照故事中的叙述，好像对于这所谓的"奇疫"，连几个博士专家都弄得手足无措，实不合情理，甚至也可以说不合科学。然而我想，这决不会是有毒的，它只是故事结构上的缺点，并不是介绍一种伪科学，使人误解了什么。当这一篇故事在杂志上发表的时候，我特地在临了附列几个问题，想叫读者在读完以后，参考化学书籍来回答，以作进一步的理解！其中的一个是："这是一篇小说，

① （一九三九年九月廿六日上海某报所载香港通讯）据港菲航业界消息，最近菲律宾无线电专家发觉无线电台讯号，因受某种神秘电力之阻碍时时发生中断，致使无线电机遭受影响。查最初发觉无线电被隔断，系远在六个月前，当时正为德国吞并捷克，欧局紧张之际。惟自欧战爆发之后，无线电力即更频受阻碍，此种情形，非但影响当地无线电台之播音，而在商业消息传达上，亦发生极不良之影响。据专家之研究，无线电波断隔之原因，系受一种巨大电波所压制，故在被隔断时往往发出喧乱之声响。一般推测，此巨大电力台必系设立于欧洲某处，而此种怪现象之发生，尚属于无线电发明以来之第一次，因此各方均极为惊讶。查日前本港无线电台亦曾一度被怪电浪骚扰，电音被截断或扰乱者甚多，居民所装置之无线电收音机，均有怪异之声浪发出。邮务当局发觉后，已严密侦查怪电浪之来源，以便设法应付，至今尚未有结果。

当然有许多想象的地方,不合科学,你能不能把它们一一指点出来?"其实这几个问题是多余的,尤其是上述的问题,反而使读者发生了怀疑,以为其中全是胡说八道,含有毒素,在这个集子里,我索性把它删去了。

《在北极底下》是一篇涉及磁性理论的故事,这篇故事的主要结构虽然已为现代科学所否认,却仍有其历史的价值。因为在南北极探险未成功以前,科学家却曾有这样的假说的。故事中对于若干想象的地方,已都加有注释,当不致再被误会,所以在这里不一一指明了。磁学是物理学中进展得最缓慢的一个部门,读者若能因这篇故事而引起研究磁学的兴趣,那就是作者意外的报酬。

书中主人翁,都非实有其人,如有引证实在的科学家的时候,一律附注原名,以示区别。

写好这篇序文,觉得科学小说这园地,实有开垦的可能与必要,只是其中荆棘遍地,工作十分艰巨。尤其是科学小说中的那种空想成分怎样不被误解,实是一个重大的问题,希望爱好科学的同志大家来努力!

导读:

本文写于1939年10月,是科幻作家顾均正对自身创作理念的一个全面阐述。在民国时期,他是把诸多科学技术细节大规模引入科幻文学的主要尝试者，他的阐述对理解那个时代人们追求将科幻小说写成科普读物的热情和孜孜以求很有帮助。

顾均正（1902—1980），浙江嘉兴人，逝于北京。科普作家、出版家、文学翻译家，同时也是民国时期重要的科幻作家。1923年考入商务印书馆编译所理化部编撰理化读物，后任《少年杂志》《学生杂志》编辑。1928年起历任开明书店编校部主任、编辑部主任。1934年开始创作科学小品。1949年后，曾任中国青年出版社副社长兼副总编辑，仍坚持写作科学小品，曾以《不怕逆风》为名结集出版。在科幻小说方面，据叶永烈回忆："他自1939年起，陆续写了6篇科学幻想小说，发表于他创办的《科学趣味》杂志。"不过，实际情况是，顾均正早在1926年就发表过短篇科幻小说《无空气国》（《学生杂志》第13卷第1期）。《和平的梦》于1939年5月起在《中学生活》上连载，《伦敦奇疫》与《性变》刊登于1939年的《科学趣味》上，而《在北极底下》则于同年刊登于《现代科学》上。1940年1月，小说集《在北极底下》由上海文化生活出版社出版，收录《和平的梦》《伦敦奇疫》《在北极底下》三篇小说①，《〈在北极底下〉序》即是顾均正为这本小说集所写的序言。

① 2014年，日本研究者上原香发现这三篇小说均为顾均正对美国科幻作品的翻译、改写，并非其原创。

顾均正在本文中说，他注意到威尔斯是因为他写的《未来世界》一书准确预言了日本侵华战争以及战争中后期的一些走向，从而对威尔斯及其所写的科学小说②产生了兴趣。其实他在七八年前就注意到了美国科幻杂志上刊登的这些小说，但正如威尔斯的《隐身术》（《隐身人》）里没有写清楚究竟如何"隐身"的原理，他认为这类科学小说"空想的成分太多，科学的成分太少"。但他又看中了这类小说的传播性，转而提出"写得好不好是一个问题"，"值不值得写是另一个问题"，决定"利用这一类小说来多装一点科学的东西，以作普及科学教育的一助"。这种以"科学普及"为目的的对科幻小说"功利化"的看法，可谓与晚清知识分子一脉相承。但与晚清不同的是，此

② 当时中文里还未出现"科幻小说"一词，顾均正仍沿用晚晴时期的名称"科学小说"来指代Science Fiction。

时的作者与读者的科学水平都有了很大提高，想要写作"包含准确科学知识"的幻想小说更加困难。在《科学趣味》第1卷第6期的"读者通讯"栏目中就有一位阮茂泉先生写信给编辑部，质疑顾均正的小说："振之先生的《伦敦奇疫》兴味虽然有，但不合理不合科学的地方也有，这些应完全删去，不要使学浅的我们中了它的毒，而把科学歪曲了。"因为此时还没有将"科普"与"科幻"区分开来，读者产生这样的质疑，认为《伦敦奇疫》中还有很多"不科学"的地方。顾均正本人也意识到这个问题，在序言最后说："觉得科学小说这园地，实有开垦的可能与必要，只是其中荆棘遍地，工作十分艰巨。尤其是科学小说中的那种空想成分怎样不被误解，实是一个重大的问题。"这篇序言呈现了民国时期科幻作家对于科幻小说的一些理论思考，正是仍然将科幻小说当作"普及科学"载体的看法，导致科幻小说创作中"科学真实性"与"幻想虚构性"之间的矛盾，从而限制了民国时期科幻小说进一步的发展壮大。

《〈在北极底下〉序》这篇文章，对于我们了解民国时期科幻创作者的文学理念、创作导向、创作中面临的实际问题及中国科幻文学的理论探索，皆有较大参考价值。

（任冬梅）

谈谈科学幻想小说

郑文光

现代自然科学的发展使人类愈来愈深入地洞悉物质世界的秘密，掌握大自然的规律，从而也提供了人类运用数千年间总结出来的科学知识更有效地利用、驾驭、改造自然界的可能性。比如千里眼、顺风耳、腾云驾雾等等，原来只是古代人们的朴素的想象，可是电视、无线电话、飞机的发明已经使这些幻想变为现实。又比如飞到月亮和别的行星上去，深入地球内部，到海底去旅行，改造整个地球的气候，征服疾病和死亡，移山倒海等等，也都是人类长时期以来的美好的理想，在目前，虽然都还没有实现，可是，科学的一日千里的发展已经昭示我们：在不久的将来，这些在一百年前看来还是很狂妄的幻想一定会实现的。

这是科学幻想小说产生的基础。如果说，过去人们只能够借神话、民间传说来表达自己对未来的憧憬的话，今天，人们就可以在现代科学成果的坚实基础上去幻想明天。科学幻想小说就是描写人类在将来如何与自然作斗争的文学样式。

然而，这决不是说，科学幻想小说是未来人类的生产活动和生活的最精确的预言。不，正因为科学幻想小说是一种文学样式，因而，科学幻想小说的作者就无需像科学家那样依靠千百次观测、反复的实验、穷年累月的计算去建立科学的假说，只要不违反基本的科学原理，作家完全有权利在作品中加进自己的想象，自己的愿望，自己的天才的臆测。想象力，这是一切文学作品中不可缺少的重要因素，在科学幻想小说中尤其是如此。在这个意义上说，科学幻想小说正是继承了古典的神话和民间传说的传统，而成为具有充分的浪漫主义特点的一个新的文学类型。

然而，这也绝不是说，科学幻想小说可以完全无根据地"描写"未来。不，正像神话和民间传说必须立足于现实生活的基础上那样，科学幻想小说必须立足在现代基本科学理论的基础上。换句话说，科学幻想小说在它的出发点上，必须有科学根据。

我们举例子来说明这一点。

阿达莫夫著的《驱魔记》（中译本由潮锋出版社出版），写的是苏联人民怎样在北冰洋中掘凿很深的竖井，汲取地下的热能来改变北极地区的气候。毫无疑问，在将来，冰天雪地的北极必须得到改造，而且这样的日子不会很远的。从理论上说，要提高北极地区的温度，融化万年不化的冰层，可以利用原子能、太阳能、地下热能或迄今尚未发现的其他能源。改造北极的步骤如何，还需要经过周密的研究，对北极作详细的考察，反复研究如何掌握、如何应用几种可能利用的能源，甚至还得从经济上加以核算，这工作要花费成千成万专家的大量的劳动。显然，目前谁也不能肯定未来改造北极将怎样进行。但是，《驱魔记》的作者完全有权利在作品中描写他所想象到的（他个人希望看到的）改造北极的情景。这是因为，他有着充分的科学根据：利用地下热能是可以改造北极的原理。而且，大家知道苏联已经在建设利用地下热能的发电站了。

科学幻想小说作者经常利用科学家们的一些天才的、可是尚未付诸实践的思想和设计。还在20多年前，苏联科学幻想小说作家贝略耶夫就利用了星际航行学奠基者齐奥尔科夫斯基建立地球的人造卫星的思想，写成了《康爱齐星》（中译本由潮锋出版社出版）。这一思想无疑是会实现的，苏联和许多国家已经在准备发射人造卫星的工作了。当然，最初的人造卫星只是一个金属球，但是将来也会逐渐发展成为庞大的建筑物，有着实验室、天文台等等设备。贝略耶夫以他的敏锐的、丰富的想象描写了在我们今天看来还是很逼真的情景。由此可见，科学幻想小说虽然只是作家的幻想，但是它往往走在真正的科学发明的前面，也就是说，它往往是在相当大的准确程度上"预言"着未来的。

科学幻想小说也容许作者在技术问题上违反科学（原理）。在90年前，那时还没有关于发射火箭的理论，法国的科学幻想小说作家儒勒·凡尔纳写了一本很有趣的书：《月球旅行记》（这书中译本将由中国青年出版社出版），其中谈到几个炮兵坐在大炮弹中，由大炮发射到月亮去。显然，这是错误的、不可能实现的，因为炮弹的速度还不够射到地球外面去，而且炮弹中根本不能乘人。这些技术问题的错误却无碍儒勒·凡尔纳在小说中表述一个正确的科学原理：人类将能飞到月亮上去。后来，齐奥尔科夫斯基说，正是儒勒·凡尔纳的小说推动了他研究和制订星际航行的理论。

科学幻想小说作家可以采取最大胆的假定来阐述一些卓越的科学思想。叶甫列莫夫的《星船》（集辑在《星球上来的人》一书中，潮锋出版社出版）里写到7000万年前太阳曾经跟别的一颗恒星相距很近，从那颗恒星旁边的行星上有高等生物来过地球，在地层中留下自己的痕迹。诚然，没有一个天文学家提出过太阳曾在7000万年前靠近别的恒星的假说，这完全是作者的杜撰。但是，在这杜撰的事实中作者表述了一个深刻的、有充分科学根据的思想：宇宙中的许多星球上有着高等的、智慧的生物存在，科学的发展归根到底会战胜辽阔的宇宙空间，让星球上的高等生物（也就是人类）互相交往。

科学幻想小说不同于教科书，也不同于科学文艺读物。它固然也能给我们丰富的科学知识，但是更重要的是，它作为一种文学作品，通过艺术文字的感染力量和美丽动人的故事情节，形象地描绘出现代科学技术无比的威力，指出人类光辉灿烂的远景。科学幻想小说表现了成为自然界主人的真正的人的面貌，讴歌了在人类跟大自然作斗争中英勇地站在前线的科学家的卓越的思想和大无畏的意志；科学幻想小说以美妙的想象力启发和培养读者对于科学技术的爱好，号召人们在征服大自然的事业中建立功勋。在今天的中国，科学幻想小说将鼓舞着千万青年为社会主义建设和共产主义事业的胜利英勇地向科学进军。

列宁说过："幻想是最高价值的品质。"这话是能够充分说明科学幻想小说这一文学样式的意义的。

怎样阅读科学幻想小说才能对自己更有帮助呢？我想，最好也和阅读其他文学作品一样，不要走马观花，只追求故事的情节，而忽略了其中的丰富的科学知识和深刻的思想内容。如果能够在阅读科学幻想小说的同时，阅读一些有关的科学知识读物，例如阅读《驱魔记》时，同时阅读关于北极和关于地下热能的一些书籍，就会更加增长知识，更加容易领会书中的内容，书上所描写的拉甫罗夫（书中主人公）等人的形象也更鲜明了。

这里还要说明一点的，就是现在有些科学知识性的读物，只不过为了叙述的方便加上了一些人物，例如某老师对几个学生讲述一大篇科学道理等等。这些读物中没有人物性格，没有故事情节，也没有具备文学作品所应具备的要素，是算不得科学幻想小说的。也有一些书籍，讲的虽然都是还没有实现的事情，可是如果不采取科学幻想小说的形式来写，也同样不能算是科学幻想小说。少年儿童出版社出版的一本《飞入高空的火箭船》，在广告上说是科学幻想小说，这是不恰当的。这一情况之所以发生，只因为科学幻想小说在全世界范围内都还是非常年青的一种文学样式，还没有成熟的创作经验和理论，因而，也没有为广大读者，甚至还没有为文学界和科学界所熟悉和理解。期望在我国，科学幻想小说的创作和出版将大大繁荣起来，为鼓舞青年一代占领科学的高峰贡献力量。

导读：

《谈谈科学幻想小说》发表于1956年第3期《读书月报》杂志，是新中国成立之初最重要的本土科幻小说理论成果之一。文中对苏联科幻作品的引入和分析，可以看出那个年代科幻文学的跨文化交流状况。

作者郑文光（1929—2003）是当代著名科普和科幻作家，11岁起开始文学活动。他的早期作品多数是科普和科学文艺读物。1954年，感受到凡尔纳科幻小说在读者中的影响力和苏联科幻小说的魅力，郑文光开始创作科幻小说。他的《从地球到火星》（1955）具有标志意义，是1949年以来第一部真正意义的科学幻想小说。因此，曾有人称他为"中国科幻之父"（刘美云《亚洲2000》）。

由于郑文光当过《大众科学》的编辑，因此在编辑苏联科幻小说的时候曾经比较认真地研究过这些作品的形式和内容。此前他在《知识就是力量》上发表的《谈谈科学幻想》（1956年第1期），标明是翻译作品。个人的创作实践和对理论的爱好与探寻，让他成为那个年代少有的几位阐述过科幻文学基本理论、构造、创作方法、阅读方法的作家之一。

本文分成四个部分。在第一部分中，作者指出了科幻小说跟民间文学、神话等的关系，在某种程度上重现了高尔基有关科幻小说是当前的科学神话的论断。第二部分重点讨论了科幻小说创作和评论中经常出现的一对矛盾——科学性跟幻想性之间的冲突，并且果断地指出，科幻小说必定是有科学根据的，但却不能被当成是未来的预言书；科幻作品可以在技术上违反科学（原理），因为这种作品本身是建立在大胆想象和有趣故事基础上的。第三部分对阅读方法进行了介绍，作者认为配合着科学学习的阅读，可以获得更多收益。第四部分则针对一些当时出现的创作现象，讨论了优秀科幻小说必须具有文学审美的评判指标。

从今天的角度来看，这篇文章中谈到的所有问题，都仍然是被中国科幻界反复讨论、最为重要也最为纠缠不清的问题。而郑文光的观点至今仍然是被广泛接受的解决方案。他在刚刚开始创作科幻小说时就已经在考虑文类的文化认同，这点尤其令人感到惊异。而他通过分析和自我创作的实践，认为主人公的人物塑造是科幻小说获得更大文学和读者认同的关键，也颇具前瞻性。

在分析的方法上，郑文光不是从理论到理论的虚拟构建，也不是从实践到实践的经验汇集，他的方法学是建立在从理论到实践再返回理论的循环通路之上的。他选择的四部作品除了儒勒·凡尔纳的《月球旅行记》（《从地球到月球》）之外，还有苏联科幻大师贝略耶夫（别利亚耶夫）的《康爱齐星》、阿达莫夫的《驱魔记》和叶甫列莫夫的《星船》。这些作品在当时出版之后，受到了读者的广泛欢迎。选择这样广受欢迎的作品进行分析，无疑能获得读者的更多共鸣。

虽然《读书月报》不是一个特别大众的杂志，但这篇文章后来被科学普及出版社收入《怎样编写自然科学通俗读物》一书，成为科普工作者或者想要成为科普或科学文艺工作者的人广泛阅读的资料，应该说在科普和科幻作家中产生了较为强烈的影响。

在20世纪50年代初创科幻领域之后，郑文光还撰写了一系列各种类型的科幻作品，包括获得过1957年世界青年联欢节大奖的《火星建设者》(1956)，这应该是中国作家的科幻作品第一次在国际上获奖。他还出版了《飞向人马座》(1978)等长篇小说和《地球的镜像》(1980)等短篇小说，都受到了读者和评论家的欢迎。他的科幻理论探索也更加深入和广泛。他还通过自己主编的科学文艺杂志《智慧树》大量吸纳纯文学作家进行科幻和科学文艺创作。由于郑文光多方面的文学成就，他被选为中国作家协会儿童文学委员会委员、中国科普作协常务理事兼科学文艺委员会主任委员。1983年郑文光因中风停止小说写作。

（吴岩）

现实·预测·幻想

饶忠华　林耀琛

一

考察一下历史是很有意思的。

地球生命从产生演化到高级生物，经过了几十亿年时间；灵长类的一支经过三四千万年的进化，才直立起来行动；大约在二三百万年以前，才学会制造工具，成为人类，进入文化时期；从石器时代到有记载的文明时期，经历了几十万年；文明时期又经过几千年的历史，才发展到近代技术时期；进入现代科学时期，则不过二三百年前的事；而以宇宙航行为标志的宇宙文明时期，到现在只有二三十年的历史。这个考察给我们描述了这样的时间关系：生命进化的历史以亿年为单位，智慧生物演化成人类的历史以千万年为单位，人类进入文化时期的历史以百万年为单位，进入文明时期的历史以十万年为单位，进入近代技术时期的历史以千年为单位，进入现代科学时期的历史以百年为单位，宇宙文明史的发展则以十年为单位。这就使我们明确地得到这样的概念：文明历史是以十到百倍的加速度向前发展的。由此我们不难获得这样一点启示：人类在向未来的征途中，随着科学技术的发展，从一个阶段进入另一个阶段所花的时间，必将越来越快。如果说对未来的憧憬和向往，自古以来都是推动人类文化向前发展的精神动力，那么，面临着以越来越快的步伐向前发展的现实，人类就需要更加丰富的想象力，才能去开拓无数未知的领域，创造更为灿烂的科学文化。

现实是想象的出发点。今天的现实是诱人的，古代惊人的神话，都成了普通的事实。嫦娥奔月、孙悟空大闹龙宫，既是美丽的神话，又是古人对征服自然的高度想象。而今，人类不仅实现了登月的梦想，并且还发射探测器访问了太阳系的其他行星，"旅行者"探测器将于1986年和1990年飞抵天王星和海王星近旁，然后飞出太阳系。至于寻找球外文明社会和智慧生物——宇宙人，更是古人未曾想象的壮举，今天也已成了科学界面临的课题。神话中的人物，至多不过遨游几个海的海底龙宫，而现在人类的技术已达到古人想象力所没有达到的大洋深处。"阿基米德号"潜入世界最深的洋底，在万米以下深处，科学工作者不仅尽情窥探了大洋的奥秘，看到了视力完全退化的白色鱼类和种种奇观，而且通过机械手可以采集洋底岩石样品。实际上地质学家和地球物理学家在陆地所做的事情，海洋学家在海洋深处正在开始做了。

今天人类对自然的认识，超越了古人神话的想象，这正是科学文明发展的必然。现在我们在宏观方面已经在探测百亿光年的宇宙空间，并开始了揭开宇宙演化奥秘的探索。在微观方面，古希腊模糊的原子论早已为后人具体的实验所突破，人类不仅弄清了原子的精细结构，而且正向微观世界步步深入，弄清基本粒子的更深层次已指日可待。超越昔日神话想象的奇迹，在现实中层出不穷。遗传密码的解译，人工设计和重组基因的实现，使人们正以极大的兴趣，期待着人工生物的出现。人类对自己的研究也已开始，用科学技术手段干预自然进化，以改进人类自身，提高人的工作效率，这也许是我们现实中最为美妙的事情。

在现实基础上对未来的预测更诱人。只要举出这样一个例子就够了：1961年，美国公开宣布"十年内把人送上月球"，1969年，果然实现了阿波罗登月的计划。昨天的科学预测，成为今天现实的准确预告。而今天的科学预测，又为人们指出明天的前景。现在，人们正在规划如何改造太阳系的其他行星，以作为将来人类的活动基地。这个预测一旦实现，谁不想将来有一天飞往这些行星，过一过"天仙般"的生活呢？当今世界科学家对未来的预测，犹如那强大的磁石，紧紧地吸引着人们的注意力。诸如开发海洋资源，建立海底农牧场；采用现代先进科学技术，创立生物医学工程，实现人造器官和人体器官活体置换；电子计算机从机械模拟进入生物模拟，人工智能的研究突破在望……人类不仅将在物质上不断摆脱自然的控制，也将在生物上开始摆脱自然的控制，今天人类科学文明的发展，已开始进入超自然阶段。

科学幻想往往是预测的形象化的延伸，它比预测更为迷人。科学一经和幻想结合，就像增添了一双强劲的翅膀，把人们引向更为遥远的未来，给人以遐想、启示和力量。

科学幻想小说是一种以艺术手法展现人们开拓未来的作品，它是科普学的一个分支——科学文艺的一种体裁。在实现四个现代化、向科学进军中，科学幻想小说不仅在普及科学知识和丰富想象力方面，是群众喜闻乐见的好形式，而且在启示和培养读者热爱科学、献身科学方面，也是一种有力的工具。一篇好的作品，往往会成为未来科技工作者的引路人。我国翻译介绍国外科学幻想名著虽然已有几十年历史，但只有解放后这一新颖的体裁才得到社会的重视，在我国的科普园地中出现了一批比较优秀的作品。不幸的是，这块园地遭到极"左"路线的彻底扫荡，竟是十年不闻声息，一片荒芜。现在我们不得不重新开垦这块园地。令人欢欣的是，在"四人帮"垮台后短短的两三年内，新人、新作层出不穷，作品题材广泛多样，创作思想解放奔驰，目下在科学幻想小说园地里，别是一番五彩缤纷的景色了。

二

去年以来，全国报刊上发表了上百篇科学幻想小说。内容几乎涉及当今科学前沿的所有重大课题，从征服海洋到高山探险，从死光到物质波的惊人发现，从人工器官到气功控制人脑，从地底旅行到遨游河外星系，从人工智能到球外生命，从捕捉孑遗生物到复活古生物，广泛的题材，从各个领域把人们引到迷人的未来世界。其中有生动、逼真地描绘发现史前人的《雪山魔笛》；扎根于现实，别具一格地描绘追踪、击毁球外飞行体的曲折过程的《夜空奇遇》；大胆想象地球人与里拉行星人太空相遇，几经周折，终于同返地球的《太空归帆》；从脑细胞信息中整理出大量资料，抢救科学论文的《生死未卜》等。这些都是受到读者欢迎的作品。

长期以来，人类栖息在陆地上，相对地说，人们对海洋的认识，还不及对月球的认识来得更深刻、更广泛。难怪"神秘的海洋"至今仍是世界上各种语言的口头禅。人们对海洋既陌生又向往，在近年来的科学幻想小说中，有相当多的作品是以认识海洋、开发海洋为题材的。如外形如鲸，既能炼铀，又能生产副食品的《海怪》；介绍人工鳃妙用的《橙黄色的头盔》；将文字变成海豚语言的《海豚"阿回"》；令珊瑚定向生长，建造厂房、码头的《珊瑚岛上的"建筑师"》等。

这本集子，网罗了近年来的全部科学幻想作品，有的全文收录，对不能全文收录的，也作了故事梗概介绍。它的出版，无疑是对几年来科学幻想小说创作的一次检阅。

值得高兴的是，在这些作品中有一批是深受读者欢迎的优秀作品。

王晓达的短篇科学幻想小说《波》，是一篇幻想构思惊人的作品。主人翁——一位军事科学记者在某地看到入侵敌机的失常行为，了解到这正是他所要采访的科研项目——由信息波造成的虚幻目标，使驾驶员受尽愚弄而自投罗网。但故事并没有到此结束,在记者访问波防御系统的设计者王教授的时候,不意却陷入险境,遭到派遣敌特的暗算,在教授同他一起跟敌特的巧妙周旋中,记者看到实验室中的种种奇特的现象,如在听觉、视觉上都如同真实的虚幻景物,以及同时出现十几个模样完全相同的教授等,直到最后智擒敌特。作者通过一个个情节高潮,极力渲染了波的奇妙效应。情节紧张而紧凑,小说描写是成功的。但这篇作品的主要特色,还在于科学幻想构思不落常套而出奇制胜,这是它高人一筹的地方。这也是优秀作品的可贵之处。如果科学幻想构思一般化,是大家都能想象得到的东西,甚至只是现实中较为先进的科学技术的应用推广,尽管在文学小说构思上颇有造诣,仍不能说是优秀的科学幻想小说。当然,作为科学幻想小说,它的文学小说构思也应当是好的。《波》的成功,就在于它的科学幻想构思与文学小说构思都比较新颖,并且相互有机地结合在一起。故事每深入一层,悬念也增加一层,科学内容也更深入一层,直到最后才揭示了信息波的巧妙,情节设计得环环相接,扣人心弦。当读者拍案叫绝的时候,一半是赞叹故事的离奇,一半是赞叹幻想的高超。《波》可以说是近年作品中两种构思结合得较为成功的一篇。

宇宙航行和起死回生,是科学幻想小说作者们喜欢采用的科学题材。《飞向冥王星的人》(叶永烈原著、温汧京改编)巧妙地把这两个题材融合在一起,编成一出完整的故事。作者构思的成功,固然表现在人物和情节的设计上,但更主要的是表现在科学题材的运用上。作者不是单纯地追求情节的离奇而塑造了吉布这个传奇式的人物,而是把吉布的奇特的经历作为展开科学幻想构思的铺垫,也就是专为解决飞往冥王星的科学难题而构思的。用速冻法或者相对论方法延长宇航员寿命,以实现向遥远星球的宇航,这是科学幻想小说常写的内容。但这篇作品却不同一般,它是通过吉布遇难暴死、死而复苏的引人情节,通过人物的不凡遭遇,使读者生动而自然地了解速冻法延长寿命的科学原理。这要比某些作品简单地借人物之口讲述科学原理的写法好得多。作品对某些科学细节（如复活吉布的技术过程），描写得也很细腻，不仅增强了故事的说服力，也充分调动了逻辑推理的魅力。吉布的起死回生，正好解决了飞向冥王星的飞行时间超过人的寿命的难题。而有了一次速冻复苏经历的吉布，被选为宇航员就使读者感到自然而亲切了。这是作者把两种题材结合起来的巧妙构思。这篇作品的成功，为我们在如何运用艺术构思来展现幻想构思方面，提供了一个范例。作品在对实现幻想构思所作的可信的技术细节的描写方面，对于爱好科学幻想小说创作的同志来说，无疑也是值得借鉴的。

《珊瑚岛上的死光》是一篇在读者中影响较大的科学幻想小说。它的发表，对繁荣我国科学幻想小说的创作，起了积极的作用。收入这本集子的，是原作者童恩正和沈寂合作改编成的电影文学剧本，在情节上与小说略有更动，更臻完美。以死光为科学幻想构思的科学幻想作品，从 A. 托尔斯泰的长篇《加林工程师的双曲线》以来，屡见不鲜，但所构思的死光原理却不尽相同。《珊瑚岛上的死光》的作者推陈出新，在这个人们熟知的幻想主题中注入了新的构思，设想出用原子电池作为高能激光器的能源，使读者仍有新鲜的感觉。作者是一位有经验的科学幻想小说作家，他以娴熟的创作手法，成功地把科学幻想构思与文学小说构思，全部放在"动境"中来叙述，从而收到了相互推进、有机结合的艺术效果。一个接一个激烈而惊险的场面——赵教授被暗杀，"晨星号"飞机失事，无名岛奇遇，马太博士之死，死光复仇——使故事情节起伏跌宕，充满悬念。作品带有惊险小说色彩，人物勾勒也有一定深度，这都是成功之处。有所不足的是，科学幻想构思接近预测——据估计，激光炮将在 20 世纪 80 年代末正式使用，这就不能不在相当程度上影响作品的启示力量。

我国是文明古国，在科学技术发展上有许多独特的创造，怎样以这些独特的科学创造为科学幻想构思，来创作科学幻想小说，这是我国科学文艺工作者面临的一个特殊的任务。写好这样的作品，不仅可以发扬民族文化，激发爱国思想，鼓励读者以科学的成就去发掘民族的文化遗产，使之发扬光大，而且对创作本身，也将开拓出新的路子。在这方面萧建亨同志的新作《不睡觉的女婿》是一篇代表性佳作。作品从女教师对她女婿的古怪行为的诧异，到母女合作侦破实情，情节设计得颇为曲折，富有戏剧性。但有特色的还是作者在科学幻想构思上，设想出模拟气功生物电流，使普通人都能进入气功状态，获得气功效果，几分钟的气功电波处理，能抵上几个小时睡眠，从而消除疲劳，增强体质，并增加了学习和工作的时间，等于延长了人的寿命。作者的这个科学幻想构思，在小说中随着故事的展开，随着人物之间的矛盾冲突，一步一步地深化，使读者在生动的情节发展中，接受作者的科学设想，自然而令人信服。作品以喜剧的气氛增强艺术效果的同时，还加强了思想性，使读者体会到科学实验也需要勇敢的牺牲精神，崇高的思想是科学家百折不挠奋斗的动力。

在近年来发表的作品中，文学小说构思最为大胆、艺术效果出人意料的作品，可算是《太平洋人》。这篇小说一开头，就亮出了它的颇为惊人的科学幻想构思——俘获天体，读者很容易以为这就是作品的科学题材。其实不然。经过主人翁之一肖之慧和海洋地质学家陆家骥的研究活动，读者还看到作品的又一个科学幻想构思——小行星3017是在二百多万年前被激烈的地壳活动抛入空间的地球碎片。在故事行将结束的时候，作者又出人意料地推出第三个科学幻想构思——复活死了二百多万年的猿人。如果说小说构思是通过故事情节和人物刻画来体现的话，那么，在这里科学幻想构思则是通过几个有内在联系的构思的发展来体现的。这种组成小说的多个科学幻想构思，不妨称之为"复合幻想构思"。它大都出现在中篇和长篇科学幻想作品中，由于科学幻想构思多样，往往能使作品的科学内容，要比"单一幻想构思"丰实得多，它能引导读者翱翔于多个领域，给人以深刻的感受和丰富的想象。《太平洋人》的成功，正说明作者在这方面具有相当的功力。

在艺术处理上，这篇作品可以说是异峰突起，出奇制胜。孪生兄弟在爱情上的冲突，陆家骏和肖之慧之间的感情交往，情节都不同一般。在读者看来，在共同事业中相互倾慕的陆家骏和肖之慧必有爱情结局。谁知结尾时突然起了变化，陆家骏从猿人复活事件中得到启示，飞往火星拯救已经牺牲八年的女友，在故事结束的时候，却给读者造成新的悬念。作者对结局的暗示是十分明白的，但读者仍可设想出不同的结果，余音萦萦，给人留下充分的想象余地。

但从科学幻想构思上看，这篇作品也有欠细致的地方。例如，作品中对猿人复活的描写，在科学上缺乏令人信服的根据。类似这些问题，作者在创作时考虑再周密一些，即使作一些暗示，也会使作品增加不少科学说服力和艺术感染力。

在近年来发表的作品中，有些引起了热烈的争论，科学故事《震惊世界的喜马拉雅－横断龙》就是其中的一篇。它描绘的是科学工作者在西藏发现恐龙后裔的经过。作品发表后，在读者中产生了很大反响。由于尼斯湖怪兽早就存在于读者的头脑中，所以许多人看了这篇小说信以为真，甚至专门写信给"夏教授"表示祝贺。在熟悉科学情况的人中，有的认为作者不应该这样虚构，因为这个题材太容易使人误以为真了，有的科学家却带着赞赏的口气说："虚构得好。"众说纷纭，莫衷一是。这次收录本集之前，王川同志在内容上作了一些补充和修改，使小说的幻想构思更为坚实，幻想的色彩也更为鲜明。

《震惊世界的喜马拉雅－横断龙》引起的争论，说明随着科学幻想小说的繁荣，必然会带来一系列创作理论上的问题，这是很自然的。例如中篇科学幻想小说《小灵通漫游未来》，也是一篇有争论的作品，争论的焦点在于这篇作品是否属于科学幻想小说。在文学上，小说和故事的区别在于，前者除了具有特定的故事情节外，对人物也作比较细致的描写与刻画，而后者对人物着墨较少，虽然有些故事的人物也会使读者产生深刻的印象。但从科学幻想作品来看，两者的主要区别，就是科学幻想小说描述的是想象中的未来科学技术的成就，而科学故事则是反映现代科学技术已经取得的成就。根据这个标准，由于《小灵通漫游未来》中描写的科学技术大多是已有的成就，包括一部分试验成果，因此，似乎作为科学故事比较合适。至于《震惊世界的喜马拉雅-横断龙》，作品介绍的有关恐龙的科学内容，都是人们已经掌握的科学知识，就这一点而论，可以说是属于科学故事。但从发现恐龙而论，尽管人们正在致力揭开尼斯湖怪兽之谜，但毕竟处在探索阶段，而未成事实，所以从科学幻想构思说来，还是应当属于科学幻想小说。这类科学幻想题材只有在特定的条件下采用比较合适，如描绘发现史前的孑遗生物，以及和宇宙人有关的飞碟等，否则往往会因想象力不够深邃而影响作品的启示效果。

总的说来，近年来发表的科学幻想小说虽然取得了不少成就，但也存在一些问题，主要表现在科学根据上不够严谨，甚至是错误的。这个问题，值得引起科学幻想小说作者的重视。

三

现代科学技术开拓的是已经开垦的土地，而科学幻想开拓的则是未经开垦的土地。科学幻想小说是在当代科学技术成就的基础上，对科学技术的发展所作出创造性的预见，并用幻想的形式描述人类利用这些未来的发现，去完成某些奇迹的小说。它的社会作用，主要在于启示读者的科学思考，鼓舞人们投身科学事业，勇敢地去探索和创造未来。根据这个含义，我们认为，科学幻想小说既有科学属性又有文学属性，在科学上它要有明确的科学幻想构思，而在文学上它要有明确的文学小说构思。一篇成功的科学幻想小说，这两个构思往往都是结合在一起，形成一个和谐的科学幻想小说主题；通过故事情节而展开科学幻想构思，通过科学幻想构思的深化而增强作品的艺术魅力。两者相辅相成，交融铺展，寓科学于艺术之中，而一切艺术手段的调动，都是为传播科学知识，鼓舞读者去开拓未来服务的。

科学幻想小说既然是小说的一类，它就要服从文艺创作的基本规律，并遵循这些规律去从事创作，塑造人物，设计情节，虚构出一个完整的故事结构——这就是它的文学小说构思。文学小说构思设计得好坏，往往是影响作品成败的重要因素，一个再好的科学幻想构思，如果不是通过好的文学小说构思体现出来，作品就会显得苍白而乏味，缺乏艺术感染力。

科学幻想小说所以成为一类特有的文学品种，其最鲜明的个性是，它是描绘科学的未来的小说，具有诱人的幻想构思。科学幻想是一种艰巨的创造。有人说，这是科学幻想小说的灵魂，看来是十分确切的。高尔基在赞扬科学幻想小说时曾经说过，它显示了"人们预见未来现实的一种惊奇的思维能力"。有否幻想，幻想是否能达到令人"惊奇"的程度，往往是决定科学幻想小说是否成功的关键，也是它与一般文艺作品的分水岭。科学幻想也是一种预见，一般地说，预见得越远，幻想的惊奇程度越大；反之，越接近现实，幻想惊奇的程度就越小。

从目前科学幻想小说的创作实际来看，主要的困难在于科学幻想构思的设计，这和作者的科学修养是直接有关的。对于作者来说，不论他是科技工作者，还是文艺工作者，都需要尽可能广博地掌握最新的科学技术知识，这是搞好创作的必不可少的基本功。只有扎根于今天一日千里发展的科学，才有可能通过推理幻想出明天更为奇妙的科学。

在科学幻想小说的创作中，科学与文学以谁为主的问题，曾引起了一番争论，并且还在继续中。一种意见认为，科学幻想小说应以小说为主，它主要是文艺性的，科学内容犹如汤中的味精似的，稍加一点即可。因为科学幻想小说主要给人以启发，并不是专门用来传授科学知识的。一篇两三万字的科学幻想小说，如果把它的科学知识抽出来，恐怕只消用几百字就够了。所以科学幻想小说主要成分是文学，不是科学。据说，一些文学性刊物总是这样要求作者的。另一种意见则认为，科学幻想小说既要有科学性，又要有文学性，它们之间的关系，不是汤加味精的关系，而是血肉相连、不可分离的。因而要求作品在科学幻想的构思上要惊人，在故事情节和人物刻画上要动人，不仅使人得到艺术上的感受，更重要的是使人在科学上得到知识和启示，只有这样的作品才更有魅力，也更有社会意义。据说，一些科普性刊物总是这样要求作者的。

我们认为，为了使科学幻想小说多样化，有的着重于文学创作，有的侧重于科学幻想，都是可以的。这不但有利于创作的繁荣，而且可以充分发挥各类科学幻想小说的特点，在各自的特定领域内发挥其特定的作用。但它们的共性，应该是或多或少地担负传播一定的科学知识和开拓未来的任务。

评论一篇科学幻想小说，固然难免掺有评论者的个人爱好，例如我们就更喜欢同时具有科学和文学特性的科学幻想作品。但是，过分褒一类作品或贬一类作品，对于科学幻想小说的繁荣都是不利的。当然，对一些共同关心的问题，提出来相互切磋，则是正常的，也是提高创作水平所需要的。下面，我们准备就目前创作中存在的一些问题，提出一些不成熟的看法，和大家共同研究、探讨。

在已经发表的作品中，有一类比较注重小说构思，即所谓以写人为主，主要笔墨用于刻画人物的性格，表现人物的思想感情，作品涉及的科学内容比较简单，并主要也是为表现人物和描写情节的需要服务的。这类作品的社会效果与一般文学作品十分接近，不过它的科学幻想构思都是涉及科学发展上的重要问题。这类作品主要是培养读者的科学兴趣，启发人们去思考从事科学工作应走的道路。如果这类作品缺乏科学幻想构思，或者根本不考虑通过小说向读者普及科学知识，也就是说连汤中的一点儿味精也不加（我们暂且不论这个比喻是否妥当），那么，这样的作品是否属于科学幻想小说，它与一般小说还有哪些区别呢？这是当前科学幻想小说创作中的一个值得研讨的问题。有人说这类作品就是小说，称为幻想小说亦未尝不可，可是称为科学幻想小说则未免牵强了。

另一个值得注意的问题是，作品的科学幻想构思有不少雷同之处，使人看了会产生一种"我们好像见过面"的感觉。例如在描写机器人的"奇迹"时，大都接近现有水平或预测水平，幻想构思很少创造。又如在展现遗传工程未来图景时，大都是通过一种生物基因与另一种或数种生物基因结合，结果就产生了同时具备多种特性的生物。这样的奇迹，第一次看到，有启发；第二次看到，不新鲜；第三次、第四次以至更多次看到，用不着看完读者自己也可以想象出结果来。有人认为这类作品的创作形同抄袭，看来值得引起注意。其实从机器人到人工智能，从遗传工程到人造生物，都是科学上的重要领域，驰骋幻想的广阔天地，也是容易设计动人情节的好题材，如果作者在现代科学的基础上，创造出惊人的幻想构思，是不难创作出好作品来的。可见，克服题材上的雷同和创造惊人的幻想，是一个问题的两个方面；只有发挥幻想的创造性，才能克服作品的雷同化。

与雷同相关的一个问题是，科学幻想小说的艺术构思如何结合幻想构思的问题。无疑，科学幻想小说中人物和故事情节，都应该从展现幻想构思的需要出发来设计，才能达到科学幻想小说的艺术意境。目前有的作品，采取移植文艺作品的故事情节，加上科学幻想的简单构思的方法来创作，显得故事与幻想构思没有内在的、必然的联系，因而不能给读者以强烈的感染和有益的启示。我们觉得这种创作方法是不值得提倡的，它对初学者是有害的。这样的作品多起来，必然会使科学幻想小说陷入公式化、模式化，而有损它的特性，失去它的生命力。

还有一个比较普遍的问题,是小说的环境描写与小说的时代背景不协调,甚至有的幻想构思比较好的小说,其环境描写都没有超越现实的水平,人物是未来的,他所创造的奇迹是未来的,可是他所生活的环境却和现在差不多,这种不协调不能不影响作品的真实感。这个问题比前面两个问题更容易解决,只要作者把主要精力放在幻想构思的同时,也要对未来的环境加以幻想,使小说的人物生活在主题规定的特定环境之中。

总的说来,科学幻想小说的创作,在我国还缺少比较系统的经验和理论。上面的一些看法,只是我们看了近年来的一些作品,结合过去对科学幻想小说的一些肤浅理解而提出来的。为了繁荣我国的科学幻想小说创作,希望有创作经验的作者和对创作理论有研究的评论者,一起来研究、探讨这些问题,把我国科学幻想小说的创作水平,特别是把科学幻想主题的构思水平,提高到新的高度,以适应我国科学技术向现代化发展的需要,使科学幻想小说这种新颖的体裁,在我国科学文艺中占有它应有的地位。

导读:

本文提出的科幻小说"两个构思"理论,引发科幻作家对创作方法的争论,也回应了社会上对科幻小说到底应该"姓科还是姓文"的质疑,具有重要的里程碑意义。

本文作者之一为饶忠华(1932—2010)，生于江苏吴县，《科学画报》主编，我国著名的科普编辑家、理论家、评论家和优秀科普作家，曾任中国科普作家协会副秘书长、副理事长，上海市科普作家协会秘书长、常务副理事长、名誉理事长。另一位作者林耀琛（1933—　）系上海三联书店总经理兼总编辑，曾经跟饶忠华在上海科技出版社是同事。在此期间，两人共同主编了《中国科幻小说大全》并撰写了相关文章多篇。

作为杰出的科普工作者，饶忠华同时也是国内较早从事科幻创作理论研究和科幻小说编辑出版的大家。饶忠华对科幻小说的兴趣，源于青年时代在图书馆中读到的凡尔纳、威尔斯等科幻名家名作的中译本。此后，科幻小说便成了他终身关注的领域。从20世纪80年代开始，他先后参与编辑出版了三卷本《科学神话：1976—1979科学幻想作品集》《中国科幻小说大全》（上、中、下）、《365夜科幻故事》、十卷本"中国科幻小说精品屋系列"等众多优秀科幻读物，对推动中国科幻小说的发展起到了巨大的作用。本文是他为《科学神话：1976—1979 科学幻想作品集》（海洋出版社，1979年）所作的"代序"，其删节版在1979年4月18日的《光明日报》上发表。

文章认为，科幻小说虽然是舶来品，却与源远流长的中华文明有所契合。他们把中国科幻文化的"传统"上溯到春秋战国时代"偃师造人"，认为其恰当地反映了当时人们的认识水平，是从祖国医学理论出发，通过推理而完成的故事。在科学与科幻的关系上，他们认为科学幻想小说是在当代科学技术成就基础上对发展所作的创造性的预见。优秀的科幻小说既有科学属性也有文学属性，寓科学于艺术之中，而小说构思设计的好坏往往是影响作品成败的重要因素。同时，他们也主张科幻小说创作多样化，偏向"科"和偏向"文"都是可以接受的。他们提出的观点后来被简称为"两个构思"理论，即科幻作家必须在创作之前，在科学和文学两个方面展开构思。这两个构思不但不能偏废，而且必须很好地相互融合。

　　本文发表于1979年，当时距离"文化大革命"结束刚刚过去了不到三年，而具有转折点意义的党的十一届三中全会也刚刚落幕。新中国科幻文学的第二个春天仅仅是初露端倪。在这样的历史背景下，本文作者就敏锐地意识到了中国科幻文学未来走向，这些走向包括让科幻小说扎根本土、强化其中的文学性、风格和内容的多样化等。

　　自周树人（鲁迅）"经以科学，纬以人情"之说出现后，国内还鲜有作者对科幻创作本身提出重要观点。因此，本文的出现，成为中国科幻小说创作理论方面的一篇里程碑式论述。

（刘健）

谈谈我对科学文艺的认识

童恩正

科学文艺（包括科学幻想小说、科学散文、科学童话、科学诗、科学戏剧等）是文艺中较为年青的一个品种，它大致是近一百多年来随着自然科学的飞跃发展而出现和流行的。由于有些科普作品往往也采用文艺的形式，所以有的同志容易混淆科学文艺和科普作品的区别。我个人认为这两者在以下三个方面是有所不同的。

首先，在写作目的上，科普作品是以介绍某一项具体的科学知识为主，它之所以带有一定的文艺色彩，是为了增加趣味，深入浅出，引人入胜。在这里文艺形式仅仅是一种手段，是为讲解科学知识服务的。而在科学文艺作品中，它的目的却不是介绍任何具体的科学知识，而与其他文艺作品一样，是宣扬作者的一种思想，一种哲理，一种实事求是的态度，一种探索真理的精神，概括起来讲，是宣传一种科学的人生观。在这里，科学内容又成了手段，它是作为展开人物性格和故事情节的需要而充当背景使用的。譬如短篇小说《珊瑚岛上的死光》，它的意图绝非向读者介绍激光的常识，而是想阐明在阶级社会中自然科学家必须为一定的阶级利益服务这样一种道理。

其次，在写作的方法上，科普作品不论是以何种文艺形式出现，都必须忠于科学，它是以逻辑思维为基础的。作者不论通过作品人物之口或自己出面，避免不了要直接宣讲科学原理，以达到预期的目的。科学文艺则与此不同，它是通过艺术形象的塑造、故事情节的展述或某种意境的渲染，间接而又自然地表明作者的意图：歌颂或者鞭挞，赞美或者揭露。它是以形象思维为基础的。正因为如此，有的科学文艺作品尽管它所涉及的科学内容已经是过了时的或甚至已被证明是荒谬的，但是由于它所塑造的人物和它所包含的深刻的思想内容，仍然使它至今能列入世界文艺的宝库之中，而为人们所传诵。如法国作家儒勒·凡尔纳和英国作家威尔斯的某些作品就是例子。

第三，在文章结构上，科普作品由于要介绍科学知识，就不能随意铺展，不能离题太远，它尽管带有文艺性，但又受到很大的限制。科学文艺则没有这种局限，它是文艺的一个品种，它所遵循的是文艺的规律，作者艺术构思的天地是异常广阔的。我们仍以科学幻想小说为例，这类作品一般属于"情节小说"的范畴，除了塑造人物以外，它很讲究紧张的悬念，曲折的故事。它之所以能受到广大读者，特别是青少年读者的欢迎，这不能不说是一重要的原因。

当前，我国历史已经进入了一个崭新的时代。为了极大地提高中华民族的科学文化水平，为了实现四个现代化的宏伟规划，我们必须高举"五四"运动革命先驱的科学的旗帜，用无产阶级科学的世界观代替小生产者落后的世界观，用积极进取代替因循保守，用客观真理代替愚昧迷信。在这一影响深远的思想革命过程中，科学文艺所能发挥的战斗力是不容忽视的。

愿科学文艺能引起更广泛的重视，愿更多的作者创造出更多更好的科学文艺作品来，愿科学文艺之花能在社会主义文艺的百花园中茁壮地开放。

导读：

《谈谈我对科学文艺的认识》发表于1979年第6期《人民文学》杂志，是扭转从周树人开始的科幻小说属于科普范畴这一观点的第一篇重要文献，也是新时期最重要的科幻理论文章之一。

作者童恩正（1935—1997）是当代著名考古学家兼科幻作家，四川大学历史系教授，1957年开始文学创作活动。1960年，童恩正的第一部科幻小说《古峡迷雾》出版，这是1949年以来第一篇以人文和社会科学为题材的科幻小说。1978年他在《人民文学》的第8期上发表了《珊瑚岛上的死光》，小说以海外华人献身科学、心向祖国为主题，立刻获得广泛认同，并赢得当年的全国优秀短篇小说奖。童恩正也由此成为那个时代最知名的科幻作家之一。《谈谈我对科学文艺的认识》是小说获奖之后受邀发表的创作感言。

科学文艺是苏联著名作家高尔基在归纳诸如伊林、普里什文、比安基等人的科学散文、科学故事、科学童话时所采用的一个词。这个词，按照伊林的说法，是"以文艺全副武装起来的科学"。有趣的是，虽然在俄国文学中科学小说并不在科学文艺之列，但当这个概念转移到中国之后却纳入了科幻小说，将其与科学散文、科学童话、科学故事、科学小品、科学诗、科学报告文学、科学戏剧和科学曲艺等许多形式并列看待。于是，至少在1949年以后很长的一段时间里，讨论科幻小说都会在科学文艺的大框架下进行。这也就是为什么童恩正在文章的开篇要向《人民文学》的读者介绍这个文类的基本构成的原因。在确认了文论的指向之后，作者重点提出：科学文艺跟科普作品之间，在目的、方法、结构三个方面有着重要差别。这也是全文的论述核心。归纳起来，就是科普作品被科学逻辑和自然规律主宰，科学文艺必须用文学规律主宰。在文学规则和科学准确性冲突的时候,文学的规律具有普遍优先性。

童恩正这篇文章的发表,正式引发了中国科幻文学领域所谓"姓科还是姓文"之争。有众多作家和批评家卷入这场争论,这其中最重要的发言人是鲁兵和萧建亨。鲁兵在1979年8月14日《中国青年报》发表《灵魂出窍的文学》一文,重点批判童恩正。他还直接把童恩正对科学文艺/科幻小说的看法斥责为"灵魂出窍",这就是所谓的姓"科"派。而萧建亨则在后来的一篇文章中指出,童恩正只不过讲出了多年来中国科幻作家的心声。这一心声就是以科普作为目标的那种科学文艺/科幻写作已经走到了尽头,让科幻作品放弃承担知识普及的责任,转而去表达人类面对科学和社会的思想、哲理、实事求是态度、探索精神,去"宣传科学的人生观",这才是改变科幻小说创作现实的必由之路。这就是所谓的姓"文"派。有关"姓科还是姓文"的争论从1979年持续到1982年,这一年鲁兵还在《中国青年报》4月24日撰文继续挑战童恩正,文章标题《不是科学,也不是文学》。

从今天角度看,童恩正有关科幻小说跟科普读物之间差异的三个观点,无疑都是完全正确的。将科幻寄存在科普读物的门类中只是这一文类发展的暂时现象。科幻创作在逐渐成熟的过程中必定要迈出羽毛丰满的新步伐。但在这种观点刚刚提出之时,对长期受过去思想束缚的科幻文学领域造成的震撼是可以理解的。萧建亨指出,如果当时童恩正将自己的讨论局限在科幻小说而不是整个科学文艺,也可能会消解一定的反对意见。

但历史是不能假设的。这场争论跟科幻小说是否传达了伪科学、科幻小说是否在政治上有离心倾向等的争论,共同导致了中国科幻小说在20世纪80年代中期的衰落。但童恩正开启的科幻文学创新思路,让科幻跟科普分道扬镳的想法,受到了科幻作家的广泛支持。这是中国科幻小说从纯粹的知识科普转向文学，走向文类自觉的路途中，理所应当的一个重要选择。

童恩正早在20世纪60年代就发表过很有影响力的科幻作品。粉碎"四人帮"以后，他的科幻创作更加积极和广泛。小说《雪山魔笛》《遥远的爱》《追踪恐龙的人》《西游新记》等都对科幻领域有着广泛的影响。他的最后一部作品是《在时间的铅幕后面》。此后，他的精力聚焦科研，直到去世没有新作问世。

（吴岩）

科学·幻想·合理

——答甄朔南同志

叶永烈

一般的科普作品是描写现实的科学,而科学幻想小说却是通过娓娓动听的故事描述幻想中的科学境界,或写诱人的未来,或写遥远的古代,或写人类未到过的地方,燃起读者变美好的科学幻想为现实的强烈欲望。然而,也正因为科学幻想小说写的是幻想境界,常常遭到一些用现实的眼光看它的人的非难。

连环画《奇异的化石蛋》是天津人民美术出版社根据我的科学幻想小说《世界最高峰上的奇迹》改编的。小说发表后收录于拙著《丢了鼻子以后》一书(少年儿童出版社,1979年出版)。甄朔南同志为了说明这个科学幻想故事"错误连篇",举了三例(见7月19日"长知识"副刊《科学性是思想性的本源》)。现就这三例进行分析。

① 甄文认为故事所写的沿着恐龙脚印化石找到恐龙蛋化石是"错误"的。其实,这是现实的科学论断。在科学幻想小说中稍稍幻想一下,在7000多万年前,一连下了几天雨,把向阳处的泥沙也弄得十分潮湿。正在这时,一只恐龙沿着向阳处走过,产了一窝蛋,既留下了脚印,又留下了蛋。这样有什么不可以呢?因为向阳处在晴天才是干燥的,

下雨天照样潮湿。

② 甄文认为"从古莲子的苏醒来推论恐龙蛋的复活"是"不符合逻辑的推理"的。其实，由于改编成连环画，简单化了些。小说原著中还列举了以下科学事实为依据——几百年前沉没在地中海运河中的海荞麦，由于后来运河干枯了，"复活"发芽了；1911年，在西伯利亚永久冻土带发现几千年前的猛犸，在它的鼻黏膜中找到"复活"的微生物；1973年12月，美国南极探险队在100多米的地下，发现1万多年前的古代细菌也"复活"了。小说以这样四个现实的科学事例为依据，加以合理推理，幻想恐龙蛋能复活，这正是具备了科学幻想小说的特点。

③ 甄文说"任何类型的恐龙从来没有下过海"，从而认为故事中写恐龙复活后一见到海就下海逃走是"错误"的。其实，甄朔南同志自己写的《恐龙的故事》（科学出版社）一书，便谈到过恐龙的一种——梁龙"鼻孔长在头的顶部，在眼睛之上，是对水中生活的适应"，谈及腕龙"用有力的腿在深水中行走，把头伸出水面之上，用大而圆的眼睛凝视着四周，颇像一个机智的潜望员"，还谈及蜥蜴类恐龙的"一生有绝大部分时间在低地的池沼和礁湖中度过的"。我在小说里所写的7000多万年的幻想境界，与甄朔南的科普文章中的描写，何等相似（只不过作了些合理的夸张），何"错"之有？

总之，我在写作《世界最高峰上的奇迹》一文时，曾查阅了大量关于恐龙的科学著作。甄文所批评的"错误连篇"，并不是由于作者不懂恐龙知识造成的，相反是由于作者认为科学幻想小说的特点允许作者用幻想之笔加以延伸、推理造成的！

从某种意义上讲，甄文的观点具有一定代表性。在我的科学幻想小说创作中，曾不止一次受到过类似甄文那样的批评。比如《丢了鼻子以后》一文的前身是《第二双脚》，是写一个人断了一双脚又再生一双脚,有关编辑将此文送有关专家那里审查,认为"违反科学"。其实,我是以一本国外的科学专著《论人体和动物器官的再生》一书为科学依据的,小说中大量引述了该专著列举的科学事实。我据理力争,后来,换了个故事,把断脚改成了丢了鼻子,写成《丢了鼻子以后》,使小说终于得以发表。去年,联合国的医学研究机构把研究人体器官再生问题,列为当代医学需重点加以研究的 24 个项目之一,说明鼻子可以再生的事是可以变成现实的。科学家们关心科学幻想小说的创作,这是很可喜的,但不能把科学幻想小说当作科学论文那样进行审查。

当然,很多科学幻想小说是写遥远的未来的,而作者并未到过未来世界,他只能以现实科学为依据进行推测,在推测时也可能产生某些错误。然而,瑕不掩瑜,只要科学幻想小说的幻想大致上符合科学,就会给读者许多鼓舞。"燕山雪花大如席",从现实角度来看这句诗是荒谬的,从诗人的角度来看是难得的佳句。同样,没有夸张,没有大胆的幻想,那么科学幻想小说犹如通灵宝玉失去了光辉!《世界最高峰上的奇迹》写于"四人帮"横行的日子里,交稿后压了整整 1 年,在粉碎"四人帮"后才得以发表。写作时思想深受束缚,我以为幻想色彩还远不够浓烈,有点太拘泥于现实,欢迎同志们多予指正。

导读:

本文是 20 世纪 70 年代末到 80 年代初围绕科幻文学发生的重要争论中出现的一篇文章。这次争论和其他一些争论,最终导致了科幻文学的一次衰落。

叶永烈（1940—2020），中国当代著名科普、科幻文学、报告文学作家。早在大学时代，他就是《十万个为什么》的主要作者之一。大学毕业之后叶永烈进入上海科教电影制片厂担任编导，同时继续在业余时间从事科普写作。"文化大革命"后期他开始介入科幻创作，并在粉碎"四人帮"之后迅速成为中国科普和科幻文学领域的领军人物。叶永烈的小说《世界最高峰上的奇迹》《小灵通漫游未来》《暗斗》等获得了空前成功。

《科学·幻想·合理——答甄朔南同志》是1979年8月2日发表在《中国青年报》"长知识"副刊的"科普小议"专栏的一篇文章。此文是对7月19日该专栏发表甄朔南《科学性是思想性的本源》的回应。北京自然博物馆副研究员甄朔南在文章中指出，根据叶永烈作品《世界最高峰上的奇迹》改编的连环画《奇异的化石蛋》存在三个方面的错误，并且认为小说是"伪科学的标本"。叶永烈为此发表文章予以回应。由于这场争论几乎决定了中国科幻小说在那个年代的未来走向，因此对研究中国科幻文学发展历史非常重要。由于甄朔南一文较难获得授权，故我们选择仅收叶永烈的文章，但建议读者寻找前后文统一阅读。

《科学·幻想·合理——答甄朔南同志》是叶永烈在认真阅读甄朔南批评的文章发表之后对甄朔南的说法进行的一一回应。作者首先指出科幻作品不是科普作品，两者之间存在重大差别，幻想不能用现实的眼光进行观察。随后，作者对甄朔南提出的三个错误案例进行了回应，并认为自己的作品根本没有错误可言。在区别科幻作品跟科普作品时，叶永烈指出，科幻作家对科学前沿非常重视，作者需要熟悉各个领域的发展。但无论如何用科普观点分析科幻是不合适的，科幻应该建立在更大胆的幻想基础之上。

第一次交锋之后，甄朔南于 1979 年 8 月 14 日在《中国青年报》发表了《科学幻想从何而来——兼答叶永烈同志》，叶永烈也为此写了回应文章但最终未被发表。同年 8 月 24 日，《文汇报》发表沈定文章《争鸣之中见友情——中国科普创作协会第一次代表大会侧记》，描述了会议中间争论双方如何再度交手并不欢而散的经过。1983 年 3 月 26 日，《中国青年报》"科普小议"旧事重提，再发《还是应当尊重科学——补谈〈世界最高峰上的奇迹〉》。叶永烈也在 5 月 28 日发表《争论四年，分歧如故》进行回应。到此，直接针对这个作品的争论告一段落。

这场争论从叶永烈《奇异的化石蛋》开始，但并不仅仅针对这一个作品。争论的背后是对科幻到底是什么、科幻跟科普的关系是怎样的、我们需要怎样的科普和科幻作品、科学家如何介入科幻评论等一系列问题，在观念和理论层面展开的激烈冲突。甄朔南的文章一方面由于作者具有科学家"光环"，另一方面使用"伪科学"等字眼来"扣帽子"，导致科幻小说在普通读者心目中地位一落千丈。加上后期开始的"清除精神污染运动"把科幻小说纳入"精神污染"的一部分，使得中国科幻小说走向低潮。

时任中国科普作家协会科学文艺委员会副主任委员的叶永烈虽然多次争辩，也多次用自己的作品证明对科幻的指责属于不实之词，但依旧无法扭转科幻作品在粉碎"四人帮"后出现的空前繁荣逐渐消失的局面。科幻作品一度难以出版，科幻文学作家大量流失。此后，叶永烈本人放弃了科幻创作，走向报告文学写作。科幻小说的困局一直持续到 20 世纪 90 年代初《科幻世界》杂志诞生和邓小平南方谈话引发市场经济大潮开始之后，才有所缓解。

（吴岩）

谈谈中国科学小说创作的一些问题

杜渐

科学幻想小说在中国是一个新鲜的课题。在"文化大革命"前，已经有人开始从事这一新的文学品种的创作，如郑文光、童恩正、叶永烈等，可以说是中国最先从事科学幻想小说的一批作家，他们先后写了一些科学幻想故事和短篇作品。不过那时期的作品，还处于萌芽阶段，尚未定形，还不成熟，跟外国的科学小说相比较，离科学小说的要求还有一段较大的距离。这株刚出土的嫩苗，在当时并未受到足够的重视，跟着就发生了"文化大革命"，科学幻想小说在那些"三突出"样板戏的提倡者眼中，自然是离经叛道……科学幻想小说作家自然也逃脱不了跟其他作家同样的命运，处境相当恶劣。经历了十年搁笔，科学幻想小说这株幼苗，蒙上了十年冰霜。

"文化大革命"之后，中国向四个现代化迈开了前进的步伐，科学幻想小说开始受到人们的重视。尤其是近两三年来，科学幻想小说作家热情投入创作，写出了一些比较有分量的作品，这是对四个现代化的一种贡献。例如童恩正的《珊瑚岛上的死光》已被日本《SF 宝石》译成日文[①]，受到日本读者欢迎。欧美的科学小说作家协会，也开始对中国的科学幻想小说感到兴趣。中国科学小说的新作品，在国内也和在海外一样，受到读者欢迎。就拿郑文光的《飞向人马座》来说，共

① 日本《SF 宝石》双月刊一九八〇年第二期。

出了三十万册,在国内不到几天就被读者抢购一空。这一切都在说明,中国的科学幻想小说创作,已开始了一个崭新的时代。冰消雪解之后,这株小花正在迅速成长,为中国文艺百花园增添了异彩。

综观这两三年中国科学幻想小说创作,在量上不算太少,但在质上仍未理想,不过可以肯定一点,这种新的文学品种,已经开始受到一定的重视。对于一件新鲜事物,我们自然不应提出过分的苛求,而应为它摇旗呐喊,鸣锣开道。

可是,目前中国仍有着不少奇怪的理论,造成了中国科学幻想小说创作向前发展的障碍,某些理论问题上的基本概念的混淆不清,使科学幻想小说创作不能顺利成长。这些问题在外国早已不成为问题,可是在中国却仍然纠缠不清,实在使人深感遗憾。下面我想就目前中国科学幻想小说创作在理论上存在的一些问题,提出一些看法,作为对科学幻想小说理论上的探索,争鸣一下。

一个难倒外国人的问题

去年年底,英国著名科学小说作家布里安·阿尔迪斯(Brian Aldiss)应邀访问中国,曾同中国一些科普创作的人员座谈,竟然有人向他提出了一个十分可笑的问题:"英国的科学幻想小说怎样教育青少年掌握科学知识?"

这个问题很有代表性,也很典型地说明了中国某些人还根本不了解什么是科学幻想小说。阿尔迪斯回答得十分明确,他认为:"科学小说是一种文艺形式,其立足点仍然是现实社会,反映社会现实中的矛盾和问题。科学小说的目的并不是要传播科学知识或预见未来,但它关于未来的想象和描写,可以启发人们活跃思想,给年轻一代带来勇气和信心。"[①]我很同意阿尔迪斯这种解释,他基本上已说明了科学小说是什么了。

[①] 见《世界文学》一九七九年第六期第三〇八页。

"科学幻想小说"这名词是中国用惯了的，大概是因为这种小说既有科学的构思，又有幻想的成分吧。在外国，它叫作"科学小说"，最初是在一九二六年出现并一直沿用至今，当然，也曾有过很多不同的称呼，如"科学的小说"（Scientifiction）或"科学性小说"（Scientific Fiction），但都一一被淘汰，最后正名为"科学小说"（Science Fiction），简称SF。就其本质上说，科学小说和科学幻想小说是完全一样的，是一回事，是中外不同的叫法而已。在外国，"科学小说"这个词的本身，已包含了科学幻想的意思，因为小说本身就是虚构想象出来的。在外国用"科学小说"这个词不是没有理由的，他们不把科学小说称为"科学幻想小说"（Science Fantasy），因为 Science Fantasy 是大致同中国的科学幻想构思相似，意思是它用区别于"怪诞幻想"（Weird Fantasy）。"怪诞幻想"也是外国的一种文学题材，其内容是荒诞离奇，恐怖的怪谈，与科学完全没有关系，是纯幻想的产物。但"科学幻想"则有一定的科学构思，并非全无根据的。英国有一份文摘性的杂志叫《科学幻想》（*Science Fantasy*），但它指的并不一定是小说，也包括各种以科学构思和推理的文章。所以外国一直把幻想小说同科学小说区分开来。近年更少用"科学幻想"这个词，因这一类纯幻想的小说已更细致地被两个新的文学术语所代替，那是"剑与巫术"小说（Sword and Sorcery）和"英雄幻想"小说（Heroic Fantasy），把这种纯幻想小说同科学小说加以严格区分。

　　中国称之为"科学幻想小说"的作品，实际上就是科学小说，我认为用"科学小说"比较准确。假如说中国读者已经习惯了，约定俗成，沿用"科学幻想小说"下去，也未尝不可。但假如把这名词译成外语，还是得译成 Science Fiction（科学小说），决不能译成 Science Fantastic Fiction（科学幻想小说），要不外国读者就以为是另一种作品了。既然全世界都使用"科学小说"这名词，何不把它确定下来，只要一段时间，读者就会了解和习惯的，这样反而可以避免自造混乱。下文我就一律采用"科学小说"这个词了。

三种争议的意见

那么为什么会提出科学小说怎样教育青少年掌握科学知识这个问题呢？归根到底，这是中国在科学小说创作上一些基本理论问题混淆不清造成的。

目前国内对于科学小说的性质及所担负的任务，是有所争论的。从一九七八年五月的全国科普创作座谈会召开至今，一直还没有得出一个结论。归纳起来，有以下几家之见。

一家主张"科学文艺是科学，是文艺化的科学。科学文艺是科普著作的一个组成部分。科学文艺是采用文艺形式的科普著作，采用文艺形式的科普著作就是科学文艺。……科学文艺失去了一定的科学内容，这就叫作灵魂出窍，其结果是仅存躯壳，也就不成其为科学文艺"[1]。

第二家意见主张"科学文艺'着落'在科普学"，"或多或少地担负一定的传播科学知识和开拓未来的任务"[2]，"科学幻想小说是一种以艺术手法展现人们开拓未来的作品，它是科普学的一个分支——科学文艺的一种体裁"，又说它是"寓科学于艺术之中，而一切艺术手段的调动，都是为了传播科学知识，鼓舞读者去开拓未来服务"[3]。"科学文艺是科学与文艺互相结合，产生的一门崭新的边缘科学，……只有既做到形式和内容的杂交，又做到内容和内容的杂交，才能真正形成一门崭新的科学——科学文艺。"[4]

第三家意见是主张科学文艺"是通过艺术形象的制造、故事情节的展述或某种意境的渲染，间接而又自然地表明作者的意见：歌颂或者鞭挞，赞美或者揭露。它是以形象思维为基础的……它是文艺的一个品种，它所遵循的是文艺的规律，作者艺术构思的天地是异常广阔的。"[5]

---

[1] 鲁兵：《灵魂出窍的文学》，《中国青年报》一九七九年八月十四日。

[2] 饶中华：《谈谈科普创作中的几个争论问题》，黑龙江《科学时代》一九七九年第一期。

[3] 饶中华、林耀琛：《现实、预测、幻想》，《科学神话》代序，海洋出版社一九七九年八月第一版。

[4] 饶中华：《谈谈科普创作中的几个争论问题》，黑龙江《科学时代》一九七九年第一期。

[5] 童恩正：《谈谈我对科学文艺的认识》，《人民文学》一九七九年第六期。

这三家意见有一个相通之点，就是都希望搞清科学文艺的性质与任务。三家之间，尽管使用了各种不同的术语，意见也不尽相同，大致有一点可以看出，实际是两种不同的见解，就是科学文艺姓"文"还是姓"科"，前两家主张姓"科"，后一家主张姓"文"，分歧就在这里。

本文说的是科学小说，按这两种意见，大概都把科学小说当成是科学文艺的一种，我要搞清的是科学小说是姓"文"还是姓"科"。要阐明这一问题，无疑必须在讨论"文家子弟"还是"科学子弟"之前，有必要弄清什么是科学文艺。

科学文艺——含糊的概念

到底"科学文艺"是个什么概念？

我查了很多本外国的《科学小说百科全书》，始终找不到"科学文艺"这个名词。看来，外国是不采用这种分类方法的。也许，这名词是中国某些人的一大创新发明吧？

我不反对我们中国可以创外国之所无，今人创前人之所无，要不社会就不会向前发展了。但是"科学文艺"的概念本身却很含糊，极不科学，这种新发明不要也罢了。

据说，"科学文艺（包括科学幻想小说、科学散文、科学童话、科学诗、科学戏剧等）是文艺中较为年青的一个品种"[1]。

中国的一本《科学文艺》[2]杂志，更在稿约中列出一长串"科学文艺"的内容，包括的还有"科学报告文学、科技电影剧本、科学随笔、科学杂谈、科学小品、科学相声、科学家传记小说、科学家故事和小传、科学文艺美术作品、科学文艺理论研究和评论文章、科学文艺翻译作品"……够了！大概任何一种"文艺"，只要加上"科学"二字，就"杂

[1] 童恩正：《谈谈我对科学文艺的认识》，《人民文学》一九七九年第六期。

[2] 《科学文艺》一九七九年总一期，四川人民出版社出版。

交"成为"科学文艺"了。

这种分类学,是极不科学,而且是形而上学的。例如,我这篇文章是谈科学小说的问题的,就被列为"科学文艺"的一种——"科学文艺理论研究和评论",这算什么分类学?我真要被憋住啦!这是文学评论,文学评论可以谈科学小说的问题,为什么硬要说成是"科学文艺"?照这样推理,这篇文章就不只是"科学文艺",而且要归类进"科普学"里去了,因为科学文艺是科普学的一个分支嘛;或者再进一步,科普学是科学,那这文章岂不成了科学的论文了?这是讲不过去的。

"科学文艺"是一个含义模糊的笼统的概念,用一个模棱两可的名词把很多不同性质的事物归纳为一体,而又缺乏科学的定义,那是最容易的办法——懒人的思维方法,首先就缺乏了科学分析的诚恳。

"科学文艺"这个新名词又是从哪儿得到创新的灵感呢?原来是向从前的"老大哥"那儿学来的。苏联的所谓科学文艺,指的是伊林式的科普著作,绝没有把科学小说也归进这种著作之内。对于苏联过去的文学理论,不应一概否定,但也没有必要奉为金科玉律,因为有不少东西是错误的。但就按苏联的分类,也只把科普作品(包括用文学笔调写的科学通俗读物)看作科学文艺,从没有把科学小说列入其中。中国借用了苏联这一名词,扩而大之,把几乎任何一种文艺形式,只要跟科学沾上一点边,就划入"科学文艺"去,这怎不把问题越搞越混乱呢?

"文艺"这个词在中国用得很滥,其实它是文学艺术的简称,包含的内容相当广泛。广义来说,指的是文学、诗歌、戏剧、美术、音乐、舞蹈,甚至曲艺、摄影、建筑……但狭义来说,则专指文学,盖指文学之艺术也。在外国文与艺是两个词,Literature 和 Art。至于文学、音乐、舞蹈、戏剧……都是分得比较清楚的。外国很少用"文艺工作者"这种名词,作家就是作家,跳舞的是舞蹈家,绘画的是画家,很少像中国那样喜欢用一个包罗所有不同职业的称呼的，不过这些人都可以称他们是艺术家。这"艺术家"也是广义来说的，并没有说明其是具体的职业。

那么，比方在街上碰见某人，你介绍说："这位先生是个'科学文艺工作者'。"我就不知道是个什么了。是科学家呢？还是文艺工作者？是写科学小说的？还是个说科学相声的？是画 Space Art 的？还是个拍摄科学照片的摄影家？那我就不清不楚了。

当然，"文艺"这词是客观存在的事实，我并不想否定它的存在意义和价值，但"科学文艺"一词的使用，却宜慎重，如果能用含义明确的方式表达，最好还是不要新创这么一个笼统的广义的名词。中国人吃亏就吃亏在不少事情上往往采取模棱两可、马马虎虎、含糊不清、蒙混过关的态度，既然"科学文艺"包括科学这，科学那，为什么不真的科学些，把概念搞得精确些呢？不要用抽象的概念代替了科学分析。

科学小说的性质与任务

我们要确定科学小说是姓"文"还是姓"科"，并不是任由我们高兴它姓什么就姓什么的，而是根据科学小说的性质、创作方法和担负的任务来决定的。

主张科学小说姓科的理由，是认为它是科学，是科普学的分支的一种体裁，是杂交出来的一门崭新的边缘科学。这些好心的朋友怕科学小说成了无主孤魂，要它"着落"在科普学，给了它一个传播科学知识和开拓未来的任务：你不加入到"科学"队伍中来吗？你失去了一定的科学内容吗？你就是"灵魂出窍"的文学！哎哟！好吓人啊！小生本姓"文"，怎么会"着落"到"科"家去了？

科学小说为什么不能姓"科"，而必须姓"文"呢？请听我说：

一、科学小说的任务是反映现实。它是立足于现实社会的，是描写社会中各种不同的矛盾和错综复杂的现象。它是文学中的小说的一个新品种，是近代随着工业革命后出现的文学现象。它既不是"科学化的文艺"，也不是"文艺化的科学"，它同所有文学创作一样，是反映生活和现实的艺术品。尽管它在构思情节时，可以运用科学的逻辑推理，但它仍然是以形象思维为基础，对现实作艺术上一种不同层次的反映。科普著作和科学小说在本质上是不同的，"科普学"是将科学知识加以通俗化，通过各种大众传播媒介，向群众加以推广普及的一门"科学"。

我们不妨举一个例子来说明。爱因斯坦的相对论，是一种科学理论。如果以深入浅出的文字，以至文学的笔法，写成通俗小册子，使这种理论得以传播，使群众易于接受和理解，或拍成科学教育性影片，在电影院甚至电视上放映，这都是"科普学"的职责。但是，科学小说却并没有也不可能负担宣传或传播科学知识的职责，即使它运用了相对论的原理来构思小说，也不会成为科普著作，因为它向读者传达的并不是科学理论，而是反映现实的矛盾。科学小说没有传播科学知识的任务，正等于科普著作没有反映现实的任务一样。

二、科普作品，它是科学著作，是逻辑思维的产物。尽管你使用了生花妙笔，以最优美的文笔来写作，你要向读者传达的，是科学理论。而且科普著作不能逾越科学的内容，必须遵循科学的逻辑思维方法，正确传达出科学信息。如果离开了科学的内容，那科普著作就不成为科普著作了。相反，科学小说是文学作品，它是形象思维的产物，它必须遵守的是所有文学创作必须遵守的规律。尽管使用了科学知识和科学的推理，它向读者传达的是文学信息，而不是科学理论。两种不同的思维方法，产生两种不同的作品，形象思维产生科学小说，逻辑思维产生科普著作，这是明显的分水岭。

三、科学小说是小说的一种。小说是可以按其题材内容来分类的，如爱情小说、历史小说、战争小说、侦探小说、武侠小说、社会小说，等等，科学小说也是这种分类的一种小说。由于科学小说，是以科学幻想为内容，所以叫科学小说。科学小说不具有传播科学知识的任务，一如历史小说不是宣讲历史知识的教科书，武侠小说不是传播武功的秘籍，战争小说也不讲授作战的军事常识。假如反过来说，科学小说必须传播科学知识，那么爱情小说岂不要教人恋爱方法，成了"爱情大全"了吗？

由于科学小说并不是科学著作，所以它不能是科学。它是形象思维的产物，是反映现实的文学作品。它没有传播科学知识的功能。所以，科学小说姓"文"，而不姓"科"，它本来就"着落"在"文"家的，是个"文家子弟"。

科学小说不是边缘科学

主张姓"科"的会说：不，它是科学与文艺杂交出来的一门崭新的边缘科学，它是科学啊！

好吧，我们再看清什么是边缘科学吧。边缘科学，是指两种科学结合而派生了另一种介乎两者之间而又不同于两者的独立的科学。例如生物化学，是由生物学和化学结合而派生出来的一门新的科学，它既不是生物学，也不是化学，它带有两者的一些特性，又不同于两者，而成了一门有自己独立的体系的科学。又例如医疗工程学，它是医学和机械工程学结合而派生出来的一门边缘科学，它并不是医学，也不是机械工程学。一个医疗机械专家并不是一个医生，他需要有一定的医学知识，但决不能去给病人开处方动手术；他也不是一个机械工程师，决不会去干机械工程设计；他所研究的项目却同医学和机械工程学都有密切关系，如制造发明医疗上有用的机械；他是个专门研究医用机械的科学家,他可以制出人工心脏,激光手术刀,电子配件四肢……而他的工作,又是医生或机械工程师都干不了的,这一门介乎两种科学之间的边缘科学,有了自己的独立的体系,既不"着落"到医学,也不"着落"到机械工程学,而成为一门新的科学了。

科学和科学结合而派生出边缘科学,可是文学并不是科学,文学和科学"杂交"怎么会生出科学来呢?所以,文学和科学"杂交",是生不出一门边缘科学来的。这种"杂交"说,是不符合逻辑的。

科学小说绝不是"科学加小说"或"小说加科学"。科学小说不可能是形式与内容杂交、内容和内容杂交产生出来的,它本来就是一种小说。它和一般小说不同之处,就在于它具有丰富的科学幻想,离开了科学幻想,它就不成为科学小说了。

有人说,科学构思在科学小说中只不过是一些味精或盐——调味品,这是不对的,科学构思是科学小说一个不可或缺的组成部分。如果你写一本历史小说,历史只不过是调味品,那这本小说就不可能是历史小说了,历史在历史小说中是不可或缺的组成部分。

但是科学在科学小说中,怎样组合进去呢?如果是科学的内容加上小说的形式,能否就产生科学小说呢?答案是:否!

科学小说中的科学成分乃是科学幻想,也即科学的逻辑推理的构思,它必须同整本小说的文学构思相结合,才可能产生出科学小说。这种结合,不是相加或杂交,而是有机的综合与重叠,是真实与幻想的综合重叠,它们之间是互相不可缺少的,是组成整个情节架构的因素。科学构思往往是很大胆的,例如 H. G. 威尔斯①的《隐身人》,它的科学构思就是那种使人隐形成透明的化学药品,这个因素决定了整个小说情节的发展,没有了它,小说就无法展开了。但是隐身这一科学构思是一种科学幻想,是一种假设的条件,本身毫无科学根据,所以科

① H. G. 威尔斯(Herbert George Wells, 1866—1946),英国作家。

学小说的科学构思，并不一定在科学教科书中找得到引证的，但它却符合科学的逻辑推理，于是一本使读者获得高度艺术享受的科学小说，就成功地写出来了。

这种假设，是不是"灵魂出窍"呢？我看不是吧。威尔斯的《隐身人》是科学小说的经典著作之一，如果是"灵魂出窍"，那么科学小说就不应再存在了。谁能够否定威尔斯的小说，不承认它是科学小说呢？相反，我认为这种假设，正是这科学小说成功之处。

幻想是科学小说的生命

科学的幻想与假设，即科学构思，是科学小说的生命，它能使科学小说具有一种潜移默化的教育力量，启发读者丰富的想象力，吸取科学创新的灵感。这种幻想与假设只需要符合科学的逻辑推理，便能成立，根本与目前的科学成就没有等同的关系。那么，我这岂不是提倡"灵魂出窍"了？

其实，正如作家纳布柯夫[①]说的："科学离不开幻想，艺术离不开真实。"凡尔纳[②]在写他的科学小说时，世界上根本还没有核潜艇、火箭，爱因斯坦还没有研究出相对论，美国太阳神号也没有登月，你能说凡尔纳的奇思妙想不忠实于科学吗？当时一些旧的科学家，的确曾鄙视地说："凡尔纳是个空想家，他的'发明'是不可能成为现实的。"本世纪初，法国陆军元帅路易士·卢梯向法国政府某大员提出一份未来军备的计划，那大人物嘲笑说："这份计划很像出自儒勒·凡尔纳的手笔呢。"卢梯反问了一句："说得对，请问这许多年来，世界各国取得的科学成就，难道不是跟着儒勒·凡尔纳的老路走过来的吗？"

凡尔纳的幻想，启发了不少后世的科学家，号称"潜艇之父"的发明家西蒙来克在回忆录中第一句就说："凡尔纳是我生命的总导演。"世界第一个完成北极飞行的飞行员阿特米纳·拜特曾说："第一个完

[①] 纳布柯夫（Vladimir Nabokov, 1899—1977），美籍俄裔作家。

[②] 儒勒·凡尔纳（Jules Verne, 1828—1905），法国作家。

成这壮举的人,并不是我,而是凡尔纳;给我领航的是他。"无线电的发明家马可尼在一九二二年说:"凡尔纳使人有预见,他希望人们能创造新事物,而且鼓舞人们去实现伟大的幻想。"凡尔纳的幻想在当时被某些人认为没有科学依据,但是后世不少科学家却受到他的恩惠,展开了丰富的想象力,创造出伟大的科学与现实。

问题的关键是我们怎样看待科学的观念。在文学作品中的科学构思,并不等同于科学本身,也不等同于科技知识,所以科学小说只能启发和鼓舞人们去发明创造,培养人们热爱科学的兴趣,不能担负传播具体科学知识的任务。

过去十年……他们硬要作家按照什么"三突出"的"创作方法"来写作,结果有什么好作品出现吗?都是些没有灵魂也没有血肉的骨架子"样板",那才真是些"灵魂出窍"的文艺呢!

现在打倒了"四人帮",解除了作家头上的紧箍咒,在向四化迈进的时代里,大家都意气风发,希望早日实现四个现代化。现实摆在眼前,中国的科学技术实在太落后了,谁不心急?谁不想快马加鞭?谁不想扫除"科盲"? 这种心情是完全可以理解的。可是,急得来吗?长期受思想束缚的人,虽然得到了解放,但因陈的习惯和僵化的头脑,往往会如廖冰兄的漫画人物一样。漫画家廖冰兄画的一张漫画十分有趣,他画一个人长期困在一个瓶罐里,等瓶罐打碎了,那人还是像瓶罐里一个样子。思想一时还扭不过来的,很容易就套用了过去十年那种"突出政治"的办法,来"突出科学",好像只要无处不在地宣传科技,连科学小说也硬派一项传播科学知识的任务,科学就能"突出",一下子就"突"上去了。这种拔苗助长的方法,是完全错误的。

要科学小说宣传科学,这是抹煞了文学与科学之间的区别,正如过去把文学和政治混为一谈同样,非但不可能促进科学的传播,而且会导致倒退。科学小说是一种文学，它可以用人们喜见乐闻的形式，潜移默化地培养人们热爱科学的情操，这是科学小说对四化所能起的作用和贡献。相反，硬要在科学小说中这样去"突出"科学，其结果必然扼杀了科学小说，也扼杀了科学幻想。急功近利的结果，必然会落得反效果的结局。

中国是一个"科贫"的国家，科学观念向来薄弱，目前是必须急起直追的，我们要造就千百万科学的人才。中国需要的是一批科学的新人，一批有灵活头脑的科学发明家，而不需要一群科学"事务家"。应该让年轻一代有解放的思想，有科学的观念，有正确的世界观，有创新的想象力，有敢于闯新路的战斗精神。科学小说的任务，就是要培养年轻一代的科学观念，鼓舞他们一往无前为科学顽强奋斗的精神。只有人的心智无限活跃，才能造就更多科学的精英。新的世界，就靠这些人去创造。

科学小说不是未来学

在国内还有一种对科学小说的误解和误导，就是认为科学小说担负有"开拓未来"的功能，有对未来作预测的任务。这种"开拓未来"式的"在现实基础上对未来的预测"，并不是科学小说的功能和任务。

"未来学"是一门崭新的科学，它是用定性或定量的科学方法，预测社会与科学技术的发展变化，研究科学技术的进步与人类社会相互影响、相互关系的一门综合性学科。它是科学家根据大量的政治、经济、科学、历史、心理、军事等多方面的数据，按照物质世界发展的趋向，辩证地预测未来发展的动向与结果。这是一门科学，并不是幻想出来的产物，是经过科学家严密思考和精确计算的研究成果。

科学小说中的未来，并不是未来学的未来。科学小说中描写的未来，是幻想的产物，是以形象思维作基础的。作家可以参考科学家研究的结论，构思未来社会的种种现象和问题；他也可以按自己的理想描写一个乌托邦式的未来社会。这当然同科学家研究的"未来学"这门科学完全不同。未来学是科学家以逻辑思维作基础，预测出未来的社会发展状态，他们的结论自然不是小说，不是虚构的产物。

如果科学小说必须担负预测未来的任务，做出预测未来的形象化的延伸，那实在等于要作家去当算命先生。其实，这种要求，是把文学与科学混为一谈，把形象思维和逻辑思维搞乱了。阿西摩夫在《钢铁都市》（ The Caves of Steel ）[①]中描写遥远的未来，纽约市变成一个不见天日的钢窟，人类已不适应在天空之下的自然界中生活，这是作家想象出来的一个特定的社会结构，并不是未来学的预测。小说中的侦探和机械人，在这特定的"未来"环境下侦察一件谋杀案件，展开了故事的情节。难道我们能把钢铁都市纽约当作是预测未来的形象化的延伸吗？

所以，我们必须把科学小说同科学严格区分开来，同科普学以至未来学严格区分开来，这是完全必要的。否则，就会误导读者。如果小说家能预测未来，那他不是小说家，而是一个科学家，或者是未卜先知的算命先生了。有很多优秀的科学小说，都是文学家头脑的产物，但它们并没有担负预测未来的任务。小说家毕竟不是科学家，这是要分清的。

科学小说应该受到重视

写作科学小说，跟写作一般的小说不同，要求科学小说家具有一定的基本的科学知识。如果一个小说家完全没有一点科学知识，就凭他绞尽脑汁，挖空心思，也未必能写出科学小说来。在外国，有科学家写作科学小说，虽然在数量上是占很小比例，但由于外国的科学和教育程度较高，一般作家都懂得科学，而并非科学家的作家毕竟是占大多数。被誉为"科学小说之父"的儒勒·凡尔纳就不是一个科学家。

[①] 伊萨克·阿西摩夫（Isaac Asimov, 1920—1992）美国作家、科学家，《钢铁都市》著于一九五四年。

曾以《时间机器》《隐身人》著名的 H. G. 威尔斯，虽曾在科学家赫胥黎指导下学过科学，但却不是一个科学家。访华的布里安·阿尔迪斯是英国科学小说协会主席，被誉为当代优秀科学小说家，他也不是科学家。就拿已故的苏联名作家阿·托尔斯泰，他不是科学家，却写出了《加林的双曲线体》和《阿爱里达》等科学小说。美国大多数科学小说家并不是科学家，前任美国科学小说作家协会主席 J. E. 冈恩[①]是文学教授，目前最负盛名的海因尼因[②]，当过海军炮兵指挥官，也是个典型的文学家。几乎可以肯定绝大多数的科学小说作家并不是科学家。

外国不少"主流"（Main Stream）的作家也写科学小说，如美国"黑色幽默"派的健将寇特·小冯芮古特[③]，英国的阿尔杜斯·赫胥黎[④]，都是当代西方"主流"作家，他们写的科学小说都成了最受欢迎的作品。

而科学家写科学小说的，也可以列出一大堆名字，不过举一个就够了，他就是伊萨克·阿西摩夫。阿西摩夫是化学博士，他所著的生物化学教科书至今还是这门科学的重要作品。他除了大量写作科学著作外，也写科普文章、文学评论、历史研究，至于科学小说，他的著作也很出名。不久前，他已出了两百本书。其他的科学家也偶在研究之余，为读者写些科学小说。

我谈了这么多小说家和科学家的名字之后，要提出一个问题了：外国文学界和科学界都这么重视科学小说，热情地写作科学小说，那么反观中国，科学家有多少人写科学小说？文学家又有多少人从事这方面的创作呢？中国的"主流"作家有多少人肯"屈就"写科学小说呢？

好吧，再让我们看看中国科学小说作家的处境吧。中国作家协会有那么多会员，但目前还只有五个人（不，或者说四个人更合适）是从事科学小说创作的，他们是高士其、郑文光、童恩正、叶永烈、尤异，而其中，高士其是写科学诗，没有写科学小说，实际上只有四个科学

[①] 冈恩 (James Edwin Gunn, 1923—)，美国作家。

[②] 海因尼因（Robert Anson Heinlein, 1907—1988），美国作家。（现被译为"海因莱因"。——编者注）

[③] 寇特·小冯芮古特 (Kurt Jr. Vonnegut, 1922—2007)，美国作家。

[④] 阿尔杜斯·赫胥黎（Aldous Huxley, 1894—1963），英国作家。

小说作家是作家协会会员。而这四个会员在作家协会中,并不是名正言顺的,因为作家协会并没有承认他们是科学小说作家,而只是以儿童文学作家的身份接受他们入会。

为什么科学小说作家被当成儿童文学作家呢?作家协会可能还认为科学小说名不正言不顺,瞧不顺眼吧?或者是认为科学小说是给孩子们看的,所以当作儿童读物吧?我曾跟一位外国作家谈起,他感到很惊讶,说了一句:"中国对科学小说的看法是不是太落后了?"我想他说得很对。

科学小说美好的前景

下面我想举出美国的一些数字,来说明人们对科学小说看法的时代进展。

美国一位名叫贝华利·费兰特(Beverly Friend)的哲学博士,曾在一篇论文①中指出:

一九四八年在一千个读者中作抽样调查,得出的结论是:看科学小说的绝大多数是男性,年龄在十七岁至二十七岁之间。

一九六一年调查的结果是百分之八十七的读者是少年儿童。

这是二十多年以前的情况,近年的调查结果又是怎样的呢?

一九七四年的一份调查显示,美国科学小说读者的平均年龄,已稍为超过二十六岁,百分之八十一为受过高等教育的男性读者。

到了一九七八年调查,答案是:每一个人从八岁到八十岁,都看科学小说。

这变化大吧?现在美国的书店里,科学小说占着很大一个比例的

---

① 见《科学小说手册》(*Science Fiction Handbook*, Chicago Review Press, 1978)。

地盘。无论在药房、超级市场，甚至机场的小卖部，都有最新的科学小说出售。科学小说大量以纸面普及本（Paperback）的形式出版，但也有不少以精装本（Hardcover）出版的。

在美国你常可以看到飞机上旅客都看科学小说；银行总裁看，砌砖工人也看，中学生、高中生，甚至大学毕业生，也爱看科学小说，挥动单车链带打群架的黑社会人物看，连坐在养老院的摇椅呷咖啡的老太太也看。真的几乎人人都喜欢看科学小说，这不是很奇怪吗？

英、美、法、西德、日本、意大利等国，都有很多份销量颇大的科学小说杂志，读者组织了各种书迷俱乐部（Fan Club），出版读者杂志（Fanzine）。不少国家还有"科学小说作家协会"的独立组织，美国和法国还有"科学小说研究协会"的机构。每年一度的"世界SF作家大会"，更是热闹非常，选出最佳得奖的作品，颁发多种科学小说奖，如"雨果奖""星云奖"等。无论是俱乐部或大会，都是作家和读者交换意见的场合，作家经常联系和听取读者的意见。这不是很奇怪吗？

其实一点也不奇怪，奇怪的倒是我们中国长期来没有重视和发展这种文学，目前中国对待科学小说的态度，实际上是相当于美国一九四八年至一九六一年这阶段的情况，落后了二三十年。

在外国除了一些出版社出版科学小说外，还有专门出版科学小说的出版社。可是中国到目前为止，还没有专门出版这类小说的出版社，只有少年儿童出版社或科技（科普）出版社乐于出版，中国青年出版社也出版一些。为什么没有文学出版社乐于出版这种小说呢？其实把科学小说归由少年儿童或科技出版社出版，是极不恰当的。

到目前为止，国内的刊物多如雨后春笋，有上千份之多，不少都乐于刊登科学小说。但是像中国这样一个大国家，拥有这么多读者，至今还没有一份科学小说的月刊,这是讲不过去的。问题就在于是否认识科学小说的价值,它对四个现代化所起的作用了。如果对这种新的文学品种加以提倡,应该是大有作为的。

中国科学小说的前景,应该是很美好的,这片土地需要人去开拓耕耘,定然能结出丰硕的果实。要使科学小说发展壮大,首先还得要真正解放思想,打破条条框框,摆脱人为的束缚,活跃作家的思想。科学界与文学界都应重视它,支持它、爱护它,为读者写一些有分量的作品。只有这样,才能真正做到跨越时代的飞行,飞向人马座,飞向更广阔的宇宙,创造出中国科学小说的新成就。

导读:

对中国内地的科幻生态来说,来自中国香港的科幻批评是一个很好的补充。本文是香港关注和探讨内地科幻文学的第一批重要文章中的一篇。作者杜渐(1934—),本名李文健,科幻作家、评论家、翻译家,历任香港《大公报》《新晚报》编辑、《开卷》《读者良友》《科学与科幻丛刊》主编,著有《书海夜航》《世界科幻文坛大观》和多部科幻小说。

这篇文章初刊香港《开卷》杂志1980年第10期,同年《新华月报》第7期转载,后收入《科幻小说创作参考资料》第二期(中国科普创作协会科学文艺委员会编,1981年)和《论科学幻想小说》(黄伊主编,科学普及出版社，1981年）。杜渐毕业于中山大学，对内地社会和思想状况非常熟悉，又在香港纵观天下、博览群书，兼具两种不同视角，从而能对中国科幻小说的发展提出富有针对性和建设性的意见。

在这篇文章中，杜渐就科幻小说（即他所谓"科学小说"）的概念、名称、性质、任务、价值、前景提出了深刻而有力的见解。他认为，科幻小说既不是科学的附庸，也不能和科普著作混为一谈。科幻小说是一种新的小说，是随着工业革命的发生而出现的新的文学现象。它以科学幻想而不是以科学为内容，这种幻想不一定能在现有的科学体系之内得到充分论证，而是以既有科学认识为基础的逻辑推理。因此，真正的、符合文类自身属性的科幻小说，其价值既不在于向我们传播具体的科学知识，也不是预言未来，而是对现实的曲折反映。科幻小说在国外非常繁荣，而中国科幻文学如果能突破一些思想观念的束缚，会有非常美好的前景。

"新时期"之初，科幻小说迎来了前所未有的繁荣，究竟应当如何界定这个独具特色的文类？由于科幻小说长期被视为"科学文艺"的一个分支，而"科学文艺"又以普及科学为宗旨，部分科幻作家强调"文学性"的尝试遭到激烈批评，引发了著名的"科文之争"。杜渐凭借其丰富而开阔的阅读积累，在一系列文章中为科幻小说"姓文"一方提供了有力的支持，本文是其中影响最大的一篇。特别其中的个别提法，如科幻小说的任务是"反映现实"，虽然存在局限，但与当代理论家詹姆逊的"未来考古"论实有相通之处。

总体而言，杜渐这篇有理有据的论说，是中国科幻思想解放进程中的一个重要文本，而中国科幻小说在20世纪90年代以来的发展也在很大程度上印证了他的看法。值得注意的是，除了一些今天已经成为共识的主张，文中还有一些有待继续思考和探索的问题。例如，富有中国特色的"科学文艺"的确存在概念不清、外延过大的问题，但这一概念以及相应的文艺实践在过往的科学传播和文化建设方面究竟发挥了怎样的作用？今天已经摆脱了"科学文艺"束缚并赢得巨大成功的中国科幻小说，在当下和未来还应不应当、能不能够以某种方式"培养人们热爱科学的情操"，"启发和鼓舞人们去发明创造"？

（李广益）

谈谈我国科学幻想小说的发展

——兼论我国科学幻想小说的一些争论

萧建亨

自从七八年五月,在上海举行了"全国科普作者创作座谈会"以后,短短两年中,我国的科学幻想小说,已出现一个初步繁荣的局面。据不完全统计,从七九年的六月到八〇年的六月为止,在我国的一些科普杂志、报纸、文学期刊或出版社汇集的集子上,仅中短篇科学幻想小说,就出现了一百五十篇左右。仅从数量上来讲,这是个惊人的数字。它已超过了打倒"四人帮"以后到七九年的上半年,三年内中国的科学幻想小说的一倍。这在中国的科学幻想小说史上,必然会成为可供研究、可供讨论的有趣现象。更为重要的是,在这几年内,由于文学刊物也开始刊登科学幻想小说,并开始引进英美的科幻作品及其理论,新人的不断涌现,创作队伍的不断壮大,我国的科学幻想小说的评论及其理论也已初步出现,并产生了一些重大的争论。这些争论虽然有时是各执一端——但无疑,正是这些争论,使我国的科学幻想小说的创作,从仅仅是搞实践转向了理论性的探讨,从感性的认识转向理性的概括。这样就大大地丰富了我们对科学幻想小说的认识,为我国的科学幻想小说进一步发展开拓新的领域、新的形式、新的创作方法打开了出路。当然,就像任何作品都有它的局限性一样,这些萌芽状态的理论探讨，有时也因为它的局限性而带来了消极的一面。那就是：在初步繁荣的过程中，突然刮起了一阵怀疑的冷风，人们因某些科幻作品的局限性，或它的幼稚，或者某些作品的一些偶然的错误，开始提出了这样的疑问：是不是应当在纸张这样紧张的情况下，还要提倡科学幻想？在人民遭受了这史无前例的浩劫之后，文化科学知识如此低落的情况下，是不是还要大量出版科学幻想，强调科学幻想的重要性？提出这种怀疑观点的人，无疑也是抱着一种良好的愿望，认为实现四个现代化，人民需要知识，尤其是青少年更需要大量的科学知识。但科学幻想小说，她到底是姓"科"还是姓"文"，似乎还值得怀疑；而且，在一篇数万字的科幻作品中，往往真正讲述科学知识的部分只有数百字，这岂不是对纸张的一种极大的浪费？从科学普及一头来讲，人们必然会产生这样的疑问：我们能把科学幻想作为一种普及科学知识的手段来应用吗？它的社会功能到底是什么？是不是应作为科学普及来提倡？另外，自从和国外开始文化交流以来，我们又断断续续地看到了国外报刊上对我国科学幻想小说的一些评论。对待这些评论，我们是采取一种趋之若鹜，一捧则视若神明，一贬则垂头丧气的态度，还是采取一种不理不睬的态度？还有，我国的某些科学家也曾对我国的科学幻想作品，发表过一些很尖锐的意见，对待这些意见，我们又应当如何处之？是一听到一些意见，就赶快收兵，减缩出版规划呢？还是仔细地分析这些批评，扬其有用而中肯的意见，弃其因不了解情况而产生了一些误会的部分？总之，这里都涉及对科学幻想小说——当代这一复杂而有趣的文化观象的一个基本的估价问题，也涉及了一些基本的理论性的问题。

那就是，科学幻想小说，到底能不能作为科学普及的一种手段来加以应用？它到底是姓"科"还是姓"文"？它的社会功能又是什么？科学幻想中的幻想，是应当远大些呢？还是近一些好？还有给成年人（青年人）和少年儿童阅读的科学幻想小说作品是不是应当有所区别？也就是说，不管作为一种文学作品或科普作品讲来，要不要所谓的儿童特点？总之，问题很多，值得进一步探讨。作为一个搞过一些实践的作者，我想结合我们自己所走过的道路来进行一次粗浅的讨论。由于我不是专搞理论的，所言一定免不了偏颇。但科学幻想小说，却一定不会因为有不同意见，而停止发展。理论工作也一定还会继续跟上。我愿抛砖引玉，总的目的还是要为科学幻想小说鸣锣开道，使我国的科学幻想小说真正繁荣的一天早日来到。

全文将分六个部分，先谈一谈科学幻想小说产生的社会根源，以及我国科幻小说的历史。再谈这几年来的一些争论，以及科幻小说的社会功能和今后的发展方向等。

一、科学幻想小说是时代的产物、时代的要求

人们常把世界上最早的一本科学幻想小说，归之于大诗人雪莱的夫人——玛丽·雪莱所撰写的《佛兰根斯坦》。这本书写于1818年。当然，关于科学幻想小说的起源，我们还可以追溯得更远一些。甚至有人把荷马、柏拉图、斯威夫特的《格列佛游记》、笛福的《鲁滨孙漂流记》都称之为科学幻想小说，当然，就拿我国早期的神话来看，我们也可以找到一些朴实的、科学幻想的成分。拿《镜花缘》来说，林之洋的漂流过海、在异域奇境里的一些奇遇往往使我们想到现代英美的一些描写与宇宙及其他银河系生物接触的科学幻想小说。但无论从什么样角度来说，科学幻想小说，毕竟是科学世纪到来之后的一种产物，是科学与技术开始融合并推动工业化后的一种必然的精神文明的反映，一种新奇而又辉煌的文化观象。

我们都知道，在十六世纪以前，世界上所谓的科学和当时的"技术"是基本上分离的，技术是掌握在一些仅仅父子相传、师徒相传的熟练的工匠的手里，而科学只是一些经院式的或一些御用的科学家们的玩物。只有到了十九世纪的中叶，由于工业化的需要，科学才真正和技术结合了起来。到了那个时候，自然科学才对工业化起了根本性

的促进作用。二十世纪初，可以说大部分的技术创新和发明都是来自自然科学的成就。所以，也是由于社会实践的结果，人们才对自然科学及科学理论的重大意义侧目相待。基础科学的发展大大地推动了工业化的进程。科学已进入了人类的生活，关系着人类未来的命运。由于工业化的发展，交通运输的越来越方便，新技术、新发明不断地出现，不断地改变着人类的生活方式和精神面貌。当然这也带来了惊恐和希望。人们总不免要想：这些新技术、新科学的发展，会为我们的明天带来些什么？是黑暗还是光明？是痛苦还是欢乐？人们总是希望知道自己今后的命运。这种关心自己命运的好奇，可以说是人类的一种最基本的本能，一种最优秀的品质。他们不但自己想了解自己的过去和今天，当然也想了解自己的明天。他们不但想要掌握今天的现实，而且也想关心自己的未来。"科学"地去想象明天，想象未来，这无疑是人类逐渐走向成熟，对自己越来越有信心的一种表现。世界并不会因为有了一本"灾难性的科学幻想小说"，而走向真正的毁灭。但，只有一个真正脱离了动物本能的人，才能用科学幻想这种形式，满怀信心地去"观察"未来，去嘲笑这永远也不会十全十美的生活的现实，带着微笑去回顾"原始人"式的神话般的过去。

在古代，由于缺乏科学知识的武装，人们只好把一些大自然的现象看作是一种无法理解、无法由人类掌握的神秘的力量——这就是图腾的起源。但即使是在人类非常原始的时代，人们就在幻想着一种能驾驭大自然的力量。他们创造了一些能呼风唤雨的"神"，能跨越千里飞过海洋的"飞毯"，能缩地千里的"快速旅行法"，孙猴子一个跟斗就整整十万八千里，这实在是我们的"三叉戟"和"波音"都远远赶不上的。老孙下龙宫去取金箍棒的分水法，也是我们今天的深海探险和"北极星核潜艇"所望尘莫及的。《山海经》《封神榜》里就有我们祖先的一些非常朴实但却非常大胆的"科学幻想"。纵观世界上一些民族的早期的传说和故事、诗歌、神话，你都会看到人类的这种神奇的精神力量——一种无比绚丽而辉煌的想象力。虽然，照今天的标准看来，它们不一定是"科学"的，但毕竟这种大胆的想象，是一种超越时代的力量。而随着时代的进展、人类的进步，这种想象力就越来越丰富并越来越有科学的依据。

到了十九世纪，正如上面所说的，由于科学技术开始融合，科学知识开始大面积的普及，更由于人类已经尝到了科学技术为他们带来的苦恼和欢乐，人们当然更加关心科学技术以及人类社会往何处去的问题了。而科学幻想小说，也就是在这种政治、经济的社会条件下，在这种社会心理的背景之下产生的一种文化现象。这无疑是时代的产物，是社会发展中必然产生的一种文化现象。这一客观的存在并不会因为一些人的公开反对而停止它的发展。所以，在这儿提一提法国科学幻想大师儒勒·凡尔纳的创作年代是很有意思的。我们都知道，凡尔纳的处女作写于1862年（即中国青年出版社出版的《气球上的五星期》）。他死于1904年。他一生共写了一百零四本科幻小说。他的整个创作时期，正是与科学技术互相结合，与工业化大发展时期相吻合。这并不是什么巧合，而正好说明凡尔纳本身就是时代的产儿，他的作品是时代的需要，时代的反映。这就像在中世纪城堡林立的时代，只能产生骑士文学一样；由于科学技术的发展，时代产生了凡尔纳，产生了我们所要讲的科学幻想小说。

我们再举一个例子，到了二十世纪五十年代，在英美曾产生过一大批所谓的"灾难性"的科幻小说。人们对这批小说的评价，至今虽还有争论，但我们却不能不说，这是整整一个时代的客观反映，所谓"核恐怖时代"的缩影。我们还可以就这个问题再深入地讨论一下。

在二十世纪中叶，尤其是到了第二次世界大战以后，由于原子能的释放（当然，这也为人类带来了希望和灾难，带来了一个核歇斯底里的时代）、电子计算、机器人（人工智能）、遗传工程的突破、宇宙空间技术的发展、工业污染等为人类带来了种种的新问题和新烦恼。这些都为科学幻想小说提供了新的动力和新的题材。许多人，甚至包括科学家在内，对科学技术的发展都产生了怀疑。他们担心：原子能会不会像《一千零一夜》里的那个禁锢在魔瓶里的妖怪一样，一旦解放出来，就会向人类报复。五十年代，在英美的一些科学幻想小说里，就充分地表现了这种核歇斯底里的恐怖。例如："一艘核潜艇奉命出航，当他们回到美国时，发现美国已被一场核袭击所摧毁。人类的文明已完全毁灭。大家只好回到原始的生活状态里去。这时，大地上又充满了恐龙时代的大蜥蜴，为了逃避这些大蜥蜴的追捕，唯一留下来的人类的孑遗，只好躲到地窖里去。"这是当时的一本科幻小说的故事梗概。上面已经谈过，由于科学幻想小说是社会发展的必然产物，它必然也会反映时代的思潮。这本小说就很典型，它集中地反映了所谓五十年代的核恐怖的思潮。如果回忆一下历史，我们就可以更清楚地看到，当时，在十七世纪的时候，科学家们，曾在各种科学学会上做过这样的规定：在他们的会议上不允许进行政治、道德和神学问题的讨论。但是，到了十九世纪，尤其是到了二十世纪初，他们才如梦初醒。第一次世界大战，清清楚楚地向人们说明了这样一个血淋淋的事实：以科学发明为基础而制造出来的毁灭性工具，都清楚地证明了，大后方幽静的实验室，和鲜血淋淋的战场之间正有着不可分割的联系。卢瑟福（Rutherford）在他的实验室里，用 α 粒子轰击氮，终于实现了几千年来炼金术家们梦寐以求的一种"幻想"——把一种物质变成另一种物质——他成功地把氮变成了氧和氢。但他并没有想到，在二十年后，这种炼金术的梦幻，竟会变成一只足球那样大小的"恶魔"，在一刹那之间把整个广岛变成了一片废墟。其实，第一次世界大战后不久，一位后来被希特勒赶到天涯海角去的德国作家，就这样警告过："对人类的决定性的进攻，现在从绘图板上和实验室里开始了。"人们早已提出过这样的警告："不要叫强力和它的骑士们进入你们的工场，因为这些人会滥用神圣的秘密来作恶，并把它用来为暴力服务。"1904

年，走在所有这些人前面的正是科学幻想小说大师威尔斯，他在《被解放的世界》(*The World Set Free*，1904)这本科学幻想小说里，就预言了原子能的释放，终有一天会成为一种毁灭性的武器。可是有的科学家的短见，却使他们如此地天真：卢瑟福这位剑桥的暴君和慈父至死也认为：人类任何时候都不能利用蕴藏在原子中的能。诺贝尔奖奖金获得者瓦尔特·能斯特在1921年还写道："可以说，我们是生活在用火棉做成的台上。……但感谢上帝，我们现在还没有找到能够点燃它的火柴。"但事实上，几乎在是还没有超过四分之一世纪的时间里，一颗被"火柴"点燃的原子炸弹，终于产生了出来并投向了广岛。这使许多科学家们大为惊异，人们终于有点醒悟了过来：科学已不再是一些瓶瓶罐罐的实验室里的"游戏"了，也不仅仅是一些写在咖啡馆里大理石桌面上潦草的公式了。它一旦从人类大脑这个奇妙的魔瓶里被释放了出来，就永远不会再回到那个玻璃瓶里去，也不会不对社会、对人类、对未来产生种种意想不到的影响。科学已成了人们的一种新的"图腾"，它燃起了种种希望，也引起了种种恐惧和幻灭。它开始折磨着一代人的良知。就连大科学家爱因斯坦，也因为自己曾向罗斯福建议过制造原子弹而感到了幻灭。被誉为美国原子弹之父的奥本海默的悲剧也清楚地说明了这个问题。科学已进入了生活，它改变着社会的面貌，推动着社会的进步，决定着战争的一时胜负。而这个时代的科学幻想小说，也就反映了这个时代的核的恐怖。但另一方面，宇宙空间技术的突破，电子技术、机器人、人工智能的飞跃发展，神话般的新发明，不断地为被衰退搞得疲劳不堪的经济带来新的刺激，为人们带来了"新的边疆"，带来了新的就业的机会（当然也同样带来了失业）。科学带来了光明洁净的电气化的厨房，带来了新的文化享受。可视的电子技术，曾像一阵狂风一样，把那个平地崛起的金窟好莱坞，又夷为平地。它改变着人类固有的空间和时间的概念。它已大踏步地深入了生活，融进了人们心灵的深处。时代的确已大大地改变。这些都可以说明为什么科学幻想小说，也将必然地随着科学的日益发展而日益向生活深化,从这个社会的政治经济基础,来反映出这个社会的心理和社会行为。它也必然从一个侧面反映着这个社会的一些代表性的思潮。这个粗略的历史概括,也许很粗糙。但据此,我们也许可以下个结论说:科学幻想小说正是时代的必然产物!这应该是不会离题太远的。那么在中国,科学幻想小说,又反映着什么呢?它们又是如何发展的呢?

二、对我国科学幻想小说的一些历史的回顾

下面,并不是一个详尽的中国科学幻想小说史,仅仅是一个简单的回顾。回顾是为了朝前看,是为了便于探讨目前大家正在争论着的问题。没有事物的历史,也就没有事物的理论。通过这个简单的介绍,也许,有些问题就可以看得更加清楚了。

说到我国的科学幻想小说,除掉我们早期的一些纯幻想的神话之外,比起先进的工业国家来,它的发展是比较迟缓的。这就是前面所讲,科学幻想是社会发展到一定阶段时的必然产物。我国的科学幻想小说之所以比较落后,发展得比较迟缓,这和我们原来是一个半封建半殖民地的古国有关。

早期的改良主义者,认为科学可以救国,所以就开始引进、翻译国外的科学幻想小说。据目前所掌握的资料所知,最早翻译科学幻想小说的是梁启超。在这个世纪的初期,他就用文言文翻译了法国儒勒·凡尔纳的科幻小说,如《十五小豪杰》等。

鲁迅先生当时也非常推崇科学幻想小说的作用。在从事文学创作之前,他最早翻译的也是一本凡尔纳的作品:《月界旅行》。在《〈月界旅行〉辨言》中,他这样写道:

> 盖胪陈科学，常人厌之，阅不终篇，辄欲睡去，强人所难，势必然矣。惟假小说之能力，被优孟之衣冠，则虽析理谭玄，亦能浸淫脑筋，不生厌倦。彼纤儿俗子，《山海经》，《三国志》诸书，未尝梦见，而亦能津津然识长股，奇肱之域，道周郎，诸葛亮之名者，实《镜花缘》及《三国演义》之赐也。故掇取学理，去庄而谐，使读者触目会心，不劳思索，则必能于不知不觉间，获一斑之智识，破遗传之迷信，改良思想，补助文明，势力之伟，有如此者！我国说部，若言情谈故刺时志怪者，架栋汗牛，而独于科学小说，乃如麟角。知识荒隘，此实一端。故苟欲弥今日译界之缺点，导中国人群以进行，必自科学小说始。

这就是鲁迅先生的最早的作品。当时他还在东京弘文学院读书，时间是1903年。后来他又翻译了儒勒·凡尔纳的《地底旅行》，用"索士"的笔名发表于《浙江潮》，1906年由南京启新书局发行。解放以后，这本书又由中国青年出版社重新翻译出版过，改名叫《地心游记》。

以后还有许多翻译家都翻译过国外的科学幻想小说，比如儒勒·凡尔纳的《十五小豪杰》，又有人用白话文翻译过。这小说在抗战时期的四川很流行，讲的是十五个年纪大小不等的学生，放暑假后乘船回家，由于一个少年出于好奇心把缆绳偷偷地解了，在当时船上一个船员也没有的情况下，轮船就离岸漂向了海洋。十五个少年历尽千辛万苦，漂泊到一个荒岛上，家长们都以为他们早已葬身海底。可是这些少年们却在荒岛上建立了一个营地，然后又经历了许多惊心动魄的冒险，安全地回到了自己的家乡。这本书可以说是一本新的《鲁滨孙漂流记》，当然也是一本科学幻想小说。在抗日战争的时候，这本书在学生中很受欢迎。后来又出版过英国乔治·赫伯特·威尔斯的《莫洛博士岛》，是"文化生活出版社"出的。还有一些杂志刊登国外的科学幻想小说，如当时的《中学生》杂志，《趣味科学》杂志也登过一些。譬如《趣味科学》上就刊登过柏吉尔著、顾均正译的《乌拉·

波拉的故事》,这本书后来又出版了单行本。还登过英国威尔斯著的《无名岛》(杜华译),后来又收入了《莫洛博士岛》这本书里。但总的来说数量不多。当时是国难当头,国家正陷于沦亡的边缘,后来又是内战连绵,当然顾不上提倡科学幻想了。不过,最可贵的是,就是在这样的时候,还是有些仁人志士,一些老作家,为我国的科学幻想小说做了一些艰巨的开拓工作。顾均正同志,就在 1939 年写过一本《在北极底下》。这是文化生活出版社出的,共收了三个短篇。特别值得提一提的是顾均正同志这本书的叙言,他在叙言里写道,他看了不少国外的专登科学小说(Science Fiction)的专门杂志,有感于其中的空想成分太多,科学的成分太少,对自己提出了这样一个问题:"……科学小说入人之深,也不下于纯文艺作品,那么我们能不能,并且要不要利用这一类小说来多装一点科学的东西,以作普及科学教育的一助呢?我想这工作是可能的,而且是值得尝试的。"他又说:"写好这篇叙文,觉得科学小说这园地,实有开垦的可能和必要,只是其中荆棘遍地,工作十分艰巨。尤其是科学小说中的那种空想成分怎样不被误解,实是一个重大的问题,希望爱好科学的同志大家来努力!"

顾均正同志所说的"科学小说",其实就是我们现在所讲的科学幻想小说。关于科学幻想小说中的科学与幻想部分、现实与虚构的部分如何去理解,在那时候就被提出来了。其实,这正是每个科学幻想作者都会碰到的问题。就是在当时英美的科学幻想界,也是一个争论得比较多的要害。在 1926 年,美国创办了世界上第一个专门刊登科学幻想小说的杂志——《奇异小说》(Amazing Stories)。创办者雨果·根斯巴克曾经认为:科学小说是从已知到未知的富有想象力的推理。在技术时代,未来的技术成就一定会成为更加壮观的未知事物之一。根斯巴克的主题就是这种关于技术的推理。

在一个充塞了大量黄色、神秘、恐怖、猎奇的期刊的国度里,相对地说根斯巴克创办了这样一个"比较严肃"的杂志,而且,是以宣传合理的科学推理，普及科学知识为己任的杂志，这不能不说，是一个文化现象的壮观。尽管后来根斯巴克的命运不佳，但当时他却坚持认为：科学小说不仅应该有合理的推理，而且还可以积极地刺激科学发现，激励某些工程师、技术员在实验室里发展他们曾在某些科学幻想小说中读到的观点。并且，他还进一步认为，科学故事相对地来说是比较轻松地传播当代科技知识的方法。他这样写道："它们提供给我们从别的途径攫取不到的知识，并且，它们以一种非常惬意的形式提供了这些知识。"

这里，我想提醒读者注意。虽然根斯巴克的理论，在后来也遭到了一些人的反对，甚至科幻作家们的否定（虽然根斯巴克至今还坚持着他的这种看法），不过，我举当时美国一个主要的科幻杂志的一位主编的看法，显然还是有一定代表性的。只要看一看当时杂志创办的年代，以及当时美国的社会背景，也就会得出这样的结论：根斯巴克也不过是时代的产儿。第一次世界大战的血淋淋的残杀的画面，似乎已经退到一个模糊的背景中去了。尽管失业的队伍空前地扩大，但1927年A型福特牌汽车的出厂，却成了一件轰动全国的大事。1919年，在美国还只有7576888辆汽车，但到了1929年汽车就猛增至26502508辆，红色的加油站像雨后春笋似的在穷乡僻壤中林立起来。收音机已成了人人争购的必需品。它的销售额从1922年的六千万美元增加到1929年的八亿四千二百万美元。电冰箱、吸尘器、洗衣机、家用电器、人造纤维电话、电唱机、电影都一个个成了充满着希望的大事业。这的确是一个技术至上的时代，技术奇迹的时代。难怪，当时有一个热心的读者，还曾对《奇异小说》杂志建议道："请把科学小说中出现的所有的科学事实用斜体字印刷。"当时的大学教育还没有完全普及，青年人只想尽快进入工业劳动市场，用分期付款的办法来赊购一套房子，讨一个金发碧眼的苗条姑娘。根斯巴克以及一些热心者，把一本通俗杂志当作学习科学的手段的理论，虽不免说有点天真，但这毕竟还是个出于善意的勇敢的主张。

根斯巴克的主张,正和鲁迅先生,以及后来顾均正同志所提倡的观点有不谋而合之处。虽然,实际的《奇异小说》杂志,和后来的《惊人科学》杂志刊登了很多平庸而无聊的冒险小说,但不管怎样,在美国科幻小说(或科学小说)是被人们当作普及科学技术知识手段提倡过的,这一点无疑是用不着怀疑的。尽管社会的背景、时代的条件是多么的不同,但人们曾经期望它(科幻小说)能完成这个任务。伟大的民主主义者鲁迅先生,还赋予这样崇高的期望:说它能"改良思想,补助文明……导中国人群以进行,必自科学小说始!"

总之,在解放前,有老一代的科普作家,一些倾向进步的文化人,他们痛感我国缺乏的正是科学知识的普及。在民主与科学的口号之下,他们提倡科学幻想小说,正是出于倡导科学的目的。换句话说,我国的科学幻想小说,从它诞生的第一天起,就是在"科学普及"这面光辉的旗帜下涌现出来的。简言之,我国的科学幻想小说一开始就姓"科",这是不容怀疑的历史事实。

但在当时的社会条件下,要完成这个任务,做好这个工作,的确是件困难的事。正如后来顾均正同志所说的确是"荆棘遍地",工作十分艰巨。就拿《趣味科学》这个杂志来讲吧,由于物价的飞涨,这本杂志后来就出不下去了。最后一卷(第6卷)出版时就不得不在"编者与读者"上与读者"再会"了。

1929年时国内通俗科学杂志并不多,可是由于客观环境,这小小的科学普及杂志竟也办不下去了。要想在那时候繁荣科普创作,的确是个幻想!

回顾了历史,我们可以得出结论:我们的科学幻想小说,只有到了解放以后,才获得了真正的新生,获得了真正的原动力,有了很大程度的发展。

这个发展，当然是与我国的工业、科学技术的大发展有关，与党的提倡讲科学、讲文明、讲知识的方针分不开。

当然，不言而喻，解放以后，我们的科学幻想小说也是在"科普"这个光辉而鲜明的旗号下发展起来的。

如果不违背事实，应该说，解放以后，我国的科学幻想小说，是受了苏联科幻小说及其理论的影响而发展起来的。在苏联，尤其是在十月革命之后，科幻小说就有了很大的发展。五十年代初，我们开始引进苏联的作品，出得比较早的有阿·托尔斯泰的《加林工程师的双曲线体》和《阿爱里塔》。五四年上海先锋出版社翻译了代·奥霍特尼柯夫的《探索新世界》和叶菲列莫的《星船》。这是两个中短篇科学幻想小说集。后来，中国青年出版社、科普出版社、群众出版社、天津百花文艺出版社，都出版过不少苏联的科学幻想小说。在这同时，中国少年儿童出版社、少年儿童出版社也出过不少我国的科幻作家写的科幻小说。其中，可以提一提的是由我国的一些著名科学家茅以升、钱学森等同志写的《科学家谈二十一世纪》。这虽不是科学幻想小说，但是科学幻想作品之一种。当时，在大跃进的感染下，他们畅想了二十一世纪的未来。这本书在小读者中间流传甚广。著名科学家直接为小读者撰写科幻作品，这对我国的科学幻想小说，起了一个很好的推动作用。

在五十年代的中期，我国的一批年轻的科学幻想小说作家，也开始了自己的创作，有郑文光同志、于止（叶至善）同志、王国忠同志，迟叔昌同志。稍后，就是四川的童恩正、刘兴诗同志，上海的鲁克、稽鸿等同志。我个人也在这个时期，开始了一些科学幻想作品的创作。

这里我特别要提一提当时的《我们爱科学》《中国少年报》《少年文艺》《儿童时代》这些报纸杂志。正是由于这些儿童报刊的提倡，科学幻想小说才有发表的阵地。也正是这些报刊编辑的辛勤劳动，才为我国培养了解放以后的第一批科学幻想小说作家。编辑都是无名英雄,所以我这里要特别提一提《中国少年报》的詹以琴同志、唐秀月同志、赵世洲同志(赵世洲同志自己也是一位很好的科学幻想作家),中国少年儿童出版社的叶至善及《我们爱科学》的郑延慧同志(她也写过不少科学文艺著作),上海的王国忠同志(他也是我国最早的科学幻想作家之一,同时,他也是我国科学文艺的提倡者,最早的理论家之一),还有《少年文艺》的田多野同志、刘东远同志。正是由于他们的提倡和辛勤的浇灌,百花园里的这支花朵,才能得到一些发展。

但是,我国的科学幻想小说的发展却不是一帆风顺的,解放后三十年来,也曾几起几落。第一次高潮是在五十年代,十二年规划的时期,党中央提出了向科学进军的口号。第二次是六十年代初期,第三次就是从"文化大革命"后期至现在。这里我特别要提一提上海少年儿童出版社的编辑同志,七五年他们就提出来要为我国的少年儿童写点科学幻想,尤其是上海的《少年科学》可以说是建立了一个功勋——担了很大的风险,首先发表了叶永烈、王亚法、王经海等同志的科学幻想。不过,那时候,他们还不敢提"科学幻想小说"这几个字。所以最初发表的时候,只好冠以"科学小说"。从这一点就可以看出"四人帮"文化禁锢之厉害了。大概"幻想"两个字也是一种忌讳。后来,还是在打倒"四人帮"之后,上海的《少年报》才首先改正了过来,又把"科学小说"几个字改成了"科学幻想小说",替科学幻想小说恢复了名誉。

所以就我国的科学幻想小说来说,解放以来,也有这么一个三起三落。而今天,在新的历史的起点上,由于提出了加速实现四个现代化的问题,"科学"恢复了名誉。为了培养四个现代化的接班人,为了"极大地提高整个中华民族的科学文化知识",为了普及科学技术知识,繁荣科学幻想的创作问题又被提到了很重要的日程上来,而且仅在短短三年内就得到了很大发展。

形势大好的标志，就是已有了一批新的作者，一个新的队伍，虽然数量还不大，但队伍总算已初具规模。同时，在过去，只有少年儿童的期刊发表一些篇幅数量有限的科幻作品，今天，一些青年刊物、文学刊物也开始登科学幻想小说，理论的探讨也开始进行。上面已提到，仅这一年来的作品，据不完全统计，已有一百五十多篇。

阵地多了，队伍正在壮大，理论探讨也已开始，这正是一种兴旺的标志。但，在这大发展的同时，也必然会产生一些新的问题，而且也像所有的新生事物一样，它在发展的同时，也会遭受到种种责难，种种怀疑。最典型的莫过于上面所提到的种种责难了。如今纸张这样紧张，为什么还要提倡只能普及一点点知识的科学幻想？尽管邓副主席在第四届文代会上还提到应当写点科学幻想小说，周扬同志在三十周年儿童读物评奖会上，也提到要多写点引导青少年攀登科学高峰、展望未来的科学幻想作品，但还是有人在大声地发出这样的责备：科学幻想都是胡说八道！这是对科学的污染。写这些玩艺干什么！当然，对于这样的责难，任何人都可以站出来质问：请问，发出这样责难的同志，对我国的科学幻想小说，是不是做过系统的调查和研究？请问：你看过几本科学幻想小说？是不是因为正好你看过一本质量比较差的作品，甚至是有错误的作品（这完全是可能的），就可以这样轻率地下结论说：我国的科学幻想小说全是无稽之谈，全是胡说八道？这就涉及了如何正确地估价我国的科学幻想小说的问题了。同时，由于科幻小说和其他任何正常的事物一样，它随着历史的前进，时代的风尚的改变，它本身也在不断变化和发展。在作者队伍里的一些争论和探讨中，也出现许多简单化的批评，当然，还有一些争论和疑问，是在作者们之间、编辑们之间或编辑与作者之间的讨论中产生的。这些同志式的善意的争论，是为了一个共同的目标，如何继续繁荣我国的科幻创作，如何提高它的质量，使之能更好地为四化服务而发出的。可是，也有一些争论，是出于真正的误会和不了解情况而产生的。因此，下面我准备逐点地对这些问题进行一次详尽的探讨。

三、略论科学幻想小说姓"科"姓"文"之争

科学幻想小说到底是姓"科"还是姓"文",这已是我国科学幻想小说发展过程的一个焦点了。

从表面上看来,这场争论好像是由童恩正同志,在《人民文学》一九七九年第六期上发表的《谈谈我对科学文艺的认识》一文所引起的。其实如果再深入地追索一下历史,我们就可以看到:这个问题早就酝酿在科学幻想小说本身发展的矛盾之中了。一个科学幻想小说的作者,当他在进行创作的时候,他必然会碰到如下的一系列问题:在一篇容量有限的科学幻想小说里,他要表达的是什么科学内容?它的社会内容又是什么?如果他是赞成普及一点科学知识的话,他将如何引进这些知识?空想的虚构成分和严谨的科学事实将如何在一个矛盾的统一体中,天衣无缝地统一起来?当他大块大块地讲清一些深奥的科学知识的时候,他又如何在有限的容量里施展小说的艺术手法?故事的结构、情节的选择又如何符合现实和未来的真实?人物形象塑造的问题又如何在这虚构的时间和空间里使之栩栩如生,并令人信服?可以说,这是每一个科幻作者在进行创作的时候都会碰到的一些难题。

不要以为,只有我国的科学幻想小说,才碰到了这样的疑难。我们只要看一看在当时的根斯巴克的主张之下的《奇异小说》月刊所碰到的问题,就可以清楚这一点了。许多撰稿人的确常常把小说中引用到的科学、工程技术的公式和需要死记硬背的定律大块地塞进了一个短篇的科学幻想小说里去。甚至有些作者,为了强调其科学幻想是有科学根据的,还设计了详尽的工程图纸。这样的一些做法,当然是走得远了一点,无疑会使科幻小说从艺术上的要求来讲受到了损害。而有些作者,有时却只好追求一些拙劣的惊险离奇的故事,以至产生了一大批在文学上站不住,在科学上又是过于死硬的粗糙低劣的作品。后来阿西摩夫对这个问题说得很妙,他说:"过分热心科学和过分不懂

科学同样地会把事情搞糟。"

其实,由于过分地热衷于工程技术,过分地热衷于想多普及点科学知识的愿望,在我国的科学幻想小说的创作道路上,也同样碰到了许多相同的疑难。

我们不妨来分析一下,我国最早的科普作家顾均正同志的短篇小说《和平的梦》(如果这不是我国的第一篇科幻小说,那恐怕也是最早的一批小说中的一篇了)。作者的观点已如上述。他的立场观点当然在这儿起了关键性的作用。在这篇短篇小说里,作者是想普及一种利用定向无线电技术,以及幻想这种技术如何进一步应用的问题。不用说,在四十年代,无线电定向技术在当时还是一个很时髦的尖端。为此,作者还以一个香港报纸的通讯为例,说明某个国家已用无线电定向技术来对敌对国家的电台进行干扰的消息。

在这篇不长的短篇里,作者为了说明定向技术中环状天线的原理,特地画了五张非常正规的技术插图,并用了整整七面篇幅,来说明环状天线和定向技术的原理及应用。在其他的两个短篇里,如《伦敦奇疫》和《在北极底下》,作者为了说明一些科学道理,又不得不引进了一些正式的化学公式,譬如,甚至列出了这样的化学式:

$$3NO_2 + H_2O \rightarrow 2HNO_3 + NO$$
二氧化氮　　水　　硝酸　一氧化氮

并且为了说明科学道理,作者还不得不引用了大量的注解。

我们已无法进行这样的调查,当时这种式样的科学幻想小说,在读者中的反应如何。不过,这确是一种勇敢的尝试。作者生动的笔调,进步的思想倾向,还赋予第一篇科幻小说一个内在的主题——反法西斯的基调。就是从小说的角度来讲,他写得也还是成功的。但无论如何,对普及知识来说,就是用今天的眼光来看,我们总觉得作者似乎也像根斯巴克当时的一些小说一样，是走得太远了。因为，我们无法要求每一个读者都能通过这篇科幻小说，精通本身就很复杂的无线电电波的定向传播问题。更不能要求每个读者，就通过《伦敦奇疫》学习到一些基本化学原理。而这些正是只有通过其他的途径，进行正规的学习才能牢固地获得的。

那么，到了解放后，我们的科学幻想小说，是不是也碰到这样的问题呢？可以说，我们正是在这个姓"科"姓"文"的迷魂阵里，碰得头破血流，鼻青眼肿。因为，我们前面已经说过，我们的科学幻想小说，一开始就是从"科"的旗帜下诞生的，并且是作为科普的一支而在发挥着作用。而当时，大家对"科"字的了解，又过于狭隘（往往把它和具体的工程技术等同起来）。而且发表作品的阵地的容量又有限，当时只有《我们爱科学》《少年文艺》发表一些短篇的科幻，而且一般篇幅又限制在五千字到七千字上下，《中国少年报》《儿童时代》则限制在二千五百字到三千字左右。在这个极小的容量里，作者们要讲清一个具体的科学原理和技术知识，还得编出一个有趣的故事和情节来承载那些知识。他们既要照顾着那些知识慢慢地引进来，一点一点地说清楚，同时又要照顾着人物形象的塑造、情节的起伏。他们往往是弄得顾此失彼，面对着一个有趣的科学主题而一筹莫展。

我们不妨看一看，五十年代时，我们早期的一些作品是如何处理这些问题的。我们如果翻开郑文光同志的《太阳历险记》，以及选入五五、五六年全国少年儿童作品选的《从地球到火星》《黑宝石》这几篇作品来看一看。为了普及知识，作品中就不得不用一问一答的方式，来给孩子们上"科学"的一课。在《黑宝石》这个短篇的"黑宝石"一节里，就出现了一个头发已经花白的老科学家——天文学家王滔。他干脆就用一问一答的方式给少先队员们上起课来了。选入五六年选集的迟叔昌的《割掉鼻子的大象》，以及选入五七年选集的于止的《失踪的哥哥》，也都碰到了类似的问题。到了揭开谜底的阶段，总脱离不了这种一问一答的办法。或者,就像顾均正同志早期的尝试一样,另外开辟一章(或一节),来专门讲清我们要普及的"科学"。再往下看,到了五十年代后期、六十年代初期,王国忠同志、童恩正同志、刘兴诗同志、鲁克同志、稽鸿同志以及我自己的一些作品,仍免不了采用这老一套的办法。当然,在这些问题上,有些同志处理得比较好,或者说,他们把知识的"硬块"处理得比较平滑,引进得比较自然。但无论哪一篇作品总逃脱不了这么一关:白发苍苍的老教授,或戴着眼镜的年轻的工程师,或者是一位无事不晓、无事不知的老爷爷给上起课来了。于是,误会——然后谜底终于揭开;奇遇——然后来个参观;或者干脆就是一个从头到尾的参观记——一个毫无知识的"小傻瓜",或是一位对样样都表示好奇的记者,和一个无事不晓的老教授一问一答地讲起科学来了。参观记、误会法、揭开谜底的办法,就成了我们大家都想躲开,但却无法躲开的创作套子了。

一位有过一些科幻小说创作实践并总想有些突破的作者,不会不在这股小的迷魂阵里不感到苦恼,不感到厌烦。他们于是开始思索,开始做种种的尝试。终于,他们弄清了一个道理:科幻小说或故事,一定有它们自己独特的道路和独特的规律。这应是一种有别于姓"科",又有别于单单姓"文"的新形式。如果要冲破这些框框和老套子的话,我们需要的不是像一个符号似的老教授,像一个知识傻瓜似的机灵记者。我们也终于悟出了一点小小的道理:不管它是姓"文"还是姓"科",它的确不能承载过多的科学知识,尤其是不能承载过分具体的、解决一个实用的工程技术知识的普及任务。也许,这是对的,在一万字里面,它真正讲述知识的地方并不多。科学幻想小说并不是教科书。它的社会功能决不应该在这几个字的科学知识上。而它的使命,如果能摆脱过分实用主义的限制,真正发挥出来的话,是不是可能完成的任务还要多得多呢?

我想,童恩正同志的那篇文章,至少在讲到科幻小说时,就是这层含意。他提出了一个大家早已在思考、早已想到了的问题。也许，科幻小说，正像作者所说的，它的任务是"宣扬作者的一种思想，一种哲理，一种实事求是的态度，一种探索的精神。概括起来讲，是宣传一种科学的人生观"。

我想，不管是从科学普及一头来讲，或者是从纯文学的一头来讲，童恩正同志的提法，应该说是一种进步，一种可贵的探索。虽然，他在这篇文章里，也的确犯了一个"致命"的错误。我想，正是这一错误，招致了后来的许多误会，招来了许许多多的非议。

恩正同志的错误在什么地方呢？也许，他应该把他的说法局限在科学科幻小说的这一特定的形式的探讨上，这也就比较容易令人接受，容易被人理解，可是，他文中讲的是笼统的科学文艺。而科学文艺，作为我国的一种传统，作为已经有许多样品的特定的名称，从来就是指科普的一个重要的分支和重要的手段之一。它从三十年代起，在董纯才等同志翻译伊林的《五年计划》开始，就成了我国科学普及的一种传统。而它们正是主要以普及科学知识为其目的的。如果我们顾及一下历史，我们就会了解到，科学文艺是从苏联传来的一个名称。这是高尔基首先提出来的一种说法。它更多的是指伊林那样的作品，当然也包括普里什文、瑞特柯夫、比安基的一些科学童话、科学故事、科学散文，以及一定范围的科学幻想小说。而苏联的科学幻想小说这个特定的概念，正是和英美的科学幻想小说的概念有所相同但又有所不同的。不可否认，我们的科幻小说的定义，是在"崇洋""迷信"的条件下，受到了苏联的许多影响。关于它的含意，自从我们抄来了苏联某一个评论家的定义以后，从来就没有在我们自己的创作界和理论界深入地、用"批判接受"的眼光来讨论过。它就这样被抄来抄去。它时而含糊不清，时而又被理解得过于狭隘和死板。而由于大家对科学幻想小说定义的理解不同，所采取的立场观点不同，于是这场争论就势在必发，成了科学幻想到底是姓"科"姓"文"的一场大争论了。

我们应当如何来正确地评价这场大争论呢?

我觉得这场大争论就像所有的事物一样,有它好的一面,也有它消极的一面。

好的一面,就是这场争论正好暴露了我们在科普创作理论上,或者在文艺创作的方法上的一个重大的缺憾。这个缺憾就是:我们至今还没有形成一支真正的、成熟的科普创作的理论队伍。它同时也暴露了我们在讨论问题时缺乏一种全面分析问题的、历史的、科学的态度,也缺乏一种真正的民主传统和作风。还有就是,我们一向有个食古不化、食"洋"不化的根深蒂固的毛病。

有些评论文章,就是抓住了对方的一个词、一句话,从一个主观的、臆定的名词出发,在那儿大兜圈子,而往往脱离了丰富的创作实际,脱离了具体的作品的分析,脱离了事物发展的具体历史,来进行一些空对空的,在"科学的文艺""文艺的科学"上钻牛角尖的争论。

因此,这样的争论,也的确有它消极的一面。双方谁也说服不了谁。照理,理论探讨的最终目的,是推动科学文艺或科学幻想小说创作的繁荣。而目前的这场争论,却使双方都动了肝火,于是离原来的目的越来越远了。

诚如我上面所谈的,童恩正同志在他的文章里犯了一个"致命"的错误。这个"错误"就是混淆了已有其特定含意的科学文艺与科学幻想小说的概念,把它们硬拉在一起来谈了。为了强调科学幻想小说的另一种特定功能,他就想用强调科学文艺与科普著作的不同之处,来帮助他说明问题。这就引起了一连串的误会和非议。其实,如果我们进一步了解这篇文章发表前后的背景,也许就会采取一种比较宽容、比较明智的态度了。要知道,童恩正同志的这篇文章,正是在两个夹缝里(科和文的夹缝)为答复一些同志们对《珊瑚岛上的死光》的责难而产生的。

从我国的科学幻想小说的发展来看，作为一个爱护这个事业的作者来讲，我认为，《珊瑚岛上的死光》在《人民文学》上的发表，是值得我们庆贺的一件大事。如果稍稍了解一点历史的话，我们就会知道，在"文化大革命"前的二十多年里，我国的科幻作者的阵地只有几个容量不大的少年杂志和报纸。而文学读物和出版青年读物的出版社只出国外的科幻小说，却从来不发表我国自己作者的作品。这当然是任何人都无法解释的咄咄怪事。《人民文学》作为我国全国性的大型文艺刊物，能够发表一篇科幻小说，这对我国的科学幻想小说作者来讲是一种鼓舞。文章一出来也的确受到了广大青年读者的欢迎，推动了我国的科学幻想小说的创作。但，在评奖的时候，《珊瑚岛上的死光》却受到了两方面的责备：有些文艺界的同志，认为它不是文艺小说；科学家们又认为，这不是真正的科普作品，因为它里面并没有普及多少有关激光的知识。而童恩正的文章，就是在为"科学幻想"争得生存的权利而斗争时，在一个座谈会上发言时产生的。

如果我们再了解一下，这篇《珊瑚岛上的死光》真正产生的年代，就更可以清楚了。据我所知，本篇原是为1962年上海的《少年文艺》写的。当时，《少年文艺》已出校样。但由于某些政治风向的变化，这篇稿子被压了下来，而最终连稿子也失踪了。后来童恩正同志总算找到了原稿，改写了一下，在《人民文学》上发表了。这里，我想对那些责备这篇小说没有普及什么激光知识的同志提一个问题。如果这小说，在六二年或六四年就发表了，你会不会认为没有普及激光的知识呢？要知道，激光的原理在五八年才被正式提出来，到六十年代初期才制成了世界上第一台红宝石激光器。它的能量是如此之小，甚至连一张纸头也只能勉强烧穿。而童恩正同志却在那个时候，已提出目前美苏都在拼命制造的大功率的"死光"的设想，这在当时，不能不说是一个大胆的"科学幻想"。

也许童恩正的错误,就在于他把一篇早已写好的科学幻想小说,在整整十六年之后才发表。不过这错误,是不是应当算在"四人帮"的头上,算在我国某些文艺界的那种一贯偏食、偏听、偏信、赶浪潮的习惯上呢?

国外有一些众口皆碑的科幻小说,尽管科学知识早已过时,或已被事实证明是种谬误(就拿凡尔纳来说吧),可是至今大家还拼命地推崇他,学习他,大量地印刷他的作品,而且还拼命地吹捧他。而我们的一些科幻作品,却因为随着时间的流逝,变成了不值一提的作品,这是为什么?难道不是一个值得我们深思的问题吗?

不用说,我们今天之所以读凡尔纳,肯定不是在他的著作里寻取什么物理、化学原理和用巧克力做报纸的方法,或者他那种用炮弹去月球旅行的科学知识,或者想学习福克先生用八十天来环行地球一周的办法和路线。而恰巧相反,我们在凡尔纳身上,学习的正是他书中那种对探险事业的狂热,对科学理想主义的热情,以及凡尔纳作为一个作家,他对科学的推崇,对科学所采取的一种乐观主义的精神——一种哲理,一种科学的世界观。总之,正是凡尔纳作为一个小说家,是用他的格兰特船长,他的那守时如钟、颇有怪僻的福克,他的人道主义的精神,在打动我们。

一句话,凡尔纳之所以还能被我们所接受,是因为他留下了形象、留下了人物,而恰好不是那些已过时的科学知识。

再拿世界公认的科幻小说家威尔斯的作品来说吧。现代科学已确确实实地证明,火星上是没有人的,而且连生物也没有,可是,他的《大战火星人》(1898),作为一本著名的科学幻想小说,仍旧可以在读者之间广为流传。我们仍旧可以把它作为一种"小说"来欣赏。问题是,威尔斯在这本书里也提出了一个很重要的哲理思想:他用那小小的科幻读物,讥讽了骄傲自满的英国佬,对踌躇满志的人类敲了一下警钟。

当然，作为生物学家，他也普及了一点生物学——生态平衡的知识。

可是为什么我国的科学幻想小说，在再版的时候，却不断地要修改其中的科学知识呢？其中有客观的和主观的两个原因。一个是，我们的作品还不能成为一种可供欣赏、可供阅读的艺术品（当时篇幅是限制得那么小，要办到这一点几乎是不可能的）。一种是来自主观的原因，因为，我国的科幻作品一向姓"科"，是科普的一个分支。当然，从科普这头讲，我们就不能普及任何已被事实证明是错误的知识了。

人们也许会以为，我是在反对科学幻想小说不能作为科普的一种手段。其实不然，刚好相反的是，我们这些科普作者，在过去的年代里，正是在姓科的旗帜下，做出了极重要的一些贡献。因为我们毕竟在那个比较狭小的框框里，在教条主义盛行的时代，还写出了一些受到广大小读者欢迎的作品。这些作品无疑都是姓科的，是科普的一种手段，是正统的科学普及的一支。有些作品已经在二十多年里经过五、六次的再版，印数高达一两百万册。这些都是不可否认的事实，而且也成了我国科普事业上的特殊的传统。我们并没有像根斯巴克走得那样远，也没有像顾均正同志那样列出一条条需要死记硬背的公式。这些作品的确能引导青少年热爱科学，燃起了他们攀登科学高峰的热情（我们所收到的大量的读者来信可以证明这一点）。而且，正像前面所说的那样，由于打倒了四人帮，思想解放了一点，阵地也扩大了一点。根据这个传统所创作的一些新的作品，不论在质量上，或在艺术上，都有不同程度的进展和提高。我们并不需要一听到某些国外的评论说科学幻想小说不应该是科普的一支，而惊慌失措（的确，如果这些评论家，知道我们这些作者所走过来的艰巨的道路，所处的困难条件，他们也许就会比较客观地评价我们过去的一些作品了）。恰好是，我们应当珍惜这由许多作者和辛勤的编辑共同摸索出来的道路。我们应当继续巩固它，丰富它，提高它。在这个问题上，任何人对自己的过去，采取一种虚无主义的态度，都是错误的；然而，对于一个传统，一个流派，抱着故步自封的态度，当然也是错误的。因此，童恩正同志尽管是在为自己的作品辩护，但他正好提出了一个大家都在关心的问题。这种勇于发表自己的意见，勇于探索的精神，无疑正是应当受到赞扬的。虽然，他的文章还有不少缺点，有些立论也存在偏颇。但如果理论家们肯于了解这段历史，也许就会比较公允地，联系到具体作品，全面地客观地评价一个同志的论点了吧。

是的，如果我们再看一看童恩正同志过去的一些作品(如在上海少年儿童出版社发表的一些科幻作品)，不难看出，他正是从我们的"正统的科学王国"里诞生出来的。在科普这个鲜明的旗帜下，他做了不少工作，写过不少深受广大少年读者欢迎的，并且是普及许多科学知识的科学幻想故事，如：《失去的记忆》《雪山魔笛》《五万年前的客人》等。尤其是，他在最近发表的《追踪恐龙的人》，既是一篇普及许多古生物知识的好作品，同时又塑造了两个鲜明的青年人的形象。应该说，作者现在正在进行一种新的探索，是想进行一种新的突破。这种精神无疑是应当受到支持的。我们再听一听其他科幻作家的呼声吧。这里我们不妨引用郑文光同志在《科学文艺杂谈》里讲的一些话。他这样写道：

> 一九五四年，发表了《从地球到火星》《太阳探险记》等。这些作品虽然已经不是科学知识的图解，力图在其中刻画几个行动中的人物，但是仍然未能完全摆脱把科学知识塞进一个小说框架的毛病。稍后出现的《割掉鼻子的大象》《失踪的哥哥》《科学怪人的奇想》等，则已经有了较生动的故事。

可见一些有过实践经验的作者都在考虑问题：不满意这种寻找一个套子而硬塞一些知识的局面。郑文光同志又继续写道：

> 科学幻想小说反映一定的社会问题，我认为是更需要的。

他又说：

> 我们科学幻想小说的社会主题还是比较单薄的。如何利用科学幻想小说这一特定的文学形式反映现实生活，是今天科学幻想小说面临的任务。这也是科学幻想小说的思想性所在。我们必须为此努力。

我想童恩正同志那篇文章所要讲的也正是这层意思（当然，这儿是指科学幻想小说而言）。现在，让我们回过头来，看一看国外科学幻想小说发展的形势。在根斯巴克时代，就有人对那些实际上是非常平庸粗糙的，只追求刺激，但又是生硬地塞了大量知识的科幻小说提出了责难。一九三四年，有一位叫哈罗德·柯伦德的人，给编辑部的信中说：科学杂志的作者和编者正面临着一种进退维谷的处境。现在的问题是究竟应该如何来处理科学小说，使其在科学上是有根据的，作为小说又是行得通的。

这其实也正是我们目前所面临的问题。在英美，正如大家所知道的，科学幻想小说正在向纵深发展，从威尔斯时代起，一直到六十年代，科学幻想又遭受了一次"新浪潮"运动的袭击，从而使科学幻想小说又朝前移了一步，更有和主流文学融化的趋势。文风尚变，时代在变化。国外的科幻小说，从本来只注重物理、化学、工程技术的成就和奇迹，向生态学、社会心理学、政治经济领域里深入地发展。人们称前面的一种叫"硬幻想"，而后者叫"软幻想"。但不管它们如何发展，我们所面临的问题，却是如何吸收其中有用的部分，弃其糟粕，使我国的科学幻想小说的创作更向前推进一步，开创一条具有我国自己传统、自己风格的，在文学上、在科学上都站得住的，无愧于我们这个时代的科学幻想小说来，并使之更好地为早日实现四化服务。这才是我们今天所面临的真正的问题。

而作为一个热心科普，同时又热心于科幻小说创作的作者来讲，我希望更多地听到同志们对我们以往的和现在的作品进行具体的帮助和批评，而不要仅仅停留在姓"文"姓"科"的字面上的争论。

四、关于幻想的远距离、中距离、近距离之争

科学幻想小说中的幻想，是远一点的好，还是近一点的好，还是来个中不溜，中距离的好？

不搞科学幻想小说的同志，看了这个命题，也许会感到奇怪：幻想还有什么距离？

不过，凡是从事过科学幻想小说创作或评论的同志，一定会赞成讨论一下这个题目的。因为，在创作实践的时候，或与编辑打交道的时候，或者听取读者反映的时候，都会碰到这样的一些疑问和责难。

譬如说，童恩正同志的《珊瑚岛上的死光》就遇到了这样的责问。这能叫科学幻想小说吗？因为，激光已经是普遍应用的技术了。你们幻想的东西好像太落后了，外国人看见了要笑的。

提一提这个问题是很有意思的。五十年代末、六十年代初，苏联的科学幻想界也争论过这个"距离"的问题。我们是不是受了他们的影响？我说不上来，但所走过的道路，发生争论的一些原因，有些地方是如此相像，这倒是令人深思的。

《水陆两栖人》的作者别利亚耶夫，他从二十年代到四十年代创作了大量的科学幻想小说。他的作品受到了广大读者的欢迎，但却遭到了评论界的冷遇。原因是有人说他们的幻想好像走得太远了。五十年代，苏联产生了不少着重于技术领域里的科幻作品，也产生了这样的一种代表性的看法：科学幻想小说，就是要描写即将实现的技术成就，把它们变成应用到生产、应用到生活中去的一些画面。这类作品的典型可以看涅姆佐夫的《镜子场》。可是到了六十年代，受到宇宙

航行热的冲击（五七年加加林上天），同时察觉到了英美的科学幻想小说所提出的幻想好像都远大得多，趣味性强得多。（当然，当时苏联的一些幻想小说理论家们承认这一点的时候，还多多少少有些扭扭捏捏。）所以，又出现了一种新的看法：号召幻想作家们要"对准遥远的未来"。

而我们自己的道路呢？

五十年代末到六十年代初，对科学幻想小说的基本要求是要为工农业生产服务，要落实到生产上去，这是不是近距离的拷贝还说不上。这并不能责怪任何人，因为，当时文艺上的一些极"左"思潮也自然而然地影响到了对科学幻想的要求，影响了编辑部，但更多的是影响了作家自己。狂热的共产风也必然反映到了科幻领域里来，虽然不怎么明显，但毕竟也受到了影响。科学幻想小说里的共产主义社会，就是按电钮、喝牛奶，一切都到了衣来伸手、饭来张口的地步。在"大写十三年"的时候，幻想也就像受惊的鸟儿那样，吓得战战兢兢。它只能在那儿扑扑翅膀，可是却不敢起飞，当然更不用说是对准遥远的未来了。"四人帮"一上台，幻想也就寿终正寝。不要说是抖动翅膀了，它只好闭上眼睛正式冬眠。打倒了"四人帮"，科学幻想也终于在阵阵春雷的催动下，醒了过来。睡眼惺忪的幻想，就像久关在鸟笼里的鸟儿一样，一旦打开了笼门，却早忘记了它还有一双翅膀。但春风终于把它的羽毛鼓了起来。鸟儿小心地跳出了笼门，它深深地吸了一口气，开始展翼飞翔了……

我不是在写散文，可是这却是我们科学幻想的一个真实的写照。要感谢那些第一个打开笼门的编辑们。正是他们第一个提醒了那只鸟儿，鼓励了他："你是个飞禽，你的任务不是别的，就是为科学，为探索真理去高高地飞翔！"尽管打开那只鸟笼的手还是有点战抖的，但真应当为这些无名英雄们树碑立传。可是，那可怜的鸟儿飞得并不怎么顺当。谁能对一个十多年不飞的鸟儿提出更多的要求来呢?

不过生活从来严峻,时代的步伐也在加速。幻想的鸟儿,也经过二三年的试飞。它应当可以去冲击更高的空间,变成一只宇宙飞船,到更广阔的宇宙空间去翱翔了!

未来学家们,现在已在严肃地讨论,如何来肢解土星,如何把金星改造成第二个可居住的地球。当国外的科学家已经在讨论未来的智能机器人会不会罢工,要不要为它们定条法律的时候,当西方的幻想家们已经在驾着宇宙飞船游历黑洞的时候,我们如果还停留在机器人会不会下象棋的水平,那么,我们的幻想的翅膀的确是太软弱无力了。所以从我个人来讲是赞成我们的幻想应当远大一些的,它也应该和宇宙一样是无边无涯的。因为人类的认识本来就是没有穷尽的,那么,我们有什么理由,要为科学幻想作家规定一个"有限的距离"呢?何况,任何重大的科学上的突破,都是在前人认为荒诞不经的方向上撞出来的。科学幻想作家应当远远地走在科学家的前面,走在未来学家的前面。我们不能要求科学幻想小说的作家们是未来的设计师,也不能要求他们真的能为理论科学做出什么可以得诺贝尔奖的重大发明。(那还得了,写科学幻想小说的人,岂不都变成了爱因斯坦了吗?)如果我们这样去要求他们,那不是爱护,而是出于一种无知。不,科学幻想家们的任务从来不是去从事什么真正的重大的创造和发明,他们有一个更重大得多的使命,那就是告诉人们:科学是一种力量,是一种生活的方式,是一种艺术,是一首诗!是普罗米修斯手上的火炬!也要告诉人们:尽管道路曲折,也充满了陷阱和荆棘,但美丽的科学之神还是值得去追求,去为她供奉你的一生的!这才是科学幻想小说作家们的"神圣的使命"!我们虽不是诺贝尔奖的窥伺者,但我们却是诺贝尔奖获得者的制造人!

那么,"近距离"的科学幻想是不是就应当加以否定,加以"消灭"呢?不,当然不是这样!

如果考虑到，我们的国家目前正是处在刀耕火种、老黄牛与最新式的加拿大联合收割机并存的时代，我们还有大批的读者处于一种科盲、半科盲，而科学普及教育还远远没有完成的时代，近距离的幻想当然还是非常需要的。面对这样一群读者，我们大谈其黑洞，这当然是可以的。但，正像谢冰心同志在七八年的一次少年儿童读物座谈会上所讲的："现在有些科学幻想，叫孩子们摸不着边际。"这里，就有一个为谁服务的问题。显然，在我国目前的条件下，所谓近距离的幻想，当然是应当允许它存在的。我们何必担心国外的一些评论家们的嘲笑呢？如果我们的作品，不是首先为我国的读者服务的话，那我们又为谁去服务呢？

其实，把幻想分成"远、中、近"，本来就是一种形而上学的提法。问题在于，不管是远距离、中距离、近距离，任何幻想作品都是为现在服务的。即使，你在小说上写上"这是发生在公元 5000 世纪的事"，这也并不等于就是对准遥远的未来了；如果你把幻想的内容放在宇宙边缘的一个银河系上去，那也不等于说幻想的距离就遥远了。距离上的远与近，并不等于幻想的远与近；时间的遥远，也并不等于"技术"上的先进与落后。问题还是在于，你所提出来的一种科学幻想，首先要看在科学上是不是行得通的，它对人们是不是有什么启发性。至于已经被现实生活所证实、所应用的科学技术内容，当然是可以用来作为我们的科学幻想小说的"幻想"内容的，问题在于你怎样来应用它，放在什么样的条件下来描写它。这儿，我们不妨举几个例子。

一批穷途末路的赌徒，由于输了钱，他们把仅剩下来的一些赌本凑了起来购进了一台最先进的电子计算机。用它来与一个开设赌场的老板展开了一场新的赌博。老板终于也发现了这个秘密，也购进了一台计算机。最后双方不分胜负，大打出手，以一场双方都毁灭的死亡结束了这场赌博。

用这个故事梗概，我们完全可以写一篇讽刺性的科学幻想小说，来揭露资本主义社会没落腐朽的一面，背景当然就放在现实的环境里来写。而用电子计算机来进行赌博（博弈）已并非什么新的技术了，更不是什么远大的幻想了。但类似这样的科学幻想小说，在"文化大革命"之前的《知识就是力量》上就刊登过。有一篇叫《X-1号机》的就是这样的作品，而且还是一篇写得非常风趣的成功的作品。

再举一个例子。那就是凡尔纳的，鲁迅先生最早翻译的《十五小豪杰》。这也不是什么远距离的科学幻想了。这是一篇写的现实生活里的《新鲁滨孙漂流记》那群孩子，乘坐的是一般的极为平常的小汽轮。他们在一个荒岛上漂流的时候，所用的器械也是最平常的器械。可是，这也是一本众口皆碑的深受孩子们欢迎的科学幻想小说。

可见，并不是不能用我们现实生活里已经实现了的科学、技术内容来作为我们幻想的内容。问题在于你如何来运用它，如何使它们在作家虚构的时间、空间里，在作家所创造的人物的命运的运动之中，使它们更富有启发性。科学幻想的形式，本来是多种多样的。在我国的科学幻想刚刚初步繁荣的今天，我们还是不要为自己划些不必要的禁区，人为地制造些框框。我想也只有这样，才能使我国的科幻创作，更快、更好地繁荣起来。

五、"未来、今天和过去"：试谈科学幻想小说的定义

还有一个也是我们常常纠缠不清的问题，那就是：科学幻想小说，是不是只能写发生在未来的事件，不能写过去，不能写现在？其实，这里就涉及了我们对科学幻想小说的定义怎么理解的问题。

关于科学幻想小说的定义，从来就有许多争议。原因很简单：任何定义都有它的局限性。面对一种随着时代的变化而变化的文化现象，面对着一种复杂的形式和内容都在不断创新的文学（或科普）的一种

样式，要下一个像古典数学一样精确的定义，这个企图本身就是"不科学"的。其实用现代术语来讲，对于品种、形式、内容多种多样的"科学幻想小说"，"科学文艺"这个术语本身就是一种"模糊集合"的概念。也许，我们只能用"模糊数学的语言"才能来给它下定义？可是，研究者、理论家、作者和编辑们，为了工作的"方便"，总要像早期的植物分类学家一样，企图用一两句简单明了的语言来划分清楚，这是什么纲，那是什么属；这是科学幻想小说，那是纯文艺小说——这样的企图，当然是非常有必要的。不然，我们无法正常地讨论问题，无法正常地交换互相之间的信息了。图书馆在新书编目或者图书上架的时候，就会无从着手了。人类总有一种形而上学的倾向，他们总想把一些模糊不清的概念搞清楚。但如果，只会守着一个很快就会僵死的定义的框架，而不去弄清这不断在变化的丰富的创作实践，那当然就会造成这样一个不幸的局面了。一旦展开理论争论的时候，人们只好在一些"名词"、一些字眼上兜圈子。其实，我们对科学的文艺、文艺的科学，科学幻想小说中的什么是"科学"、什么是"幻想"、什么是"小说"，这几个字眼的无休止的争论，就是因为这种形而上学的"癖好"所造成的。其实，"幻想""小说"，其本身就是一个"模糊的信息"。当我们说到这样是"小说"，那样不算"小说"的时候，我们是不是能精确得用一把"分厘卡"来度量一下呢？当我们说到"幻想"的"远、中、近"的时候，你能够说，这个幻想是属于二十年的距离、三十年的距离，那是属于一万年以后的距离吗？甚至，相对地来讲，我们也可以把"科学"这个名称看成是一般"模糊的集合"。科学本身，在早期的时候就无从分类，我国的沈括本身既是科学家又是文学家，罗蒙诺索夫就又是科学家又是诗人。当然，为了工业发展的需要，科学开始分工、分家。但时至如今，随着工业技术的发展，各种科学又在新的高度上集合了起来，而且在一个新的高度上和人文科学、社会科学科学地综合起来。控制论就是这样高度综合了众多的学科而建立起来的。而"科学"的内涵，本身就在不断地变化。所以，相对地说，这也是一个"模糊集合"。其实，在生活里，就存在着大量的界线不明的模糊集合的事物和模糊的信息。所以我们说，我们在讨论一个问题的时候，尤其是在讨论一个本身就是无法用古典数学来度量的文化艺术现象的时候，最好不要老是去捣名词，钻牛角尖，而是应该联系这丰富的创作实际所产生的具体作品、具体作家来谈。理论的概括，要是概括得好，可以推动创作，如果相反，那就会起阻碍的作用。

形而上学把我们的国家，把我们的人民都坑苦了。形而上学的评论也曾扼杀过我们的许多好作品，而最后也戕害了理论家们自己。这不是值得我们引以为戒，值得我们警惕的吗？

让我们看一看，这局限性很大的科学幻想小说的定义，是怎么妨碍着我国科学幻想小说的发展的。

我们的科学幻想小说的定义，可以说是从苏联传进来的。

在报刊上，一般总是这样提的："这是一种瞻望未来的科学技术可能达到的成就的幻想小说。"

或者这样说："这是描绘新的科学技术成就在未来社会中的作用，展示未来的创造性劳动的一种幻想小说。"

这两种看法基本上是一致的，是苏联早期有关科学幻想小说的定义的一种翻版。关于科学幻想小说的定义，《苏联大百科全书》第二版是这样写的：

> 科学幻想作品是文艺作品的一种体裁，它以生动的引人入胜的手法描绘科学技术进步的远景和人类对大自然奥秘的深入了解。科学幻想作品描写的对象实际上是还没有实现的科学发现和发明，但科学技术已有所发展一般又为它的实现准备了条件。科学幻想作品接近于空想和惊险作品。它和社会空想作品不同的地方是，

它一般描写的是改造自然的斗争，而不是改变社会关系的斗争。
……

让我们来初步地讨论一下，这两种框架对不对。

首先，这样的定义，就不能把科学幻想小说里的幻想内容主要是针对过去历史的一些作品，包括进去。

因为科学幻想小说并不一定都是描写未来的。譬如说，描写史前时期的科学幻想小说，就无法放进这个狭窄的框架里去。中国青年出版社就出版过这样一本书：《萨尼柯夫发现地》。这是一本大家都公认的科学幻想小说，可是，它写的并不是未来的科学技术成就，而是一本描写史前时期的既有科学又有幻想的小说。大家熟悉的童恩正同志的《古峡迷雾》也是一本公认的科学幻想小说。可是如照眼前的这些定义，那么，这两本科学幻想，就要被开除"球籍"了。而问题就出在这里，这种描写历史的过去的科学幻想小说，还有许多。就连大家最推崇的儒勒·凡尔纳也写过这样的作品。

而且，还有许多作品，并不是描写过去，也不是描写未来的，就是写的现在。

刚刚我们讲的凡尔纳的作品《十五小豪杰》就是放在当时的环境里来写的。也就是说，科学幻想小说，不但可以写未来——这样的作品在数量上是比较多一些，也可以写现在，写过去。

像上面那些定义，还有什么缺点呢？

如果说，规定所有的科学幻想小说，都是写未来的科学技术成就，那么，我们前面讲的那篇核潜艇返回美国，发现美国已被核导弹摧毁的故事，算不算是写未来的成就呢？刚好相反，这里写的是由于技术的应用不当，它变成了一种毁灭性的力量，而绝不是什么成就。

的确，现代就有许多写得很生动的科幻作品，讲的不是未来的科学技术成就，而讲的是科学技术的破坏性。这谁都知道，科学技术并无阶级性。掌握了先进世界观的人可以用来造福于人类，而反动的法西斯却可以用来破坏人类的幸福，使科学成为一种毁灭性的力量。

工业的发达，带来了致命的污染；有朝一日，由于人类过于浪费，而产生了深重的能源危机，带来一个毁灭性的打击。二氧化碳的温室效应终于使我们这个星球上的大气热得无法忍受。还有，由于不相信科学，由于无知和愚昧，（人类）把生态平衡破坏掉了，大片的森林被毁，肥沃的土地变成了沙漠、荒滩。这样的科学幻想小说我们能不能写呢？当然能写！

我们为什么就不能从一些反面的角度来写一些科学幻想小说呢？要知道，有时光从正面来"吹嘘"我们造了多少林，而实际上依旧在无视森林的破坏，结果损失和倒霉的只是我们自己。那么，我们为什么不能利用这种锐利的武器——科学幻想小说——来描写一下黄土高原上由于生态平衡的破坏，沙漠化的问题已经到了刻不容缓的严重地步。如果这本科学幻想小说写得非常生动，也许，它会比许多论文起的作用更大。因为这是广大工农兵比较容易接受的一种通俗易懂的文艺式样，从而也就普及了一种知识：要爱惜原始森林，要爱惜树木，要绿化。也许孩子们读了，就不会再去把树苗折断；工农兵读了，从此懂得了绿化的重要性——促进了城市、农村的绿化工作。

我想如果真想发挥这种文学式样的战斗作用，我们就不应当替自己设一些莫须有的禁区。仅从这些例子来看，上面所讲的科学幻想小说的定义，就已经不能概括我们现存的科学幻想小说了，更不要说推动和繁荣这种体裁的创作了。

另外，《苏联大百科全书》上的那个定义，还有一个缺点。"它一般描写的是改造自然的斗争，而不是改变社会的斗争。"这句话，显然又是一个极为片面的概括。科学虽无阶级性，但一旦应用于人类社会，它就变成了一种社会发展、社会斗争的武器。正如我在第一章里所说的，原子弹把十七世纪科学家规定的不问政治的清规戒律砸得粉碎。豪特曼斯和阿特金逊①由于要找点儿事来消磨时间，就开玩笑地讨论起太阳能的真正来源问题。当时他们并没有想到，他们假设太阳能是来自轻元素的融合的这个假定，二十五年以后会变成制造第一个氢弹的基本原理！

科学既然已和现代生活、人类的命运紧紧地融合在一起，科幻小说当然也会反映出这个特点。我们又怎么能把自然科学和社会科学断然地分开来呢？实际上，在西方，早已出现了大量不但讲科学也讲社会的优秀的科学幻想小说，但当时的苏联的理论界却把这些作品全都关到另一个角落里去。这关门主义的态度，不客气地说，也多少地影响到了我们。但其实，这种关门主义的虚无主义态度，绝不是历史唯物主义的观点。因为丰富多彩的创作实践，并不会因为我们理论的苍白而不存在。是到了应该对科学幻想小说的定义和内涵进行一些认真探讨的时候了。但请注意，事物的发展会不断地修正这个定义的，而"灵魂"也许会偶尔这么"出窍"一两次的。——而这就是当前科学幻想小说和创新和突破的开始。

结论是：科幻小说，当然可以写未来，写现在，写过去。但不管怎样写，请记住，它们都是为现在服务的。我们应当为它下个定义。但，我们决不要被这个定义框住自己的手脚，画地为牢为自己设下无数人为的禁区和陷阱。

六、论科学幻想小说的社会功能

就像任何新生事物一样，它的诞生总会碰到种种保守势力、僵化的成见的阻拦和怀疑，科学幻想小说的诞生也必然会经历这种艰难的

---

① 两位著名的物理学家，诺贝尔奖获得者。

创业阶段。

大家都熟知凡尔纳的第一部作品曾被数家出版社所拒绝的故事。但幸好有了这么一个伯乐，一个小小的出版商接受了这本书，和凡尔纳定了一个终身的合同。凡尔纳之所以能留下大量的、高质量的作品，为科学幻想小说奠定基础，大概和这个出版商的功劳分不开来吧。

我们当然不会像"四人帮"时代那样，动不动就去追究一个人的动机。那位出版商先生的动机我们不想研究，但他支持凡尔纳的结果是：为我们留下了一批宝贵的文化遗产。尽管凡尔纳一直被认为是通俗读物的作者，但不管怎样，正是他那天才的创造性的劳动，丰富了我们的世界。

我之所以要不厌其烦地举出一些杂志、出版社、编辑同志的名字，是因为我想到，今后，也许在隔了几百年之后，当科学幻想小说已成为一种主要的文学品种的时候，人们写起科学幻想小说史来，就会记住这几个伯乐。正是这些编辑（也是作者），辛勤地开拓了这个领域。我们现在的作品，也许一本也不会流传下去，但我相信，作为一个正在世界上广为流传的品种，它的前途是非常光辉灿烂的，这绝不是一两个人可以阻挡，可以扼杀的。

的确，从科学幻想小说诞生的第一天起，一些搞主流文学的人就看不起它；有些搞科学的人又怀疑它。在法国，在美国，在英国，在苏联，我们都可以看到有一批人，一直在怀疑它的社会功能。当然，在我们中国也同样如此。从它诞生的第一天起，就像顾均正同志所讲的，"真是荆棘满地"。

最近，我们又听到，一位我国著名的科学工作者在一次会议上公开宣称我国的科学幻想小说是对科学的一种污染，并奉劝我国的科学幻想小说作家们赶快改变方向，不要搞污染。

这位科学工作者的讲话，使我们想起了美国的一位叫斯多杰恩的人。这是一个评论家，在一九五三年，他说过这样一句话：在美国的科学幻想小说中，有95％讲的是废话，很粗糙，是为迎合读者的胃口写的。当时，这句话的确引起了很大的震动，后来就被称为"斯多杰恩规则"。

对斯多杰恩的话，我们还不能下什么结论，因为，中美关系中断以后，我们很少读到他的作品。可以想象，斯多杰恩敢于下这个定义，一定详尽地研究了当时的一些作品。但我们的这位"斯多杰恩"呢？他讲话时自己就宣称道：他只看过一本科幻小说，而且是在情绪很不好的时候，为找点刺激才去看的。对于一个科学工作者来讲，如果他只通过一本作品（而且还弄不清，他看的是中国的作品，还是美国的作品），就对我国的科学幻想小说下这么一个断然的结论，说是这些作品污染了科学，这恐怕本身就是一种反科学的态度，违反了一个科学工作者的最最起码的基本准则了。当要进行一项研究工作时，必须先占有资料，进行详尽的调查研究。但现在，这位中国的"斯多杰恩"既没有调查，又没有研究，就下了这么一个结论，我想反问：这岂不是太武断了吗？这岂不是违反了一个科学工作者最起码的原则了吗？

本来，对这种武断的评论，我们是根本不值得一驳的，但坏就坏在，在我们这个习惯于崇拜名人的时代，一位著名科学工作者的讲话，无疑会给我们的科学幻想小说的繁荣带来消极的影响。所以我不得不再重复一下，科学幻想小说的社会功能问题。

科学幻想小说，到底可以对社会起什么作用？这在报刊上，已有大量的文章谈过了。正像我前面所说的，我国的科学幻想小说，在它创始的时候，是作为科学普及的一支、一种手段被提倡的。五十年代、六十年代，我国主要的一些科幻作家，就在这个原则的指导下进行创作。当时的一些作品，至今还在流行，还在被广大的青少年阅读着。它们曾完成了一定的普及知识的任务。但，正像我们后来所发现的，这并不是它唯一的任务。科学幻想小说如果写得好，它还能完成美学上的，伦理、道德上的教育任务。它能引起孩子们对科学的好奇心，引起他们的兴趣，从而进一步推动他们走向科学。就是今天，这些作家们写的一些作品，从主流上来看，也仍在继续担当着这个任务，并且完成得越来越好。

当然，科学幻想小说，还能培养少青年们正确的推理的思辨方法，培养他们正确的辩证思维能力。科学幻想小说中那些积极的、英雄人物的形象，可以诱导青少年们产生攀登科学高峰的决心，并且还可以激发、调动孩子们的想象力。

关于"想象—幻想"力的重要性似乎已用不着我来讲了。人们谈起这一点的时候，首先就会想起列宁同志的那句话："幻想是一种可贵的品质。"或者，列举苏联的宇宙航行的创始人——齐奥尔科夫斯基，就是受了凡尔纳的《月界旅行》的启发，才去从事宇宙航行的。

但我想说明的是：并不只有科学家才需要想象力。我们的国家现在正需要是一大批富有想象力的经济管理专家、工长、厂长、经理，甚至也需要一批富有想象力的会计和生产小组长。社会主义就是要发挥人的潜在能力，让人人都能从事富有创造性的劳动。"创造性"和"想象力"是一对永远分不开来的孪生兄弟。我记得女作家季康曾在她的自传里写道："我读了……不知名作者的《十五小豪杰》……于是我想当一个航海家。作为一个女孩子，这样的幻想既是超现实的又有点近乎可笑……有时也幻想当一个旅行家，去发现新大陆，还要到南极和北极，探望那有奇异风俗和生活特色的爱斯基摩人。"她又写道："虽然我并没有去航海，也没有任何漂流地回到了家乡杭州，但我把最精华的岁月，献给了祖国最伟大壮丽的事业。在某种程度上我也部分地实现了我少年时代的幻想，旅行了大半个中国。"

季康同志并没有成为航海家,但她却做了一个文学事业中的探索者。也许,正因为凡尔纳作品的影响,她走上了同样需要冒险精神的文艺领域。(在文学领域里,也尽有冰天雪地的南极大陆和乘雪橇、穿兽皮衣裳的爱斯基摩人啊!)科学之神和文艺之神,她们本是一对孪生的姐妹,她们所需要的"牺牲"正是这些勇敢的理想主义者。

而科学幻想小说,正好是完成这些任务的重要手段之一。而我们的时代,正是要它发挥这种社会功能的最为关键的时刻。在这重要的时候,为什么要对这样一种重要的体裁,泼以冷水,加以打击呢?

当然,不可否认,我们的科学幻想小说,在这初步繁荣的同时,由于队伍的不断扩大,由于理论工作没有跟上,由于大家都处在重新探索、尝试的新阶段,也不免会出现一些比较幼稚,质量较低,甚至连科学也有错误的作品。但任何事物都有它的正反两面。就像一位科学工作者一样,当他从事一项研究工作的时候,也会犯各种各样的错误。我们能因这位科学工作者的一些错误,就对他谴责说:"你是在搞污染!""你是在污染科学!"说这样话的人,只可能是一些完全不懂文艺创作或科学工作的外行。不然,我们就无法理解这种粗暴态度的由来。

那么,我国的科学幻想小说,到底应该怎么办呢?什么才是我们最正确的道路?

道路只有一条,要继续解放思想,要继续迈开我们的步子,要继续探索新的可能、新的品种,勇敢地做各种尝试。当然,我们也要爱惜自己的羽毛。的确,我们应当注意我们作品的最后效果和它的社会功能。

我们还要继续巩固和发展我们已初步建立起来的一些传统。作为科普的重要手段之一,我们应尽可能地不要在科学上犯错误。

但我们也要允许,科学幻想小说向"文"的方面发展。

"科"和"文"在这儿并不是相处得完全不能调和、不能统一的。我们就是要用更高的技巧，站在更高的立场上，把它们统一起来。

我们也要注意向社会生活，向现实主义的深度发展。

我们的科学幻想小说，要跟上时代的步伐，如果仅停留在瓶瓶罐罐、红红绿绿闪光灯的实验室里，是远远不够的。我们的科幻小说的确应该离开那"万事如愿以偿的实验室"和那些无事不知、无事不晓的"白发苍苍的老科学家"，大步地走到社会里去，走到生活里去！美好的共产主义未来，并不就是喝牛奶、吃面包、按按电钮、让机器人端上一杯咖啡、看看大屏幕的电视机吧？到那时候，还是会有先进和落后的斗争。科学家们在探索未来，在突破一个重大的基础理论的时候，也不会永远都是一帆风顺而不再受"官僚主义"和保守势力的干扰的。懦夫和勇敢的人，大公无私与卑鄙的小人，恐怕会长期并存。一些靠献媚打小报告往上爬的人恐怕还会是一个长期的社会现象。就是到了社会主义的高级阶段，恐怕，在科学上还是需要有真正敢于奉献出自己生命的人！

美丽的科学之神是永远也不会使自己贬低到魔术师婢女的地步的。而我们的科学幻想的作家们，千万不要使自己变成一个魔术师！我们的任务是在于，要为四个现代化，要为未来培养一批真正能独立思考，能为人类、为共产主义做出重大贡献的科学家来，而不是培养那些只有支离破碎知识，只会盲目地把石头搬上搬下的西西弗斯[①]。

这无疑就是我们的科学幻想小说今后主攻的方向！

---

① 西西弗斯（Sisyphus）是希腊神话中的一位国王，由于作恶多端，死后被打入地狱，并被罚推一大石头上山。但石头刚到山顶又滚下来，他只能再把石头推上去，永远如此。

导读：

粉碎"四人帮"以后，中国科幻文学空前发展，出现了像《珊瑚岛上的死光》《小灵通漫游未来》和《飞向人马座》这样的重要作品。一时间科幻小说成为家谈巷议的文学，但是，一些反对意见也开始出现。特别是在以童恩正为代表的作家提出科幻文学不一定仅仅具有科普功能，还有更多社会价值之后，批判和批评之声更是不绝于耳。面对这样的现象，一些作家开始出面应对。《谈谈我国科幻小说的发展——兼论我国科学幻想小说的一些争论》最先是在中国科普作家协会科学文艺委员会和少儿委员会1980年哈尔滨年会上的一个发言稿，正式发表于《科学文艺》1980年第4期和1981年第1期（续完），标题为《试论我国科学幻想小说的发展》；后改名《试谈我国科学幻想小说的发展——兼论我国科学幻想小说的一些争论》，收入黄伊主编的《论科学幻想小说》，该书由科学普及出版社1981年5月出版。

本文是站在作家的角度，应新时期科幻小说繁荣后产生的众多争论而进行的理论性思考。作者萧建亨（1930— ）是当代著名科普和科幻作家，曾经获得过全国儿童文学奖、宋庆龄儿童文学奖等重要奖项，主要作品包括中短篇小说《布克的奇遇》《奇异的机器狗》《球赛如期举行》《密林虎踪》《金星人之谜》《梦》《较量》《沙洛姆教授的迷雾》《乔二患病记》等。

1976年以后，中国科幻小说狂热地生长，出现了大量作品和作家。与此同时在全社会对这个领域的热切追求与期盼之中，也有人认为科幻小说是想入非非、灵魂出窍，甚至传播伪科学的文类。面对这些指摘，该如何理解科幻创作和这个文类本身就成了一个重要的问题。时任中国科普作家协会副主任委员的萧建亨毅然决定对这个问题进行一个系统化的正本清源。

本文六节可分成三个部分。从开篇到第二节结束为第一部分，主要从历史发展的角度阐述了科幻小说作为一种文学存在是历史的必然，同时在中国，科幻小说的发展存在自身的规则和路径。作者强调，科幻小说原本应该是社会小说、文艺小说，但在中国，多年的实践将这类文本发展成一种科普作品。这就为之后的论述做好了铺垫。从第三节到第五节是第二部分，作者分别探讨了发生在童恩正和鲁兵等人之间的所谓"姓科还是姓文"之争，发生在《中国青年报》"科普小议"专栏中的所谓"科幻中的未来视野应该贴近现实"的争论，以及一些报刊上关于科幻小说的时间走向选择未来而不是现在和过去等三个正在争论的问题，一一进行了回答。作者站在一个作家的立场上，通过广泛复杂的创作实践来说明问题，与此同时，又不忘把这些创作实践的素材置入科幻理论和世界科幻发展的历史图景。这样的论述方式使作者既能见微知著，紧贴真实的发展和创作过程，又能高屋建瓴，占据理论的高点，俯瞰当前。文章的最后一节属于第三部分，这一部分将科幻文学对中国、对世界、对人类发展的重要作用展现出来，指出只有解放思想、勇敢探索，才能创造出富有中国特色的全新作品。

20世纪70年代末到80年代初是中国当代科幻思想形成的时段。当前对这一时段的思想史研究仍然非常不够。萧建亨作为横跨50—90年代在创作领域具有重要影响力的作家，而且是在那个时段参与了科学文艺，特别是科幻小说队伍组织的活动家，通过这篇文章确立了他作为科幻理论研究者的地位。在这个时期，如何跳出鲁迅先生在《〈月界旅行〉辨言》中所描述的科幻文学状况，让这类作品的作者能在一个更广泛的谱系下自由进入多种可能的空间，是作家和理论工作者所面对的重要问题。但与此同时，社会上对科幻小说的各种偏见所引发的争论，到底应该怎么理解，许多人都觉得模模糊糊。萧建亨的这篇文章，对那个时代的多种争论都一针见血地指出了要点所在，为澄清问题、思考问题、解决问题提供了有效的支持。

文学理论常常会以高人一等的姿态,以无法被日常理解的语言出现。但萧建亨的论文却完全不是这样。他的这种遇到问题求诸实践去解答,求诸推理去展现,求诸历史去破解的方法,使这篇文章在那个时代别具一格。他勇于直面问题,发掘问题核心所在的做法,给当时的科幻发展增加了有效的动力。

20世纪80年代中期之后,萧建亨基本退出了科幻文学创作,但他的作品影响力依然存在。1988年,他的选集《萧建亨获奖科学幻想小说选》获得第二届宋庆龄儿童文学奖。此后,他基本没有新作出版。

(吴岩)

列宁和科学幻想

孟庆枢

列宁热爱科学、关心科学。同时,他还是科学幻想的热情支持者。他曾在本世纪初,在《怎么办?》一书中引用皮萨列夫的话说:"幻想是丝毫没有害处的;它甚至能支持和加强劳动者的毅力。""只要幻想和生活多少有些联系,那幻想决没有什么不好的地方。"列宁当时还提醒人们,这样的幻想未免太少了。

有过这样的一个有趣的故事。

那是一九二〇年年末的最后几天,一九二一年新年前夕。当时列宁领导下的年轻的苏维埃由于国内战争而疲惫不堪,到处是饥饿和疾病。

在艰难的日子里,一天晚间,列宁从克里姆林宫巴洛维茨基门乘汽车向马斯尼斯基门去。列宁望着风雪弥漫的街道,眯起眼睛,沉思着……

在新广场拐弯处,靠近综合科学技术博物馆的地方,列宁注意到一个很大的海报:"到宇宙旅行。报告人:发明家——工程师察捷尔。当场答疑。免票入场。"

列宁让司机把车子停下来,他从车里走出,在海报牌前站了好久。他虽然早就看完了海报,并且记住了它的内容,但是还在海报上凝视。然后他点点头笑着走回车里的座位。

汽车向前疾驰驶过这个广场。

他对司机说:"真难令人想象,在那样的日子——宇宙旅行。是惊人的,非常惊人!"他告诉司机在回来的路上再在海报前停一下。

司机开玩笑地说:"列宁同志,我看你对这个海报可真感兴趣啊!能不能扯下来,这样可简便些。"

列宁笑了:"扯下来?想把我送入警察局吗?不,您可不要促使我犯罪。那是一张很吸引人的海报啊!"

第二天早晨,在列宁办公室里走来克里姆林宫的卫队长。他向列宁简短地汇报:

"您请察捷尔工程师吗?可以签发通行证吗?"

"马上发给,请他到我这里来。"

过了几分钟,一位瘦弱的、像是有病的戴眼镜的年轻人走进了办公室。

"是列宁同志找我吗?"

列宁从桌旁走过来迎接这位客人。

"请您坐近些,您好,察捷尔同志,原来,您是这样的。"列宁紧紧地握着这个年轻人的手,注意地看着他。列宁以极大的兴趣打量着这位在如此严峻的日子里给莫斯科人做幻想宇宙飞行报告的人。

列宁请他详细谈谈那些随着时间的发展就成为现实的幻想。列宁说："谈谈你自己，你是做什么的，在哪儿学习，怎么做自己的演讲。我对这个题目永远感兴趣。"

"列宁同志，您相信这个幻想在不久的将来可以变成现实吗？"

列宁愉快地笑了，和蔼地把手放在青年人的膝上说："请您不必忧虑。我们有些同志不相信未来美妙的宇宙航行学。但是，我相信！坚信不疑。过二十年、三十年，也许五十年，苏联人，正是苏维埃人会实现这神话般的旅行。这将是整个世界科学的奇妙的节日。"

不用说，这位工程师深受感动。列宁请他敞开谈谈，告诉他不要着急，有整整半个小时的时间呢。

从这位工程师谈话中，列宁知道在俄罗斯生活和劳动着几十名献身宇宙研究的学者。他们设计星际航行方案，并且要飞到月亮上去。在这一行列中站在最前边的是艾杜尔特·康斯坦丁诺维奇·齐奥尔科夫斯基。他住在卡鲁加①。

① 卡鲁加，苏联一个省的中心。

列宁说："啊，就是那位齐奥尔科夫斯基啊！我知道，他多大年纪？现在生活条件怎么样？大概也很困难，在挨饿吧？应该马上向他解释这一切。帮助他。"

列宁从沙发上站起来，走到桌边在台历上写下了什么，又在电话里通知请捷尔仁斯基到办公室来一下。

这时列宁又对这位工程师说："是的，是，是，我们永远认为不仅诗人、艺术家需要幻想，在科学、技术里也应该有幻想。在我们日常生活中也应该有。没有幻想连十月革命也是不可思议的。"

这位年轻的工程师屏息静听列宁的教导，他苍白的脸上泛起红晕。

他照列宁的要求讲了自己的科学研究，关于齐奥尔科夫斯基的著作，讲了他的老师和国外的学者。当时在一些国家里有一批学者都在从事这方面的探索。

这时捷尔仁斯基走进来，列宁把察捷尔介绍给他。

列宁经过简短的谈话后说："要记住，捷尔仁斯基同志，应该请齐奥尔科夫斯基到这儿来。还有，要建立宇宙飞行协会，叫它'星际研究协会'吧。你知道吗，我准备提谁当主席！您，捷尔仁斯基同志，就是您。"

"好，好，我同意。弗拉基米尔·列宁，让我同察捷尔同志认识一下，把齐奥尔科夫斯基请到莫斯科来，我要丰富这方面知识……"

列宁又指示马上给齐奥尔科夫斯基去电祝贺新年。电文写上：我非常相信他的探索，非常相信！

据说，齐奥尔科夫斯基收到了列宁的电报后激动得流了泪，并于当天就乘车到莫斯科。但不料他突然生了病，当他好起来时，列宁又病得很重了，这样，他没有机会见到列宁。但是，列宁的理想却终于实现了。

导读：

本文是替科幻小说的正当性寻求依据的一篇重要文章。它借助革命导师的一个小故事,讲述了想象力、科学、科幻与革命之间的关系。

科幻小说在中国是舶来品,虽然梁启超、鲁迅、茅盾等都热切地推荐这类作品,苏联文艺界也看重这类作品,但在我国,对这种文类到底应该怎么定位一直有着不同看法。新中国早期,中国青年出版社曾经翻译凡尔纳和威尔斯作品,在当时的图书序言中曾经谈到这些作品存在着种族主义、科学错误、资产阶级观点等瑕疵。20世纪60年代中苏关系恶化以后,苏联科幻小说在中国也开始受到批判。最有名的例子就是对苏联作家德涅伯洛夫《苏埃玛——一个机器人的故事》的批判,认为作品中机器战胜人的创意是反马克思主义的。由于理论问题一直没有被解决,因此到粉碎"四人帮"之后中国科幻小说像春风一样蓬勃发展的时候,一些从事相关管理或理论工作的人仍旧对这个文类存在担心。此时,科幻文类亟须合法性叙说。此文就是在这样的背景下发表的。

《列宁和科学幻想》最初发表于1979年8月8日《光明日报》(第4版),作者孟庆枢(1943—)是东北师范大学文学院资深教授,俄国和日本文学翻译家、理论家,从1978年开始发表科幻文学译作和论文论著,他的主要科幻译著包括《在我消逝掉的世界里——苏联著名科学幻想小说选》(与金涛共同主编)、《保您满意——星新一短篇科幻小说选》(与潘力本共同主编)和"别利亚耶夫科幻小说系列"(与李毓榛共同主编)。

据作者回忆,"文化大革命"之后,百废待兴,刚过而立之年的人切盼国家重振雄风,梁启超、鲁迅等先贤通过科幻呼唤创新伟力的激情在心中激涌。为了全面了解译介苏联科幻、科普作品与理论,他相当长时间泡在书刊堆里普查,在这当中偶遇此文,也是功夫不负有心人。在撰写此文时很让他感动的是,在一百年前的苏俄大地,连吃饭都是大问题的情况下,列宁心系寰宇,不愧是了不起的马克思主义领袖。

结合历史看科幻，我们会更清楚：为实现中华民族的伟大复兴，在这个高科技迅猛发展的时代，科幻有它独特的价值，它的热是一种必然。

这篇文章主要讲述革命导师列宁跟俄国宇航之父康斯坦丁·齐奥尔科夫斯基之间一段"没有成功"的交往。这段交往从列宁跟工程师察捷尔之间的偶遇，转移到他对航天技术如何服务苏联的关切，到成立"星际研究协会"的倡议，再到对服务于人类解放事业的科学家给予关注的实际行动，完整地表达了列宁国家建设无法离开先进科技、无法离开具有创造性的知识分子的思想。齐奥尔科夫斯基（1857—1935）是公认的世界航天技术理论先驱，但科学界却没有给他应有的尊重。他的研究没有经费，论文无法发表。在学术创新难于获得广泛了解的时候，他试图通过创作科幻小说来推广自己的想法。齐奥尔科夫斯基最著名的科幻小说是《在地球之外》和《在月球上》。考虑到这段历史，孟庆枢教授觉得需要把科幻、科技发展统一在一起来分析和思考。这篇文章是他思考这个问题的一个小小结果。作者巧妙地将列宁对新科技的重视从实实在在的科学研究转移到具有前瞻性的科学想象，从而给中国科幻文学的合法性找到一种有力的支持。此文发表的第二年被收入光明日报《科学》副刊主编的《科苑百花集（第一集）》，该书中还收集了更多有关科学、科技史、科幻文学、科学家传记等方面的文章，这些文章伴随孟庆枢的短文在社会上传播。

今天，虽然马克思主义文学理论家詹明信、苏恩文等对科幻的合法性有很多论述，但当时这篇文章提供的仍然是一个重要声援：来自革命导师对科幻的直接支持。读者必须结合历史的语境进行阅读。

（吴岩）

打开联系现实的道路

刘兴诗

一提起科学幻想小说,人们也许立刻就会浮想起曲折离奇的情节、玄妙莫测的科学主题、遥远无比的未来世界……似乎不是这样,就不足以称为十全十美的科学幻想,失去了应有的瑰丽色彩。

是的,这些都是它固有的特征。许多优秀的科学幻想作品正是以此表现出自身的魅力,紧紧吸引住了广大读者的心。但是人们不禁还会问:难道真的只能是这种模式,不能有一些儿变化?可否也发展一些更加联系现实生活的作品,在这块小小的科学文艺园地里绽放出新的花朵?

我们的科学幻想小说不是以消遣为目的,绝非国外有人所说的是什么"逃避主义"的产物。它是通过合理的故事向读者普及一定的科学知识,提出具有启发性的科学预想,鼓舞人们满怀激情地向科学进军,为四化贡献出自己的智慧和力量。科幻小说作者们可以怀着美好的憧憬,出自严密的科学推理,把一个又一个新奇大胆的设想展现在人们的面前。毫无疑问,其中一些设想必将启迪科学工作者,把他们引进到科研领域里去。这种抒写未来的作品,不消说是有积极意义的。

但是也应该看到，不仅在遥远的未来，就在我们的身边，甚至已经消逝的过去，也还存在着许多未知的科学之谜，诱惑着我们去研究它，解决它。我们为什么不做新的"哥伦布"，怀着幻想和热情去探索这些身边的未知世界，去发现这些科学领域里的"新大陆"呢？

现实和幻想似乎是矛盾的，现实生活中的幻想题材从何而来？答案只有一个，那就是尽可能地摒弃非非的空想，认真深入生活，最好能亲身通过科学研究和生产实践，去发掘有意义的科学主题。这往往是研究和生产工作中的症结所在，是现实世界的终止点，是人们渴求得到解决的重大问题。一旦通过合理的幻想觅找出解决方案，甚或仅仅是一丁点儿解决的线索，也会促进生产建设的发展。在这种情况下，科学幻想正是现实生活的延续。

但是，科学的领域是浩无边垠的，我们不可能要求作者对每一个问题都去亲身实践一番，用这一点来束缚住他们的手脚。也应提倡借鉴间接知识，从文献资料进行分析研究，或从其他可靠的科学依据，出幻想、写作品，为我们打开更加海阔天空的世界。

侧重于现实的作品，不仅可以更直接地为四化服务，而且还可以一定程度上避免科学幻想小说创作中经常遇见的一个问题，即如何在描写先进的未来科学技术的同时，勾绘出与其相适应的当时的社会面貌。科学幻想小说毕竟和一般仅以传播知识为目的的科普作品不同，稍事着笔，便会涉及许多社会问题，包括政治、经济和文化方面，在我们所设想的未来世界里将会是什么样的情况呢？倘不加留意，便会造成种种矛盾的描写和弊病，成为作品的疵瑕。

写密切联系现实的题材就没有问题么？有的，由于现实感太强烈了，会使人感到这根本不能算正宗的科学幻想小说。关于这一点所要明确的是，无论过去、现在和未来，近距离和远距离的科学问题，都可以作为抒写的范围，只要是设想出解决了某一悬而未决的问题，就应该在广义上承认它是科学幻想小说。

导读：

科幻跟科学的关系到底是怎样的？除了科普，两者之间还有没有更多联系？本文把科幻跟科研之间打通了关系，提供了一种更极端的观点。本文于1981年2月16日在《光明日报》第4版上发表，这是刘兴诗对自己科幻创作观念的一次集中阐述。

刘兴诗，祖籍四川德阳，1931年5月8日出生于湖北武汉市，地质学教授，中国作家协会会员，中国科普作家协会会员，世界科幻小说协会会员。曾任中国地质作家协会副主席、四川省科普作家协会副秘书长、儿童文学委员会委员等职。1945年发表第一篇作品，1952年开始科普创作，1960年开始儿童文学创作，1961年开始科幻小说创作，代表作品有《美洲来的哥伦布》《星孩子》等。

在20世纪80年代初，刘兴诗同样深入参与了当时科幻科普创作领域的相关争论。他所秉持的观念和立场，在当时即独树一帜，且对今天仍有强烈的启发意义。《打开联系现实的道路》发表后很快为叶永烈主编的《科幻小说创作参考资料》第1期转载，刘兴诗在该刊第2期上以《怎样写科学幻想小说》为题，对相关理念进行了充分扩展和深化。后续的《科幻小说的功能》（《科普创作》1981年第4期）、《科幻小说的时弊》（《科普创作》1982年第1期）等文章，同样是刘兴诗呈现其独特创作理念的重要参考。刘兴诗的科幻创作观念根植于钱学森的观点和科幻小说是科普读物的基本理念,但更强调现实科幻创作需要从现实的科学研究出发。他最突出的贡献,在于着力强调科幻与科学之间存在着较为复杂的关联性,并直接加以论证。

首先,他认为科幻作者应当注意"从生产和科学研究中涌现的问题,人民渴望解决的问题",由此确立科幻文类在"科学预见"方面的重要功能。刘兴诗的这一提法是对他长年从事科研、科普和科幻创作的体会,也让科幻在更高层面上成为科技工作组成部分,消除了人们对科普读物、科幻读物比科学论文水平低的偏见。

其次,刘兴诗同样呼应了当时其他科幻作家们的基本理念,认为科幻小说也可以在更为宽泛的意义上"为四化服务",例如认为科幻小说可以"宣传科学的世界观、表现主宰科学的人"等。值得注意的是,他非常关注描写未来科技之时,应当同时"展现出一个合乎客观发展规律的社会幻想",并且清晰地认识到了这种状写实际上存在着极大的困难。

最后,他也认为科幻作品应当在科幻构思之外,还可以容纳一个"意义更加广阔和深刻得多的社会主题"。但他也强调,这一主题应当与科幻构想密切相关,融为一体。而为了达到这一目的,仍然要回到"从现实出发",并且"以形象思维"来表达科学知识,避免形成"硬块"。

综合来看,刘兴诗的这些创作观念既是对以往科幻应该跟科学之间保持一致性的赞同和当时流行的科幻观念的认同,也对科幻作者提出了较高的要求。他认为作者应当对相关领域的现实科研和实际应用都有着一定的了解,并且能够发现这些过程当中的缺憾,并以此进行合理幻想和推演。刘兴诗往往强调自己作为中国科幻作家当中"重科学派"的代表,创作观念极为罕见地继承了"科普论"语境下对于"现实"和"幻想"的理论阐述,并对其进行了扬弃。他数十年来笔耕不辍,重要作品如《北方的云》《美洲来的哥伦布》《童恩正归来》等,较好地实践了他的上述创作观念。

(姜振宇)

论科学幻想小说

叶永烈

科学幻想小说的特点

"科学幻想小说"这六个字,说明了它的三个特点:

一、它是"小说",它具有小说的特点。它有构思、有情节、有人物,并在一定程度上塑造人物典型形象。这是它不同于科学童话、科学诗、科学小品、科学相声等科学文艺形式的地方。

二、它是"幻想"小说,它不是描写现实,而是把未来或过去未曾实现的事情当作现实来描写。当然,科学童话也具有幻想的特点,但它的幻想主要是指一些夸张、拟人化的手法,与科学幻想小说的幻想特点不同。科学幻想小说主要是写科学技术方面的幻想。

三、它是"科学"幻想小说,它的幻想内容是有一定科学依据的,是符合科学发展规律的,因而它是科学的幻想,不是胡思乱想。科学幻想小说通过小说形式,向读者普及科学知识。

在这里,需要特别指出,"科学幻想小说"与"科学小说""幻想小说"是不同的。只有同时具有"科学""幻想""小说"三要素,才成其为科学幻想小说。

"科学小说"一词，发凡于二十世纪二十年代。当时，美国电气工程师根斯巴克创办了《现代电气》杂志，辟出了"科学小说"一栏。自此，"科学小说"一词便风行世界，沿用至今。科学小说具有一定的科学性，是科学与小说的结合，但它写的是现实的科学，而不是幻想的科学。如科学小说《血的秘密》，是写捷克科学家扬斯基如何发现人类血型的曲折故事；科学小说《居里夫人》，是写波兰女科学家居里夫人怎样艰苦奋斗从而两次获得诺贝尔奖的动人故事……这些科学小说具有小说的特点，也具有一定的科学性，但没有幻想这一要素，不属于科学幻想小说范畴。

　　在英美，对科学小说和科学幻想小说是不加区分的，都写作 Science Fiction 字样，原意即"科学小说"，并无"幻想"。在俄文中，则是有"幻想"的——научно-фантастический роман，即"科学幻想小说"。我以为，在我国还是把"科学幻想小说"与"科学小说"，加以区别为好。

　　另外，"科学幻想小说"与"科学幻想故事"也有区别：前者具有小说特点，而后者只是故事。它们最大的区别在于，前者要塑造典型人物形象，后者只是通过故事来表达科学幻想。

　　"幻想小说"则虽有幻想、小说两要素，但缺乏科学，仍不能算作科学幻想小说，如我国的古典小说《封神演义》《西游记》，可以算作幻想小说，但不是科学幻想小说。再比如，上海译文出版社 1979 年出版的《美国当代短篇小说集》中，有一篇《灵魂出窍》，堪称"幻想小说"的典型。这篇短篇小说是美国当代著名作家小库尔特·冯内古特写的。《灵魂出窍》写一个男人与他的妻子，在躯体未死之前，灵魂离开了躯体。灵魂来到尸体储藏中心。男的灵魂选中一具"穿着淡蓝色的陆军元帅服，镶着猩红的条饰，戴着闪闪发光的勋章的尸体"，女的灵魂选中一具"黄绿头发，红棕色皮肤"的"歌舞明星"的尸体，于是尸体活动了起来，发生种种奇遇，从而辛辣地讽刺了那些"姿色平庸而梦想成为天仙的妇女和不甘于中产阶级的生活、梦想成为达官贵人的男人"。这篇幻想小说构思奇特，幻想也很大胆，但这幻想没有科学根据，所以它是"幻想小说"，而不是"科学幻想小说"。

"幻想是极其可贵的品质"

科学幻想小说最可贵之处，在于"幻想"。列宁曾指出，幻想"这种才能是极其可贵的。有人认为，只有诗人才需要幻想，这是没有理由的，这是愚蠢的偏见，甚至在数学上也是需要幻想的，甚至没有它就不可能发明微积分。幻想是极其可贵的品质"。幻想，这种"极其可贵的品质"，正是科学幻想小说的灵魂。没有幻想，犹如贾宝玉的通灵宝玉失去了光辉。毛主席在《中国农村的社会主义高潮》一书的按语中也指出："将来会出现从来没有被人们设想过的种种事业，几倍、十几倍以至几十倍于现在的农作物的高产量。工业、交通和交换事业的发展，更是前人所不能设想的。"科学幻想小说，就是用小说形式，具体、生动、形象地描述"将来会出现"的那些"从来没有被人们设想过的种种事业"。

郭老在逝世前不久，在全国科学大会的发言中，还一再提醒大家："有幻想才能打破传统的束缚，才能发展科学。科学工作者同志们，请你们不要把幻想让诗人独占了。"

科学幻想小说的重要作用在于启发。科学幻想小说主要是给少年儿童看的。少年儿童最喜欢幻想，也最善于幻想。科学幻想小说用饱蘸幻想的笔触，浓墨重笔，描绘出未来的美好前景，燃起小读者们变幻想为现实的强烈愿望，教育少年儿童努力学习，勇攀高峰，向着四个现代化进军。

科学幻想小说常常是科学未来的预告书。很多科学技术的新理论、新发明、新创造在诞生之前，常常先出现在科学幻想小说作家的笔下。

在凡尔纳的作品中，就曾经做出许多大胆的科学预言。俄罗斯的齐奥尔科夫斯基深受凡尔纳的影响，在二十世纪初也写过一本科学幻想小说《在地球之外》。齐奥尔科夫斯基的许多关于宇宙航行的基本理论，都体现在这篇小说中，后来都变成了现实。捷克科学幻想小说作家卡列尔·恰佩克在他的作品中，第一次创造了"机器人"这一形象，还描绘了惊人的武器——原子弹，如今这些诱人的科学幻想早已变成了现实。有趣的是，1928年，德国弗里茨·朗格拍摄了一部科学幻想影片《月亮上的女人》，其中需要一个火箭发射的镜头，他委托一个名叫奥伯思的科学家去制造火箭。这件事引起了冯·布劳恩和马克斯·威廉尔的极大兴趣。威廉尔在火箭试验时牺牲，而布劳恩参加了V-2火箭的研制工作，后来成为美国第一颗人造卫星——"探险者1号"的总设计师。

科学幻想小说中所描写的科学幻想与现实之间的"距离"，有远、中、近之分。所谓"近距离"的科学幻想，是指最近十年内可以实现的；"中距离"的科学幻想，是指在2000年或二十一世纪可以实现的；"远距离"的科学幻想，是指经过几百年甚至几千年的努力才能实现的。就目前我国的科学幻想创作来说，近距离的幻想居多。其实，近、中、远三者都欢迎，都需要。

就科学幻想小说所表现的科学内容来说，有单一的，也有综合性的。如《珊瑚岛上的死光》是写激光，《布克的奇遇》是写器官移植，属单一的；《小灵通漫游未来》展现了未来世界的种种奇迹，属综合性的。这两种科学幻想小说都值得提倡，但目前前者居多，更需要提倡写一些综合性的科学幻想小说。

科学幻想小说的构思

科学幻想小说就其构思来说，可以有两个构思：科学幻想构思和小说构思。

科学幻想构思是指在科学上幻想什么。比如，《布克的奇遇》是幻想器官移植；《大鲸牧场》是幻想放牧鲸鱼；《失踪的哥哥》《飞向冥王星的人》是幻想生命的冷藏；《"科学怪人"的奇想》是幻想生物冶金……

小说构思，则是指如何用小说来体现科学幻想构思。如，生命既然可以冷藏，那么哥哥"冷藏"之后，生命停止了，结果会造成弟弟反而比哥哥大。由此设计了哥哥失踪，误入冷藏库……用哥哥的失踪，来很好地体现了关于生命冷藏的科学幻想构思。

每个作者的构思过程，各不相同。就我自己来说，一般总是先有了科学幻想构思，然后再进行小说构思。

科学幻想构思从哪儿来呢？常常来自关于科学技术的新动向、新成就、新消息。例如，我写《丢了鼻子以后》一文，最初是从苏联女科学家 M. A. 沃隆错娃教授著的《动物和人体器官的再生》一书中得到启示的。这是一本专门的学术论著。我打开这本书，第一章的标题"可否期望人体失去的器官再生"，就深深地吸引了我。于是，我就看下去了。这位教授写道：

本书从这样的问题开始——当人体的脚或手，耳朵或舌头被切除以后，是否能长出新的脚或手，新的耳朵或舌头呢？

不久以前，医生和生物学家都认为这样的问题仿佛是空洞和荒谬的……

可是，到现在，提出这样的问题不仅很适当，而且能够勇敢地予以肯定的回答。

我一口气读完这本学术专著。就这样，产生了鼻子丢了可以再生的科学幻想构思。

接着，便要进行小说构思。首先，要设计一个人，这个人丢了鼻子以后，对他的工作造成很大的影响。什么样的人，鼻子很重要呢？我设计了一个香料专家，因为研究香料离不了鼻子。然后，设计了丢鼻子的情节，再设计假鼻子、再生鼻的情节，设计了有关人物，写出了科学幻想小说《丢了鼻子以后》。

一篇科学幻想小说中，科学幻想构思可以是单一的，也可以是综合性的。如《小灵通漫游未来》的前身是《科学珍闻三百条》。在1959年，我曾把当时世界科学技术的新成就，搜集了三百种，写成《科学珍闻三百条》。后来，觉得这本书只是罗列现象，缺乏艺术感染力，便从三百种中选择了一些作为科学幻想素材。接着，进行小说构思，设计了一个眼明心灵的小记者——小灵通，到未来市去采访，见到种种神奇的新事，写成了科学幻想小说《小灵通漫游未来》。

并非任何科学技术的展望，都能写成科学幻想小说的。我觉得，只有很有趣、很生动的科学幻想，才能写成科学幻想小说。比如，生命可以冷藏起来，这本身就是一件富有趣味的事。在这个基础上进行艺术构思，就容易写得好。再如，人工鳃也很有趣，人和动物戴上了它，可以在海底漫游，这种科学幻想本身就十分诱人，可以为艺术构思提供条件。

同一个科学幻想构思，不同的作者可以构思出不同的科学幻想小说。如于止的《失踪的哥哥》和我的《飞向冥王星的人》，同样是写生命的冷藏，故事全然不同。即使同一个作者，同一个科学幻想构思，也可以写出完全不同的科学幻想小说。如我的《丢了鼻子以后》与《"大马"和"小马虎"》，都是写器官再生，但是小说构思迥然不同。

要写好科学幻想小说，第一步是要有新奇、有趣、可靠的科学幻想构思，第二步是要有巧妙、严密、曲折的小说构思，第三步是把科学幻想构思与小说构思（亦即科学构思与艺术构思）融为一体，写成科学幻想小说。

典型人物和典型环境

在确定了科学幻想构思和小说构思以后，要设计好典型人物和选择好典型环境。作为小说，要塑造人物典型形象和描述人物所生活的典型环境。这两者是紧紧联系在一起的。

科学幻想小说中的主人公，常常是科学家。有的科学幻想小说的人物形象不鲜明，就是在于不能塑造好科学家的个性，有的甚至没有个性，人物是苍白的。实际上，不同的科学家有着不同的性格。人们之所以对陈景润的印象很深，便是因为徐迟的报告文学《哥德巴赫猜想》成功地塑造了陈景润的形象——有点儿怪癖，但很正直、诚挚、有着强烈事业心的人，具有"热水瓶式"的外冷内热的性格。其他如卡文迪许沉默寡言、郁郁寡欢，巴甫洛夫细心坚韧，居里夫人冷静刻苦，华罗庚勤奋好学、不畏艰难，高士其乐观开朗，李四光严谨真挚……在科学幻想小说中，应当出现比现实生活中的科学家更鲜明、更感人的典型形象。在这方面，科学幻想小说的作者，应很好地向《红楼梦》《水浒传》的作者学习。

为了塑造好科学幻想小说中的人物形象，应注意人物的肖像描写。童恩正同志十分注意肖像描写。在《珊瑚岛上的死光》中，写胡明理的肖像是：

"头发已经斑白，广额高鼻，两眼深陷，炯炯有神。他身材不高，动作轻盈缓慢，一望而知是一个长期习惯于脑力劳动的人。"

写布莱恩的肖像是：

"这个人头发浓密，脑门显得很窄，四方脸，粗眉小眼，嘴角挂着一丝轻佻的微笑。"

这样的肖像描写,是与人物的性格、经历、身份,完全统一、吻合的。

科学幻想小说要选好典型环境。典型环境是由科学幻想构思和小说构思所决定的。

我觉得,选择富有特色的典型环境,会使科学幻想小说更具有艺术魅力。例如,《鲨鱼侦察兵》的典型环境是一望无际的南海,《珊瑚岛上的死光》的典型环境是海上的孤岛——珊瑚岛,《飞向冥王星的人》的典型环境是"世界屋脊"——青藏高原,《世界最高峰上的奇迹》的典型环境是珠穆朗玛峰,《飞向人马座》的典型环境是神秘的太空,《欲擒故纵》的典型环境是大小兴安岭……

典型环境确定之后,作者要善于用富于形象的语言,做环境描写。只有写好环境——景,才能以景托人,情景交融。

在《鲨鱼侦察兵》中,郑文光同志这样描写典型环境:

> 小帆船在浅海礁盘上轻快地前进。天色很亮了,蓝天上一些飘得很高的云——羊毛似的卷云已经带着玫瑰的色泽。阿姞把手伸到水里。水,还是带着夜来的凉意,它是那样洁净,可以清清楚楚看见礁盘上白色的海石花,褐色的石块,和穿来穿去的五颜六色的热带鱼。礁盘边缘,迎着靛蓝色的深海区,一圈白生生的浪花像珍珠项圈一样套住这个珊瑚岛。帆船进入浪花圈,它的头一昂,立刻又一沉,瓢泼大雨似的海水浇在三个少年身上,他们都哈哈大笑起来……

在《雪山魔笛》中,童恩正同志这样描写典型环境:

> 天嘉林寺位于喜马拉雅山的支脉唐格山东麓的坡顶上,面对风景如画的安林湖。在唐格山的这一地区,西、北两面是高耸入云的大山,冰封雪积,亘古不化;山腰云雾缭绕,变幻莫测。东

南方则是深陷的峡谷，灰白色的花岗石壁立千仞，寸草不生，狰狞可怖。惟有在安林湖周围数十公里的缓坡上，景色完全不同，橡树、赤杨、山毛榉、杉树，构成一片繁茂的原始森林。熊、鹿、猴子、狐狸、野兔、山羊、麝猫等动物，栖隐其间。湖畔绿草如茵，溪流潺潺，白色的天鹅悠然地游过水面，看来真像一座与世隔绝的天堂……

尽管科学幻想小说写的幻想境界，似乎是虚无缥缈的地方，然而，作者也仍需要深入生活。我在创作中有这样的体会：如果你对所写的科学幻想生活熟悉，写起来就非常自如，景物描写就十分真切。比如，科学幻想小说《欲擒故纵》，写的是我边防人员用现代化跟踪技术"纵"敌入境，然后不断跟踪，破获敌间谍网，一网打尽，全部就"擒"。由于我到过黑龙江大小兴安岭地区，熟悉那里的边境生活，尽管这篇科学幻想小说写的是幻想境界，但仍以现实生活为基础，我写起来就很熟悉。所以，写什么样的科学幻想小说，应熟悉什么样的生活，也应熟悉有关的科学环境。

悬念的运用

惊险小说是悬念的艺术。我觉得，可以把惊险小说的创作手法，运用到科学幻想小说中来。

许多惊险小说一开头，就提出一个惊人事件，如某某被暗杀、某某秘密图纸失窃，然后一步步展开故事，不是一览无余、平铺直叙，而是一环扣一环，直到最后才点穿谜底，亮出潜伏特务。我把惊险小说的创作规律，归结为十二个字："提出悬念，层层剥笋，篇末揭底。"

在科学幻想小说中重视运用悬念，才能使小说出奇制胜，情节起伏。如《飞向人马座》一开头，在"风雪的黄昏"一节中就提出"基地发现敌情"的悬念；《珊瑚岛上的死光》一开头，就提出双引擎飞机"晨星号"在太平洋上空神秘地失事的悬念。读者在读了这些悬念之后，迫切想了解下文，而作者却故意不肯一语道破，通过曲折多变的情节，把故事展开。同样，在凡尔纳的作品中，也很注意运用悬念。《格兰特船长的儿女》一开头，便写了从捕获的鲨鱼肚子里找到一个瓶子，从瓶子里取出三个不同文件，而这些文件又残字断句，由此提出悬念，贯穿全书。

除了向惊险小说学习运用悬念之外，还可以把惊险小说与科学幻想小说结合起来，创作惊险式科学幻想小说。

惊险式科学幻想小说是一种新的萌芽。1979年，《工人日报》连载的吴伯泽著《隐形人》、拙著《生死未卜》以及1979年第七期上海《少年文艺》发表的拙著《欲擒故纵》，便是想进行这方面的尝试。

科学幻想小说作者应当多看点惊险小说。英国著名惊险小说作家柯南道尔的《福尔摩斯探案集》和当代英国著名惊险小说女作家阿加莎·克里斯蒂的《尼罗河惨案》等，是有许多地方可借鉴的。这些作品结构严密，丝丝入扣，起伏跌宕，引人入胜，使读者欲罢不能，爱不释手。

有人对此持异议，认为"科学幻想小说，只需故事曲折，情节紧张，写成所谓'情节小说'，即为上品。这种小说确能吸引一些读者，有如《福尔摩斯探案集》，可惜的是未能把读者吸引到科学的殿堂里去"。

其实，姑且不论《福尔摩斯探案集》本身，就有许多科学知识——福尔摩斯倘不是对血迹、脚印、烟草、毒药、指纹等方面深有研究，懂得一整套科学分析、推理的方法，怎么能料事如神，屡破疑案呢？就拿"情节小说"来说，有什么不好呢？"故事曲折"不对，难道故事平淡，才算"上品"？"情节紧张"不对，难道冗长松散，才算"上品"？

我很同意童恩正同志的意见：科学幻想小说"这类作品一般属于'情节小说'的范畴，除了塑造人物以外，它很讲究紧张的悬念、曲折的故事。它之所以能受到广大读者，特别是青少年读者的欢迎，这不能不说是一重要的原因"。

就文艺小说来说，在创作上主要是两种手法：一种是以情感人，如《第二次握手》《复活》等；另一种是以情节取胜，如《基督山伯爵》等。我们当然欢迎创作出以情感人的科学幻想小说，但实践已证明，科学幻想小说更适合于走以情节取胜的道路。运用《福尔摩斯探案集》《基督山伯爵》的手法，创作科学幻想小说，这是可取的，并且是可以走通的道路。

科学幻想的合理性

法国天文学家弗拉马里翁写了一篇十分有趣的科学幻想小说：小说的主人公以超光速在空间旅行，结果出现时间倒流的奇迹，人返老还童以至回到母亲腹中，飞射的炮弹不断倒退以至回到了大炮中……这篇科学幻想小说是非常大胆的，富有启发性。

然而，科学巨匠爱因斯坦看了，却严厉批评了这篇科学幻想小说，认为它是"无稽之谈"，"非常荒谬"的，"毫不含糊地斥责这不是科学幻想，而是非科学、伪科学以至于是反科学的东西"。

可是，实践证明：爱因斯坦错了！

在最近十多年来，随着射电天文学的发展，证明确实存在超光速运动的物体，有的速度甚至达光速的五至十倍！

这个事例有力地说明：科学幻想小说中所描绘的科学幻想，尽管被那些用现实科学眼光看它的科学家所否定（即便是被爱因斯坦这样的权威科学家所否定），以为"背离科学常识"，但是尔后的科学实践却证明它是正确的，是符合科学的。科学幻想小说的强大生命力，正是在于它超越现实，预见未来！

科学幻想小说作者与某些科学家之间，常常发生矛盾。这是因为某些科学家往往站在现实的科学立场看待问题，而科学幻想作者却是用发展的未来的科学眼光看待问题。

其实，就在科学家之间，也常常存在这种分歧。就拿俄罗斯著名化学家门捷列夫来说，他在1869年创立了化学元素周期律，并根据周期律对当时尚未发现的化学元素做出了科学预言。这些科学预言，在某种意义上讲，也就是科学幻想。然而，当时的许多大科学家嘲笑这位青年科学家。他们尖酸地说道："化学是研究业已存在的物质的，它的研究结果是真实的无可争辩的事实。而他（指门捷列夫）却研究鬼怪——世界上不存在的元素，想象出它的性质和特征。这不是化学而是魔术！等于痴人说梦！"

后来，随着镓、锗、钪等元素的发现，证明了门捷列夫的预言完全符合科学，是科学的预言，是科学的幻想。

科学幻想既然不能用现实的科学去度量，那么，怎样才能说明它是科学幻想，而不是一般的幻想呢？

科学幻想可以用以下公式来表达：

科学幻想＝现实的科学＋合理的推理

这里的"现实的科学"，也可以说是"今天的科学"或"已知的科学"。

科学幻想是以现实的科学为依据、为出发点的。这正如门捷列夫在预言未知的化学元素时，是以当时已知的六十三种化学元素为依据、为出发点的。他是从已知中推断未知。科学幻想也是以已知推断未知，并把未知当成已知加以绘声绘色的描写。

然而，必须强调，这个推理过程必须是合理的，是合理的推理。如门捷列夫在预言未知元素的原子量时，是把这未知元素在化学周期表中的上、下、左、右四个已知元素原子量之和除以四得出的，这个推理过程完全合理，所以他的预言是正确的。同样，从现实的科学推测未知的科学，这推理的过程也必须合理。

这，就是科学幻想小说的科学性，也就是科学幻想的合理性。

当然，科学幻想小说的作者并不是科学家，不是门捷列夫那样的精确的科学预言家。不然的话，科学幻想小说作者本身，也就成为科学家了。也正因为这样，在科学幻想小说中，一般只是详细地论述了他所依据的已知的科学事实，娓娓动听地描述了诱人的科学幻想，对于推理的过程是十分简略的——因为那是科学家的责任，不是科学幻想小说作者的职责。

导读：

本文于 1979 年 11 月 16 日写于上海，是中国科幻文学领域第一次对科幻小说进行系统化的论述，其中的一些观点，还被收入作者参与编辑的 1979 年版《辞海》"科学幻想小说"条目。

叶永烈 1963 年毕业于北京大学化学系，1976 年发表了"文化大革命"后第一篇科幻小说《石油蛋白》。1978 年出版《小灵通漫游未来》，该书成为一个时代科幻的代名词，叶永烈也因此成为中国最有影响的科幻作家。

作为当时最具影响力的科幻作家,叶永烈频繁受邀四处讲学。在这个过程中,他逐渐形成了一系列关于科幻理论的文章和讲稿。这些材料逐渐丰富,先是被各地印刷,收录进当地的创作参考资料,后来又被收入科普出版社出版的由黄伊编辑的《论科学幻想小说》(1980)一书。此文可以说是在那个年代,中国著名作家对科幻小说所做的最系统的思考和总结。

阅读这篇文章,我们首先可以发现,在那样的年代,仅仅从创作实践出发,中国科幻作家已经找到了科幻文学的许多重要特征。这些特征无论在当时还是在今天,都有助于了解这种文学的性质和创作特点。同时,阅读这篇文章也有助于我们认识在那个阶段中国科幻作家的一些独特认知,及其这种认知的产生原因。

例如,在文章开头,作者便旗帜鲜明地将"科学幻想小说"中的"小说"和"幻想"要素列于"科学"之前,这种做法显然是在应对当时科幻小说"姓科还是姓文"的争论。作者在这里给出了他自己的看法。之后,他将"科学幻想小说的构思"拆分为"科学幻想构思"和"小说构思",这是吸取了饶忠华、林耀琛在科幻构思方面取得的成果,表达了作者对这种观点的认同和肯定。

有意思的是,文中花了大量笔墨来谈"小说",也即科幻小说的情节性,包括典型人物和典型环境、悬念的运用等,并且指出"实践已证明,科学幻想小说更适合于走以情节取胜的道路"。这种强烈肯定科幻作品情节性的原因,是彼时叶永烈自己的创作已经走过了第一个阶段尝试期,进入到"惊险式科幻小说"的探索。他正在尝试将悬疑、侦探、谍战、冒险等类型元素与科幻元素相结合。发表于1979年的《生死未卜》与《欲擒故纵》两篇作品都是运用先进科技手段反间谍的故事。文中的论述正与这些创作实践彼此呼应,同时亦颇为大胆地将"惊险式科幻小说"作为一种科幻创作的新方向予以提出。

文中所涉及的另一个重要议题,是科幻小说中的"科学幻想"是否必须符合已知的科学知识及原理。对这个问题,郑文光早在1956年就在青年作家代表大会上提出过否定的回答。遗憾的是,文章中看似合理的论述实际上存在两个问题:其一,爱因斯坦年少时曾经深受弗拉马里翁作品的影响,文中所引用的例子恰与事实相反。然而,与其说这是信息不畅所导致的误解,不如说叶永烈和其他科幻作家们一样,有意选择了这一版本的"爱因斯坦VS弗拉马里翁"故事,来为科幻小说在科学权威面前的合法性辩护。其二,这一论述将"科学幻想"等同于"科学预言",却有意无意回避了那些无法在"科学合理性"框架内得到阐释的、更加暧昧的科幻想象。这一问题不仅在当时的争论中未能得到充分展开,甚至时至今日仍遗留下诸多问题亟待解决。

本文是一篇针对想要从事科幻创作的作家讲演的文章,因此,论述科幻到底是什么,只是一个辅助。重要的内容是讨论创作的过程。如果说典型人物和典型性格是那个时代倡导的主流文学创作的主要方式,那么悬念的运用则超出了主流文学的领域,进入了流行的或所谓边缘的文学。因此,对这篇文章作者的立场和态度分析,就显得特别有趣。科幻到底是主流的还是边缘的?是严肃的还是流行的?作者已经从潜意识的行文中给出了答案。

1980年,叶永烈又在这个讲稿基础上把它扩充为《论科学文艺》一书交给科学普及出版社出版。其中科幻小说章节增加了历史追寻和更多国外创作案例,但主要观点没有改变。该书后来改名为《科学文艺概论》,于2017年被收录于《叶永烈科普全集》重版。

(王瑶)

关于惊险科学幻想小说的通信

叶永烈

一、日本"中国科学幻想小说研究会"会员野口真己 给叶永烈的信

叶永烈先生：您好！

来信收到，太高兴。

我近来再读您的"惊险科学幻想小说"，才知道几个问题，下面我来向您写一写。

我以为您的《欲擒故纵》是第一篇惊险科学幻想小说，您也在单行本《神秘衣》的《写在前面》里说"……于是，我试着写了一篇惊险科学幻想小说《欲擒故纵》……"，其实它登载于单行本《飞向冥王星的人》（1979年6月，广东人民出版社），或登载于《少年文艺》1979年第7期的时候，看不到"惊险科学幻想小说"之文字，这事实告诉我您写《欲擒故纵》时还没使用"惊险科学幻想小说"之用语。我猜想您发表单印本《神秘衣》（80年7月，新蕾出版社）时，才使用"惊险科学幻想小说"之用语，您说对吗？

第二个问题，您的《神秘衣》，我初次看到的是在《儿童文学》79 年 8 月号，但这时的和后来单行本《神秘衣》里的同名作品，内容有点儿不一样；例如，金卡罗、阿辽沙等人物在《儿童文学》里看不到，于是，我想您当初作为"科学幻想小说"而写《神秘衣》，但后来把它改写作为"惊险科学幻想小说"了。我要知道《神秘衣》的来历。

第三，您的以金明为主人公的，所谓"金明系列小说"之中《"杀人伞"案件》我猜想早写的，《"X-3"案件》是第二，《奇人怪想》是第三……我的看法对不对？

第四个问题，我看到单行本《神秘衣》里的金明是滨海市公安局侦缉处处长，单行本《碧岛谍影》里的金明也是公安局侦缉处处长，但单行本《乔装打扮》里的金明是公安局刑侦处处长，而且《球场外的间谍案》和单行本《暗斗》里的金明竟是公安局侦察处处长，请问这是怎么回事？

最后的问题，请问您从几时起要写"惊险科学幻想小说"呢？又"金明系列小说"的各作品是什么时候写的？

我是个很喜欢金明和以他为主人公的作品的人，我希望以后金明更活跃胜利斗争！

请

撰安

野口真己

1981 年 6 月 2 日于大阪

二、叶永烈复野口真己的信

野口真己先生：

六月二日来信收到，谢谢。

从你来信所提的问题可以看出，你对我的惊险科学幻想小说作了深入的研究，收集了大量的资料。因为没有仔细看过那些作品，是提不出这些问题的。作为一个外国人，能够如此深入研究中国惊险科学幻想小说，是十分难能可贵的。

现在，就你来信中所提出的问题，逐一答复如下：

在日本，惊险小说常常是指侦探小说。战后因实行文字改革，废除了"侦"字，根据木木高太郎的建议，侦探小说改名为"推理小说"。在中国，惊险小说则是侦探小说、间谍小说以及各种情节惊险的政治小说、犯罪小说、国际阴谋小说的总称。惊险科幻小说，则是惊险小说与科幻小说两者的结合，既具有情节惊险的特点，又具有科学幻想的特点。在《中国惊险科学幻想小说选》一书中，我把顾均正先生在一九四〇年发表的《和平的梦》列为首篇，意味着这种形式的科幻小说在中国已有多年的历史；但"惊险科学幻想小说"作为一种独立的体裁、作为一种专用名词提出，则是近年来的事。

就我个人的创作来说，一九七九年五月九日至十一日连载于《工人日报》的《生死未卜》，是我写的第一篇惊险科幻小说。此后，我在一九七九年七月号《少年文艺》杂志发表的《欲擒故纵》、在一九七九年八月号《儿童文学》杂志发表的《神秘衣》和一九八〇年一月在《科学24小时》杂志创刊号上发表的《弦外之音》，都属于惊险科幻小说。

这些作品在读者中产生的反响，使我意识到惊险科学幻想小说具有莫大的魅力，是一种"悬念的艺术"，它拥有极为广泛的读者。我受英国作家柯南道尔《福尔摩斯探案集》的启发，觉得与其东一篇、西一篇地写，不如集中塑造同一主角，形成"惊险科学幻想系列小说"。于是，我着手写以金明为主角的"惊险科学幻想系列小说"。在一九八〇年二月十八日《光明日报》上，我谈了自己的创作设想："在新的一年里，我将把主要精力用在科学幻想小说的创作上。我很喜欢惊险小说，正在尝试把科学幻想小说与惊险小说结合起来，创作惊险式科学幻想小说，这是科学幻想小说创作中的新途径，还需要努力探讨。这种作品特别讲究悬念的运用，情节要曲折，幻想要大胆。我将创作一组以同一公安侦察人员为主人公而故事不同的'系列惊险科学幻想小说'。"

我的第一篇以金明为主角的惊险科学幻想小说是《"杀人伞"案件》，连载于一九八〇年一至二期《科学与人》杂志；第二篇是《X-3案件》，我在《光明日报》发表创作打算的次日，广州《羊城晚报》开始连载这篇小说，至三月十四日载毕。这篇小说，曾被收入许多集子。接着，我又写出了短篇《奇人怪想》《球场外的间谍案》，中篇《碧岛谍影》，电影文学剧本《归魂》与《国宝奇案》。在一九八一年元旦前后，我的四部以金明为主角的中篇——《科学福尔摩斯》（单行本名《暗斗》）、《鬼山黑影》（单行本名《黑影》）、《乔装打扮》《纸醉金迷》，以及长篇——《秘密纵队》，分别连载于上海《文汇报》、广州《羊城晚报》、西安《西安晚报》、上海《科学生活》杂志和武汉《长江日报》。每篇小说短则连载两个月，长则连载五个月。《文汇报》和《羊城晚报》都是发行量达一百万份以上的报纸，连载在读者之中产生广泛影响，使金明开始成为读者熟悉的人物形象。

这些"惊险科学幻想系列小说"的主角是金明。金明，在汉语中，与"精明"同音，即为人精明之意。他的外号叫"诸葛警察"。诸葛亮是在中国享有极高声望的历史人物，是聪明、智慧的象征。诸葛亮又名孔明。取名金明，这"明"字也含有取义于"孔明"之意。至于金明的主要助手戈亮，在汉语中与"葛亮"同音，也取义于"诸葛亮"。

金明的身份，最初发表时为"侦缉处处长"。群众出版社认为，改作"刑侦处长"或"侦察处长"较好，以与目前中国公安部门所用名词统一起来。至于金明有时为"滨海市公安局侦察处长"，有时为"公安部侦察处长"，是看案情而定。如果是全国性案件，则以"公安部侦察处长"身份出现；若是地方性案件，则一般以"滨海市公安局侦察处长"身份出现。

以金明为主角的"惊险科学幻想系列小说"，与我写的《生死未卜》《神秘衣》等作品不同，它是以破案为中心，严格地说，属"侦探科学幻想小说"或"推理科学幻想小说"。从某种意义上讲，它与日本目前流行的推理小说很接近。

从《"杀人伞"案件》《X-3案件》《奇人怪想》《球场外的间谍案》《乔装打扮》《碧岛谍影》《归魂》《科学福尔摩斯》等作品中，可以明显看出《福尔摩斯探案集》的影响。渐渐的，我觉得柯南道尔的作品虽然十分惊险，但是缺乏社会性。我很赞赏日本的社会派推理小说，逐渐加强我的作品的社会性。例如，今年一月一日至三月二十七日连载于《羊城晚报》的《鬼山黑影》，便具有一定的社会性。一位读者写长信给我，声称自己即《鬼山黑影》的主角娄山，详细讲述了自己不幸的身世，希望我能为他写报道。另外，也收到不少华侨的热情来信。

我即将出版的长篇惊险科学幻想小说《秘密纵队》，也注意加强社会性，着力写人物的命运，使作品具有鲜明的主题思想，而不是单纯追求惊险和追求情节曲折。这部长篇，印了二十五万册。我的另两部新的中篇惊险科学幻想小说《失踪之谜》和《诡计》，同样加强了作品的社会性，反映了社会生活的某一侧面。

我所着力塑造的金明形象，如《"杀人伞"案件》中金明首次出场时所描写的："金明不是英国作家柯南道尔笔下的侦探福尔摩斯，不是英国女作家阿加莎·克里斯蒂笔下的矮个儿比利时侦察埃居尔·博阿洛，也不是英国作家柯林笔下的探长克夫，金明是生活在科学技术高度发达的社会主义中国，采用现代化的设备侦破疑案的具有广博的科学知识的公安侦察人员。"这，是他不同于别的惊险小说中警察形象的地方。

这一系列小说，目前还在继续写作中，将陆续分集出版，与读者见面。

至于你所问及的《神秘衣》一文，在《儿童文学》杂志上发表时，本决定分两期连载，临发排时决定一期载毕，由编辑动手作了改写，所以与单行本不同。

我在从事惊险科学幻想系列小说写作时，也写些其他样式的科学幻想小说。例如，《智慧树》八一年第二期发表了我的"意识流科学幻想小说"《小黑人的梦》，这是一篇"意识流科学幻想小说"；在上海《巨人》杂志八一年第一期上，发表了我的中篇科学幻想小说《君子国的秘密》，这是一篇哲理科幻小说，而又带有童话的某些色彩；我还为上海《少年科学》一九八一年第一期至十二期写了十二篇《科学的想象》，是一组人物连续而故事不同的"科学幻想小品"。这种"科学幻想小品"，也就是日本科学幻想小说作家星新一所倡导的"超短篇科学幻想小说"，每篇只一、两千字；从一九八一年第七期起，我为上海《好儿童》杂志以《小侦探》为题，写了十二篇惊险科学幻想故事，那是专为低幼儿童写的。

总之，我以为惊险科学幻想小说是一种处于发展之中、探索之中的新形式的科学幻想小说。你正在深入研究这种小说，很希望能够听到你的高见。

叶永烈

1981 年 6 月 6 日于上海

导读：

在很长一段时间之内，科幻小说不属于类型文学。20 世纪 70 年代末，在童恩正把科幻导入主流文学的同时，叶永烈也尝试将这种文学导入流行文学中的类型文学。这则通信，展示的就是他在这一尝试中对一些问题的思考。

"中国科学幻想小说研究会"成立于 1980 年，创始人和首任会长是日本著名翻译家深见弹，早期会员包括翻译家岩上治（笔名"林久之"）和科幻研究者武田雅哉、野口真己，后期还有立原透耶、上原香等。自研究会成立之初，叶永烈便常与会员们书信往来，不定期交换中日科幻小说图书和杂志，更热心帮助日本学者搜集和提供研究资料。（叶永烈：《日本学者笔下的中国科幻小说史》，《中华读书报》，2017 年 12 月 13 日第 9 版）从本文中我们能看到，中国科幻小说作家的创作和理念更新，跟外国科幻作品的引进、中外科幻作家的交流之间，有着紧密联系。与野口真己关于"惊险科学幻想小说"（以下简称"惊险科幻"）的通信，正向我们展现了一个有意思的案例。

在第一封信中，野口围绕"惊险科幻"和"金明系列"的创作向叶永烈提出了五个问题，叶永烈在回信中逐一做了详细解答。这其中值得留意的地方有以下几点：

首先，作家的认知在探讨中得到了改进，并通过这种认知改进，影响了作品创作。从1979年5月至1980年1月，叶永烈已经发表了《生死未卜》《欲擒故纵》《神秘衣》和《弦外之音》等惊险科幻。之后他还选编了《惊险科学幻想小说选》（江苏科学技术出版社，1981年11月），并在该书序言中对"惊险科幻"的定义和历史渊源做了简要梳理。从通信中，我们能够看到他跟日本学者之间讨论后的观念深化。换言之，与国外研究者之间的交流推动了思考和创作的发展。

其次，作者因为从事的这种类型化的小说创作，与之前把科幻小说当成一种文学阐释相比，更加具有市场化的趋向，而对市场化问题中国没有太多经验，所以，中日交流给叶永烈的尝试一种肯定，也让他从中学到更多东西。譬如他自己承认，"金明系列"除了具有本土特色，还受到《福尔摩斯探案集》启发，更可以跟日本社会派推理小说之间建立起比较或联系。

事实上，叶永烈除了当时跟日本作家有过通信，还跟英美作家建立起十分积极的联系。受美国《轨迹》杂志邀请，叶永烈在20世纪70年代末到80年代中期，给该刊撰写过有关中国科幻的文章。他还给尼尔·巴伦主编的《科幻：奇异的解剖学》一书写过中国科幻的简史。以弗雷德里克·波尔、查理斯·布朗、布里安·奥尔迪斯等为首的一些科幻作家，也分批来中国访问，回国之后撰写短文，盛赞中国科幻的崛起。根据当时的情况，叶永烈曾经判断，中国的科幻小说将会比主流文学更早走向世界。

（王瑶）

在文学创作座谈会上
关于科幻小说的发言

郑文光

关于科幻小说,许多人还是陌生的。前两年,有的报纸搞了姓"科"姓"文"之争。这个论题本身就是形而上学的。如果姓"科"是指科学性,而姓"文"是指文学性,那么,我们至少有四种科幻小说:既姓"科"又姓"文"的,这是上乘;既不姓"科"又不姓"文"的,这是劣等;而偏重姓"科"或姓"文"的,都有可能出现佳作。一句话,科学性与文学性不是互相排斥的。因此,整场争论就显得没有什么意义。我还想说一句,这场争论不是科幻小说界同志互相间的讨论,而是科幻小说以外的人挑起的。

科幻小说当然需要科学性。但是在有的同志眼里,所谓科学性,只是科学知识的多少,这就把"科学性"理解偏了。前两个月在黄山,搞科普创作的同志讨论了一次,其结果是,承认科普作品中有些并不是以普及知识为其主旨的,有的科普作品可以只是宣传一种科学思维、科学方法论、科学态度和精神。就这一点来说,跟科幻小说的一个流派——"硬科幻",倒是相一致的。

然而我仍然要说，科幻小说首先是一种小说，是一个文学品种，或者说，是小说的一个流派，这并没有排斥科幻小说的"科学性"之意。即使在"硬科幻"里，把科学思维和推理作为作品情节发展的贯串线，但是抽象的科学思维和推理，仍然只有借助于创造栩栩如生的人物才能表述。"硬科幻"与"软科幻"的区别，只在于前者展示的是科学本身（不是具体的科学知识）的魅力，而后者更多地学社会，学人生。无论"硬科幻"或"软科幻"，都是文学作品。但是"硬科幻"在促进科学发展的过程中具有任何作品（不管是其他文学作品还是科普作品）所不可比拟的功效。一百年前法国作家儒勒·凡尔纳的作品被二十世纪许多大科学家称颂，认为这些作品启迪了他们的智慧，帮助他们在科学领域取得胜利，这类例子多得不可胜数。当然，凡尔纳的幻想也有失误，例如他认为潜艇可以利用钠作燃料，以致今天被一位科学家指斥为对科学的"污染"。不用说，这种指斥是很不公正的。

我甚至认为，"硬科幻"比那种单纯普及知识的作品更加有助于科学事业的发展。如果一部作品帮助读者掌握了科学思维，科学的方法、态度和精神，那么，读者就可以学会自己去钻研科学。而有些以普及具体知识为目的的读物，实际上并不能给读者留下终生难忘的知识。

我以为，这是我们地球进入一个现代化科学技术时代，文学作品的一种新的功能，一个新型文学品种——科幻小说——的具有潜在意义的威力。这也是虽然科幻小说蒙受许多不公正的非议、责难、指斥，我和我的同志们（如大家熟知的叶永烈和童恩正同志）始终不悔，继续写下去的原因。

"软科幻"是指只把科学幻想的设计作为背景，实际上是表现社会现实，反映人生的作品。由于许多世界知名的文学大师的参与，"软科幻"如今已成为一个重要的文学流派了。它从古典的幻想小说《西游记》《聊斋》里汲取了乳汁。日本研究家认为，近代我国第一本科幻小说是老舍的《猫城记》。在座都是文学家，大家也知道，《猫城记》虽然也写到火星去，却并没有讲述什么科学知识，它只是利用火星这个假想的地点去写地球上的人生。这是科幻小说的一个流派，"软科幻"的真正主旨。

有人说，放着中国现实不写，偏要写什么别的星球，这是"画鬼容易画人难"，是胡说八道。但是，一部文学史告诉我们，画鬼，或写鬼，从来都是写人。这是文学史的常识。《聊斋》那么多狐仙女鬼，不正是现实人生的写照吗？因为我们生活在科学的时代，今天的作家再也不能创造新的孙悟空、新的聂小倩、新的哪吒了，于是写宇航员，写外星球人，这也如同童话写小猫小狗说人话一样，有什么可非难的呢？希望我们的同志不要学大军阀何键（他说过，"猫狗称先生，是对人类的侮辱……"）。

中国文学有悠久的现实主义传统，所以现实题材的小说从来都占了文学的主体。但是这不是说，我们不应该再写别的题材了，例如，写历史的题材，这是历史小说，写未来的或幻想世界的生活，这是科幻小说；也不是说，我们不应该有别的风格，例如幻想小说这种浪漫主义的风格。科幻小说也是小说，也是反映现实生活的小说，只不过它不是平面镜似的反映（其实，自然主义才是平面镜似的反映，现实主义文学对生活的反映也是有夸张和变形的），而是一面折光镜，或者凹凸镜，采取讽刺的形式，它就是哈哈镜；采取严肃的形式，我们把它叫作科幻现实主义。于是，我们达到了现实主义和浪漫主义的统一。

在座都是文学家，我不是班门弄斧。我之所以不厌其烦地啰嗦，就是因为有些同志总在有意无意地否定科幻小说的文学功能，力图要这种文学形式去普及具体的科学知识。于是，就提出一些不应有的责难：什么地方不科学哩！"对科学的污染"哩！逃避主义哩！诸如此类，不一而足。

不过，我不是诉苦来的。参加这次文学创作座谈会，我想提出一些积极性的意见，就是：科幻小说这种文学形式，特别适合表现我们人民的革命理想主义。

我们的人民正在从事伟大的事业，我们面前还有许多困难。我同意这个观点：文学作品要给人民鼓劲儿，不要泄劲儿。特别对青年人，我们希望有更多的革命理想主义。一方面要脚踏实地，一步一个脚印，艰苦奋斗；一方面要瞻望明天。全世界科幻小说，就思想内涵而言，历来分为两大流派：乌托邦和反乌托邦。乌托邦指的写人类社会的美好前景；反乌托邦指的写科学和工业的进步带来能源危机、环境污染、生态平衡破坏等社会问题，如《日本的沉海》[①]是典型的反乌托邦科幻。西方还有利用科幻小说反马克思主义的，如乔治·奥威尔的《1984年》[②]，这书新华出版社已内部翻译出版了。

① 即小松左京的《日本沉没》。——编者注。

② 即乔治·奥威尔的《1984》。——编者注。

古典的乌托邦社会主义著作《乌托邦》《太阳城》等曾经给马克思巨大的鼓舞，空想社会主义成为马克思主义的三个来源之一。今天，新的乌托邦科幻小说要给我们描绘新社会的蓝图。当然，它应该是建立在现实基础上的幻想。我自己，就给自己的科幻小说创作立下如下的标杆："要写出站在'明天'门槛上的人，他们应当完全摆脱林彪、四人帮之流的丑类所加于我们民族身上的精神枷锁，完全摆脱漫长的封建制度加于我们人民身上的灵魂烙印。"这话也许不太完全，还有资产阶级思想的负荷，也应该卸掉。总之，要写社会主义新人。对比于今天现实，可能有点理想化了。但是，理想化正是科幻小说的重要创作原则，这并不违反现实主义，而是立足于现实基础上的充满理想光辉的科幻现实主义。

当然，我们也可以写反乌托邦的科幻小说。我在回答香港《明报》记者问时说过："事实上，人类是有两个前途的。"展示今天我们人类面临的危机，诸如人口爆炸、能源匮乏、环境污染，从而敲响警钟，对党和人民来说，也不是没有意义的，重要的是掌握好分寸，要给读者以信心和力量，而且不要渲染恐怖和散布悲观情绪。

因此，好的科幻小说是优秀的文学作品，同时又是社会和生活的教科书。当然，一切式样的优秀文学作品都是生活的教科书。但是，我是指的科幻小说同时还具有社会科学著作的功能这一点，恰如古典的《乌托邦》《太阳城》本身就是社会思想史上的重要著作一样。在这意义上说，我们社会主义中国的科幻小说应该是马列主义的教科书，甚至在探索马列主义的发展方面它都应该做出自己的贡献。

也许有人认为我是夸大其词。的确，今天中国科幻小说远没能完成自己的使命。这支队伍还很小，水平也不高，又是在重重掣肘中前进。而且，目前科幻小说也出现了一些追求怪诞、离奇、不健康、低级趣味的东西，也需要克服。要加强对作品的文学批评的评论，加强对青年作者的教育和培养。我希望，有关领导部门给科幻小说在中国的发展创造有利条件，科幻小说在中国走向社会主义现代化强国的道路上，是会无愧于文学界的同行和战友的！

导读：

科幻现实主义是中国科幻文学领域中至今唯一被广泛提到的一种文学流派。本文是这一流派的主张者郑文光较早的一次论述。

1981 年底，围绕着国内的科幻创作展开的争论陷入僵持，此前旧有观点、分析日渐陷于情绪化。《中国青年报》"长知识"副刊上的"科普小议"专栏、《科普创作》《科学文艺》等报刊是相关辩驳文章的主要发表阵地。在这样的情况下,郑文光于1981年11月12日参加了中宣部组织的文学创作座谈会,并第一次较为完整地提出了"科幻现实主义"这一探索方向,即提倡"反映现实生活的小说,只不过它不是平面镜似的反映……而是一面折光镜……采取严肃的形式,我们把它叫作科幻现实主义"。这既是郑文光对其本人创作理念的一次梳理,也是当时国内科幻作者们进行自我突破和理论更新的重要收获。

在发言中,郑文光延续了"科幻小说首先是小说"这一判断,同时着力于对"科学性"进行重新诠释,以此来论证科幻小说的文类正当性。郑文光在此时对"硬科幻""软科幻"的解读有着明确的指向性。他首先认为"硬科幻"同样不以普及科学知识为基本责任,但同时又在更高的意涵,如精神、文化、方法等层面上推进和传播了"科学"本身。其次,他强调"软科幻"的文类属性和核心价值在于幻想和现实之间的复杂关系,顺畅地提出了"科幻现实主义"。

此后,郑文光还进一步指出,科幻小说在书写自然科学的一般规律之外,也可以面向社会历史发展的一般规律发挥作用,甚至可以成为"马列主义的教科书"。此时郑文光实际上是将"科学性"的内涵作了进一步的充分扩大,将之与乌托邦和反乌托邦的文类传统进行联结,从而把"社会科学"一并拢括在内。

"科幻现实主义"的提出,标志着中国科幻作家们文类意识的逐渐成形。郑文光明确将其视为"硬科幻""软科幻"这一对外来科幻文学脉络,与中国现实主义文学传统进行深层次结合之后的成果。在当时语境下,这一方向的提出很快得到了一批科幻作者的热烈回应,相关作品,如金涛《月光岛》、郑文光《星星营》《哲学家》《地球的镜像》、叶永烈《腐蚀》等,已然形成了具有较大社会影响的创作潮流。

在更深层次，郑文光的"科幻现实主义"是对当时具有宰制性的"科学"观念的有力挑战。他从科幻创作的角度，以一种较为简化的方式重新阐述和定义了"现实主义""现实""浪漫主义"等基本概念，同时将充分更新之后的"科学"观念以及科学方法融入其中。当然，在郑文光倡导这一观念之初，相关理论还显得粗糙。相关探索在短暂的创作和讨论高潮之后便陷于沉寂，但这一理念本身，在此后数十年间还被中国科幻作家多次重新提倡，相关概念和理论阐述也都有所发展。在这些自我革新与继承的过程中，中国科幻文类的代表性脉络之一逐渐成形。

（姜振宇）

科学技术现代化一定要带动文学艺术现代化

钱学森

有不少科学家、工程师会吟诗作画，也有不少科学家、工程师写得一手好字，这也许是封建文人传统的好的一面。但一般来说，科学技术和文学艺术这两大方面好像关系很少，科技工作者和文艺工作者接触不多，相互了解也比较少。舞台上的科学家毕竟不那么像科学家，也可能就是这个缘故。

中国科学技术协会下属有科学普及创作协会、科学电影协会和科学普及美术协会。三个全国性组织把科学技术工作者和文学艺术工作者结合起来了。但我想科技和文艺的联系不能只是电影和科普，应该广阔得多。下面就谈谈我个人的意见，请同志们考虑，不当之处请批评指正。

文艺中的科学技术

考虑文艺发展的历史，感到是科学技术的发展为文艺的表达提供了各式各样的工具。没有电影技术，就没有电影艺术；没有照相技术，就没有摄影艺术；没有现代电子技术的发展，也就没有作为文艺的一种表达工具的电视。再说我们的广播，离不开电子声学装置，比如说微声器、扬声器那一套。过去唱歌、唱戏，没有麦克风，没有扬声器，都是凭嗓门，凭体力的。在大一点的场所，要能够听见，就要嗓门大。后来出现了扬声器，这对歌唱艺术家来讲，是个很大的变化。据说，近年来我们有些文艺团体出国访问，到了某一国家，那儿还是老习惯，不给安麦克风和扬声器，而我们的文艺演出是用麦克风和扬声器的，我们的歌唱家就很为难了，他唱不了那么大的嗓门呀，结果效果就不那么理想。还据说，用麦克风和扬声器的唱法跟不用它们的唱法不一样，一位歌唱家很难兼而有之。从这一个例子不就看清了科学技术和对文学艺术的表达有深刻的影响吗！

让我再举更多的其他方面的例子。

前次到广播事业局，那里的同志给我们讲所谓多声道录音，他们认为那是大有发展前途的。这就是一个乐队录音分好几个声道进行。比如说，这一部分是弦乐器的声道，那一部分是铜管的声道，这部分再是打击乐器的声道，等等。这样子录音的好处是在录音的时候，哪一部分出了点问题，不需要全部重新再来过，只要那一部分乐器重新再录一次就行了。最后把几个声道加在一声，效果就变为整个乐队的了。据说这个技术还可以进一步推行到每台乐器、每个演奏者一个声道，把重新录制的工作只限于个别人。

再说建筑艺术，那更是要依靠建筑材料了。如果只能用石头来造房子，就不可能建成北京故宫那样的殿宇；如果没有钢筋混凝土，那也不能建成首都车站或人民大会堂；如果不用钢架结构，也建不成几十层的高楼。随着时代的变迁，科学技术的发展，建筑形式即建筑艺术的表达方式也必然变化。河北省赵州桥尽管是以前劳动人民的杰作，但我们不会也不可能把跨长江的大桥建成赵州桥的样式。现在我们认识到我国是一个地震比较频繁的国家，我们盖房子老用"秦砖汉瓦"

是不行的，要改用构架式加轻质墙板。由于材料变了，技术变了，建筑也必须变。现在遍布我国城镇的宿舍楼、办公楼再过十多年可能要成为老古董了，我们的建筑设计师们将为人民创造出式样新颖、更符合社会主义新中国风貌的各类建筑形式。

绘画书法和其他造型艺术不也是这样吗？中国的水墨画是建立在宣纸的基础上的，书法也是如此。所以造纸技术和造笔、造墨、造颜料的科学技术是绘画、书法的基础。要复制就要靠印刷科学技术，这一点我国还比较落后，必须努力赶上去。至于雕塑那就要讲究用什么材料，是各种质地不同的石料？是石膏？是金属铸造？大的雕塑还得研究结构强度，可能里面得有钢架。这次全国科普美术作品展览就有一座雕塑，由于作者使用了重量很轻的泡沫塑料才有可能制作成功。

戏剧呢？我们当然会想到舞台上的灯光布景。近年来我国舞台上几乎普遍使用天幕幻灯投影作为布景手段，取得很好的效果。这在没有摄影技术和强光源的时代是不可设想的。舞台也有能转的，一分钟就把前台转到后台，把后台准备好的场面移到前台，大大缩短了场与场的间隔时间，使观众的情绪不致因久候而冷下来。这就更明显是科学技术的成果了。

我们在前面已经说到没有摄影科学技术就不会有电影艺术。今天我们到电影制片厂去参观，这一点我们是可以学到的，因为拍摄棚的灯光布置简直是一个小小的电力工业系统，而胶片在拍摄前还要经过一系列检验，标定它的感光速度，洗印时要选配最合适的洗印液，在洗印机（它本身就是现代工业的产品）房中一切操作都是要有严密的控制。洗好的底片还要再检验，一段一段标出它的色彩补偿措施，这才能开印正片。这都是现代科学技术的应用。最近又有了新发展：由于电子技术、电视技术的发展，电影拍摄不必把画面一次拍成，而可以像多声道录音那样，分别拍摄：一次拍自然外景，一次拍近场的房屋、树木，一次拍人物动作，再一次录音。然后综合起来成为一幅画面，而且把重叠的图像自动消除掉。甚至影片的导演可以根据剧情去掉原拍摄画面上某一事物，例如外景是现在拍的，而剧情是几十年前的事，那时外景还没有现在的高压输电线和电线塔架，为了真实，导演可以控制综合机，消除画面中的电线和塔架。

以上举的这类事例还可以列出很多很多，但就是已经讲了的也使我们看到科学技术的发展对文学艺术表达方式方法的影响。对于这一点，在以前好像是不为我们所重视的。往往是科学技术的发展给文艺的表达提供了前所未有的可能，而这种可能又往往不是自觉地为文艺工作者所利用，常常倒是其他人，偶然发现了这种可能性，从而开拓了文艺的新形式、新文艺。这种蒙昧，在一百五十年前也许是不可避免的，但现在我们已经懂得了辩证唯物主义，并且应用到人类社会现象，建立了历史唯物主义，我们应该自觉地去研究科学技术和文学艺术之间的这种相互作用的规律。不但研究规律，而且应该能动地去寻找还有什么现代科学技术成果可以为文学艺术所利用，使科学技术为创造社会主义文艺服务。我们也要在这个领域走到世界前列。

我希望文化部领导的文学艺术研究院能在这方面起很大的作用。

可能出现的文艺新形式

我们现在看到了什么新的可能呢？一个是激光，激光的光强要比最强的聚光灯还强过不知多少倍，激光可以使我们的节日的焰火礼花增添新光彩。北京天安门广场的焰火在施放的同时，用探照聚光灯在天空形成多道飞舞的光束，为彩色的、变化的礼花衬托一幅光辉的背景。但比起激光器来，聚光灯是大为逊色的。激光器不但光的强度大得多，而且可以有各种色彩，甚至一台激光器的色彩是可调的、可变的。有了几十台激光器放出多彩的光束，变化的光束，在天空中飞舞，加上焰火礼花，那将是一个壮丽的场面。

大家可能去过电子计算机的机房，在有参观人员时，科技人员常常使电子计算机唱歌。所以电子计算机是会唱歌的，当然是在人的指使下，它才唱，电子计算机只是工具。一般机房里的歌声是很单调，没有音色的变化，也没有力度的变化，不是高超的艺术。当然现在还有电子风琴，比计算机房的歌唱声算是改进了一点，也还比较简单，显得单调。但电子计算机作为一台复杂而又高速的控制机器，完全可以根据人的愿望综合出各种声音，比如人的歌声、弦乐器的声音、铜管的声音、木管乐器的声音、打击乐器的声音，而且音域更广，强弱比更宽。所以有朝一日我们将进入一场音乐会，台上没有乐队，没有歌唱家，没有独奏音乐家，也没有指挥，可能有一位音乐家坐在台旁一角，他面对一台有一排排按钮和旋钮的控制台，我们看他不时按一下这个按钮，有时转一下那个旋钮，再也没有其他动作了。是在幕后的电子计算机按照作曲家写的乐谱综合出深刻、动人、雄伟的音乐，通过安放在音乐厅各处的扬声器演奏出来，台旁的音乐家只作必要的调节以加强音乐的感染力。有作曲家，但除了控制台前的音乐家外，没有任何演奏人员，是电子计算机代替了，代劳了。不但代替，电子计算机还可以按人的意志制造出前所未闻的音响，作曲家不受任何乐器和歌喉的限制，大胆自由地创作，使音乐艺术向更高水平跃进。

同志们也许还记得在参观电子计算机房时，科技人员叫电子计算机画图，写出什么"欢迎参观"之类的字句。是的，电子计算机能绘出人叫它画的任何图画，而且比人画的更细致准确。我现在讲个故事：在美国有一所私立的名牌大学，要在学校已有建筑群中再添一座用作小博物馆的塔楼。楼是设计好了，就差经费不能动工兴建。在美国，这是要向大资本家募款的。这个学校的校长想出一个点子，要以奇取胜，他就同学校的电子计算机教授们和建筑学教授们商量，要使电子计算机控制一台电视机，在电视机荧光屏上出现这座还不存在的博物馆塔楼在已有建筑群中的远景，然后要电视机出现一个人一步步走向这个还不存在的小楼的景象，然后登上这个还不存在的小楼，直到还不存在的塔楼顶层，眺望全校校园景色。这件事办成了，电视短片制成了。这个故事启发我们，电子计算机既然可以制造还不存在的小塔楼的外景、内景的电影，电子计算机一定能制造整部的电影。有了创作家写的电影剧本就能通过电子计算机和光电技术、声电技术制造出电影来。开始时也许是电子计算机只造背景，人物动作还是真人演员拍摄，然后如同前一节讲的那样综合成片子。也许最后真人拍摄的部分逐步减少，主要是电子计算机造电影了。这就使电影导演从拍摄工作的局限性彻底解放出来，大大地扩展了他的创造能力，促使电影艺术向前发展。

激光焰火、电子计算机为制作工具的音乐和电影，这不过是举几个例子说明现代科学技术的确能提供文艺表达的新形式，还有许许多多其他可能形式等待我们去探讨。前景是十分引人的。

工业艺术

文学艺术中有科学技术，那么科学技术中有没有文学艺术呢？当然有。前面提到建筑艺术，它实际是介乎工程技术和造型艺术之间的东西。也有人还要细分：把建筑划成以艺术表达为主的构筑，如纪念碑、纪念塔、美术馆、博物馆，以至大会堂等公用建筑；另一类是以使用为主的构筑，如工厂、办公楼、宿舍等。其实分类或不分类，建筑应该有艺术的成分是无疑的，人总喜欢他日常生活中的房子不但合用，而且有美感，给人精神上的享受。在我们国家尤其要提到与建筑相关联的园林，这是我国传统的艺术，大至一处山川风景区、一座皇家宫院，小至一户住家的园林，都是艺术上的杰作，称颂中外。

人们在日常生活中使用的东西，除屋宇外，还有各种用品，杯、碗、器、皿、盘、盆，历来劳动人民对此倾注了不知多少心血。这也是艺术创造。在我们国家，这种传统制作称为工艺美术品，是轻工业的一个重要方面，还要大力发展；也有一个中国工艺美术学会。但我们尤其应该重视日用品中那些一般不认为是工艺美术品的东西，它们难道就不该得到艺术家的注意，就该随便选形，随便装饰，搞得难看吗？当然不应该如此，而应该做到我们常说的"美观大方"，人民爱用。我想这也许就可以称为工业艺术了。

其实工业艺术已经有了，钟表设计得美观，不是工业艺术吗？无线电收音机设计得美观，不也是工业艺术吗？电视机设计得美观，自然也是工业艺术。至于衣着被褥，从材料设计到服装设计更和美术有关，也是工业艺术的一个方面。在这方面，在工业生产部门也实际有专业的美工人员，而且有学校专门培养人才。我想我们应该进一步重视这方面的艺术，大大推广它的范围，推广到书刊设计，推广到缝纫机设计，推广到家庭和办公室家具的设计、灯具设计，推广到自行车设计，推广到各种汽车外形设计等。一句话，要把工业艺术应用到一切工业产品，就连机械加工的机床也并不是非老是那个样子不可。要打破这些人们天天接触的东西老是不变，或是变得很不好看的常规！

我想工业艺术的工作者队伍是不小的，中国科协应该考虑在三个科学技术和文学艺术相结合的协会之后，再成立一个工业艺术协会来交流这方面的经验，推动这方面的发展。

展览馆的艺术

展览馆是人民所喜欢的一种受教育方式。如果说一个人平均活六十五岁，前十年年岁太小不算，平均一个人有五十五年可以要去展览馆。我国有大约十亿人口，每人一个月去一次展览馆，每年就是大约一百亿人次。展览馆星期一休息，一年开馆三百一十二天，每天接待观众以三千人计，全国就要一万多个展览馆！所以说在我们这样的国家办展览馆是件大事。

我们对展览馆、博物馆是重视的，建国以来展览馆、博物馆，包括美术馆、农业馆、科学技术展览馆、植物园和动物园等，也确实办了不少。但我看似乎对这个问题还缺少一个全面的认识。往往是等到已经定了要举办某一展览了，才找一个临时班子；他们也很花心思，很辛苦，往往从头做起。但展览一结束，班子也散了，他们的实践经验得不到累积和继承，所以也不能很好地发展。我看办各种展览是一种演出，只不过这场演出是观众同演员直接接触，都在台上，没有台上、台下之分。既然是一场演出，为什么没有一个演出的组织呢？为什么不请一位总导演呢？既然是一场演出，就应该根据展览的目的，有个脚本，也就是有个展览的总体设计，展览的内容如何安排，如何穿插，如何从序曲逐步展开，中间有高潮、有插曲。一定要使参观的人，看完展览之后有个深刻的印象，而印象必须是展览设计要达到的。我们现在的展览未必能达到这个要求。参观的人出了展览馆大门，脑子里留下的往往是眼花缭乱或一些片断的印象，展览的教育目的可以说没有完成。戏剧和电影的创作都有很深的讲究，为什么展览就没有一门展览学，也没有个展览学院呢？

至于展览的具体工作，就像戏剧和电影也有其科学技术，要办好展览，也要引用现代科学技术。我们现在一般是用不能活动的模型或图板，最多有些灯光可以开关，讲解员拿着教鞭，站在那儿一次又一次地口讲，实在累人，连嗓子也讲哑了。为什么不用活动的模型呀？用电影呀？录音、录像、大屏幕显示都可以用嘛。而且这一切是可以用自动程序控制的，完全可以为讲解员代劳。这就是展览技术的现代化。

当然，展览馆是多种多样的，有综合性的，而更多的是专业的，也有讲一个问题的。这是展览馆建设的问题了。我在这里不来多谈这方面的问题，我只想强调一下展览馆工作中的艺术问题，作为科学技术与文学艺术结合的又一重要方面。

科学文学艺术

我主张科学技术工作者多和文学艺术家交朋友，因为他们之间太隔阂了。文学艺术家是掌握了最动人的表达手段的，但他们并不清楚科学技术人员的头脑中想的是什么，那他们又怎么表达科学技术呢？长江葛洲坝的宏伟图景只能拍那么几张紧张施工的照片，没办法的工程技术人员无可奈何地自己画张大坝竣工后的全景，是合乎科学的，但没有气魄，不动人。我们多么希望我们的画家能用他的笔创造出一幅葛洲坝的宏图来激励日夜为大坝奋战的大军呵！

再说我们现在要实现农业现代化，我们的文学艺术家们知道不知道我们农业科学家和农业机械师所想象的未来农村呢？我们多么希望我们的文学家能描写出一个二十一世纪中国农村的活动呵！工业现代化呢？下个世纪的工厂是什么样子呵？

但这是说我们大家所习惯的这个世界。科学技术人员通过各种探测仪器所观察到的范围比这个世界要广阔得多，观察加科学理论使科学技术人员能超出我们这个常规世界，进入深度几千米的大洋洋底。不，再深入到地球地壳以下上千千米的地幔，更深入到几千千米的地核，地球物理学家可以讲得头头是道，但谁，哪一位文艺作家接触过这个世界呵！

往大里说，科学家知道地球外十几万千米的情况，那里有太阳风引起的磁暴。再往外到月球、火星、金星、水星、木星、土星、天王星、海王星、冥王星，天文学家能讲上不知道多少昼夜，那是太阳系的世界。再往远处是恒星的世界，在星团区域里，天上不是一个太阳而是几十个、上百个太阳同时放出光辉，有像我们太阳光的，有放橙黄色光的，有放带红光的，绚丽多彩。这是银河星系的世界。天文学家还知道星系以上范围更大的星系团和星系团集的世界，那是几亿光年范围的世界。

我们也希望我们的文艺界朋友写一写或画一画这些世界呵。

往小里说，生物学家对微生物，对细胞、遗传基因，还有核糖核酸、脱氧核糖核酸的活动，都能讲得很详细，讲得很生动，这也是一个世界。物理学家和化学家还可以讲到更小尺度的世界，讲分子、原子的世界，讲原子核的世界，讲基本粒子的世界，一直讲到基本粒子里面的世界。这是小到一个厘米的亿亿分之一了。我们也希望我们的文艺界朋友能写一写或画一画这些世界呵！

所以我们大家所习惯的世界只不过是许许多多世界中最最普通的一个，科学技术人员心目中还有十几个二十个世界可以描述，等待着文学艺术家们用他们那些最富于表达能力的各种手法去创造出前所未有的文学艺术。这里的文学艺术中，含有的不是幻想，但像幻想；不是神奇，但很神奇；不是惊险故事，但很惊险。它将把我们引向远处，引向高处，引向深处，使我们中华民族的精神境界有所发扬提高。

我在这里讲要把文学艺术和现代科学技术结合起来，提出了文艺中的科学技术和文艺新形式的问题，提出了工业艺术问题，展览馆的艺术问题，最后讲到科学文学艺术问题。因为科学技术现代化是四个现代化的关键，结合了就会出现现代化的社会主义新文学、新艺术，科学技术现代化要带动文学艺术现代化。懂得历史唯物主义的中国人民，要能动地利用掌握了的客观规律来创造出前所未有的社会主义新文化。

同志们，我讲的能不能实现？呵！是的，但同志们请你听，你听呵，这不是亿万人民新长征的脚步声？让我们努力追上去吧！

导读：

在中国科幻文学陷于争论的前后，来自科学工作者的介入显得特别重要。此文是那个时代科研工作者介入科幻争论的一个重要事件。钱学森（1911—2009），20世纪杰出的空气动力学家和系统科学家，中国科学院院士暨中国工程院院士，中国载人航天奠基人，"两弹一星"功勋奖章获得者，被誉为"中国航天之父""中国导弹之父""中国自动化控制之父"和"火箭之王"，为中美两国的导弹和航天计划都曾做出杰出贡献，著有《工程控制论》《导弹概论》《星际航行概论》《论系统工程》等。钱学森一生涉猎多个领域的尖端科研工作，其兴趣跨越了文理的分野。他晚年对推动人体系统科学的研究持比较开放的态度，同时期也经常介入关于科学文艺的讨论。他的观点集中在《科学技术现代化一定要带动文学艺术现代化》（《科学文艺》1980年第2期）、《钱学森同志谈科幻电影》（《电影通讯》1980年第13期）、《钱学森对科学幻想小说的意见》（《科协通讯》1981年3月6日）、《创造社会主义科幻文艺——访钱学森同志》（《科学时代》1981年第3期）几篇文章当中得到呈现。他认为包括科普作品、科教作品、科幻小说和科幻电影等，都应纳入科学文艺的讨论范畴。更集中来看，他对科幻文艺作品的看法主要分为以下几点：

第一，科幻文艺作品要讲科学。在20世纪80年代前期（中国科学院第二届常委会第三次会议上），钱批评了科学幻想小说中存在自由化的问题，很多内容不够科学。科幻小说、电影等文艺作品中要有科技的原理和根据，否则便是神话和遐想。科幻作品对科学技术的呈现要兼顾艺术性和科学性——不能讲得太死、太具体而忽视幻想色彩；也不能没有边界，不顾科学的原理和依据。他在90年代还提出要对侧重科普功能的科学小说和侧重想象力的科幻小说做出区分。

第二，科幻文艺作品要体现社会主义国家的特点，与国外作品区别开。社会主义国家是为人民谋利益的，中华民族是伟大的，钱学森认为要用科幻文艺来教育和启发年轻人树立远大的理想和信念；同时，社会主义国家的科学幻想作品应该反映大规模的集体活动，而不能降低成小规模的，甚至是个人的活动，要体现社会主义国家有组织、有纪律、有领导的特点。

第三，科幻文艺作品要配合四个现代化的建设，并且通过科学技术现代化带动文学艺术现代化。科技发展对文艺具有促进作用，会为文艺表达带来新的形式和可能性。钱学森在1980年接受北京科影吴本立的访问时，提出科幻文艺作品主要应该配合近来和未来的科技发展，太长远的东西是次要的。从扬声器到高压输电线，从相机到摄影机，科学技术的发展为文艺的表达提供了各式各样的工具，带来了更多的可能，钱学森认为应该自觉研究科学技术和文学技术相互作用的规律，以及科学技术被文学艺术应用的可能，并且通过科学技术现代化带动文学艺术现代化。这要求未来将工业艺术应用到一切工业产品上，将现代科学技术应用到展览馆中，科学技术工作者也要多和文学艺术家交朋友，借助文学艺术家的表达来描绘科学技术工作者接触到的更多样的世界。

钱学森的这些观点对科幻文学的发展产生了重大影响。一些人借此机会提出，要清理科幻作品对社会造成的"精神污染"。从1984年以后，中国科幻文学走入低谷。

（王洪喆　王文超）

科幻小说两流派

郑文光

科学幻想小说，自一八一八年英国的玛丽·雪莱发表《弗兰肯斯坦》以来，至今已成为一种具有特殊风格的文学样式。一个半世纪间，出现了一批名著，产生了像儒勒·凡尔纳和 H. G. 威尔斯这样的大师，他们分别代表了"硬科幻""软科幻"这两大流派。

所谓"硬科幻"，是指作品建立在科学幻想构思的基础上，情节、人物、场景都围绕着这个科学幻想构思展开。由于科学幻想本身的出奇制胜，提供了故事发展的脉络，因此作品具有一定的艺术魅力。

"硬科幻"并不是科普读物，也不能称之为"科普性科幻"，因为它只是阐述了某些科学幻想，却并不普及什么科学知识。但是，为了阐述清楚某些科学幻想，也许不得不做出一定的解释，可以说是赋予作品一定的知识性吧！

但是，"硬科幻"在历史上起过十分重要的作用，许多科学幻想构思往往成为真正科学发明的前导。号称"潜艇之父"的发明家西蒙·莱克在回忆录中第一句话就说："凡尔纳是我生命的总导演。"

世界上第一个跨越北极飞行的阿特米纳·拜特也说过:"第一个完成这壮举的人,并不是我,而是凡尔纳,给我领航的是他。"无线电发明人马可尼在一九二二年说:"凡尔纳使人有预见,他希望人们能够创造新事物,而且鼓舞人们去实现伟大的幻想。"齐奥尔科夫斯基也认为自己是受了儒勒·凡尔纳的启发,才提出星际航行的理论,这理论现在已经变为现实。

"软科幻"却是整个社会小说的一个组成部分。它的主题是社会的主题,以具有现实意义为其特征。当然,它也有一个科学幻想设计,但这科学幻想设计是被组织到总体构思中去的,它形成一条情节发展的贯串线。在这个科学幻想设计的背景上展开的故事,犹如在一面折光镜中一样,展现出经过浓缩、集中、变形和幻化的社会生活的各个侧面。

"软科幻"弄得不好,也会出现如下的问题:人为地编造一个故事——或者是爱情故事,或者是侦探故事,有的甚至是神怪故事——而把科学幻想标上去,从而走上逃避主义的道路。这种情况之所以发生,是因为作者并没有深刻挖掘题材的社会内涵,又没有把科学幻想设计有机地融合到社会题材中去。这样的作品往往是苍白无力的。

作为一种文学样式或一个文学流派,科幻小说无疑是有十分深远的内涵的。它几乎具有无限丰富的可能性,从表现极其深奥的科学思维到表现社会生活和人的感情最隐蔽、最难以捉摸、最出其不意的侧面。

导读：

科幻小说的软硬分类，在今天是普通人广泛熟知的常识。但在20世纪80年代，这个观点还显得比较新颖。本文是引入这一理论的早期文章中的一篇。作者为著名作家郑文光。

《科幻小说两流派》发表于1982年2月25日的《文学报》。在此之前，"硬科幻"和"软科幻"的说法已经在介绍西方科幻文学时受到过引进。在西方的原意里，硬科幻指的是以硬科学（物理、化学等）为基础的科幻小说，而软科幻指的是以软科学（社会学、心理学等）为基础的科幻小说。在国内，人们常常把科学内容丰富，科学原理讲得比较多、比较清晰的科幻称为硬科幻，而把仅仅用科学作为机关布景，或者只出现几个科学名词的作品，称为软科幻。

有趣的是，当时的科幻作家对软硬科幻的看法既与国外说法不同，也与今天的普通读者不同。他们都试图从这种区分中寻找自己的创作路径，或者为自己的创作方式进行辩护。例如，刘兴诗就曾经在《怎样写科学幻想小说》（《科幻小说创作参考资料》（第二期），1981）当中将这二者概括为"写自然科学问题"和"写社会科学问题"。从刘兴诗的观点看，国外的这种想法跟创作上偏重写什么有关。而郑文光则另辟蹊径，将这个理论跟"科幻现实主义"或"社会派科幻"创作建立起联系。

从思想脉络上看，《科幻小说两流派》是作者《在文学创作座谈会上关于科幻小说的发言》的深化。郑文光巧妙地将当时的一个理论热点，即对科幻小说是否具有"两种构思"的讨论（见叶永烈《科学幻想小说的创作》，《科学文艺》，1980年第1期；彭钟岷、彭辛岷《试论科学幻想小说的构思》，《科学文艺》，1980年第3期；王晓达《谈谈科学幻想小说的科学构思》,《科幻小说创作参考资料》,1982年第4期等)融入其中。通过辨析"科幻构思"与"情节构思"之间的不同,郑文光从新的方向区分了"硬科幻"和"软科幻"。在他看来,"硬科幻"是以"科幻构思"为核心的科幻作品,这种作品的故事情节以及"一定的艺术魅力"就来自科幻构思本身。"软科幻"是"科幻构思"居于辅助位置的科幻,科幻构思是为情节发展"总体构思"服务的。郑文光认为"硬科幻"的价值在于使科幻"往往成为真正科学发明的前导",而"软科幻"的价值则让它成为"整个社会小说的一部分"。

郑文光对"两流派"的这种诠释,其目的在于一破一立。他试图彻底消解科幻小说的科普功能,而后提倡表现现实社会的全新科幻。此外,通过对凡尔纳、威尔斯等不同代表性作家的梳理,他引入了更漫长的外国科幻文学传统,以此来重新寻找本土科幻文学的定位。这种尝试是中国科幻作家在经历了数年的痛苦摸索和争辩之后,颇为有效的论证方式。

但在具体的论述当中,郑文光对两流派的界定和辩护都主要是从其社会功能的方面展开,这对于揭示作品的内部的核心特征并无新的创见。此外,因为两流派之间主要区别在于"科幻构思"所处位置,这样的分析也未能抵达文类的审美核心。

由于"软""硬"彼此对立的二元思维方式门槛较低,前述西方文类传统和代表作家也相对清晰,这种分类方式很快在国内广泛地传播开去,并一直为人们所接受。但由于全新科学观念,特别是科学审美观念、体验的引入和深化,无论是郑文光还是刘兴诗等人最初的阐释、目的都被逐渐被淡化,因而这种分类方式的弊病也逐渐积累起来。21世纪以来,许多作者提出了对这一问题的新的看法,所谓"核心科幻""硬核科幻""为科幻的科幻"等说法,还有"稀饭科幻"等带有调侃意味的表达,均是当下中国科幻作家为了对之进行纠偏调整而做出的理念探索。

(姜振宇)

科幻迷

郑文光

在世界上的许多国家,科学幻想小说的创作和出版已经不只是一个文学现象了。这种独特的文学样式已经渗入人们的生活,而且渗透得那么深,以致出现了数以百万计的 Fan——"科幻迷"。"科幻迷"们还成立了各种各样的组织,有的叫 Club——"俱乐部";有的叫 Workshop——"创作组"(这是"科幻迷"们尝试自己动手创作科学幻想小说的组织)。但最通常的叫 Fandom——我想,可以译为"科幻迷之家"。有的还出版了报刊,叫 *Fan Zine*,可以译为《科幻迷之报》。这些全都成了英语的新词了。

英语里还有两个十分有趣的新词:Fiawol 和 Fijagh。

Fiawol 意思是:"科幻迷之家是一种生活方式。"

真不简单,对一种东西的癖好竟然发展成为"一种生活方式"!这说明,在许多国家里,人们喜爱科幻小说已经到了如痴如醉的地步。许多人阅读科幻小说已成为嗜好,整个身心投了进去。无怪乎截至1980年底,世界上卖座率最高的影片,前三名都是科幻影片:《星球大战》《第三处接触》和《大白鲨》。

Fijagh 的意思是:"科幻迷之家正是一种讨厌的癖好。"

不难看出,这个词与前一个词是针锋相对的。有"迷",就有反"迷",这是生活的辩证法,无足深怪。不过,"科幻迷之家"居然惹人生厌到如此地步,也从反面证明"科幻迷"在社会生活里占有不容漠视的地位。

我国科幻小说还在刚刚发展的阶段,无论就作品的质量、数量或者读者人数来说都是远远不够的。我国还没有形成一支"科幻迷"队伍。当然,外国的东西我们不一定要照搬,但是,外国的社会生活里出现了这样的现象,却很值得我们深思。也许不同的人会从这些现象悟出不同的道理吧!我是这么看的:在科学发达的国家里,科学渗透了人们的生活,人们享受着科学的恩惠,同时把更美好的希望寄托在科学的进一步发展上面。这就是产生大量"科幻迷"的社会基础。

这,也跟列宁的话是一致的。列宁指出过:"甚至在数学上也是需要幻想的,甚至没有它,就不可能发明微积分。幻想是极其可贵的品质。"对幻想评价这么高,的确是我们所"不敢幻想"的,但是对这种对科幻小说的创作也是一个有力的鼓舞。科幻小说,应当引导人们去开辟新的生活疆界!

导读:

科幻作为一种社会文化现象,长期与一群自认为"科幻迷"的读者群体密切相关。粉丝文化的呈现及其研究,同样与科幻粉丝密不可分。郑文光的《科幻迷》一文发表于《新观察》1982年第2期,这篇短文第一次向中国读者介绍了"科幻迷"这个新鲜事物。

"科幻迷"根植于美国的科幻文化传统。1926年雨果·根斯巴克创办《惊奇故事》,并在杂志上开设读者来信栏目,让散落在各处的新生科幻爱好者们建立联系,形成了最早的科幻迷社群。

《科幻迷》一开始简要介绍了与科幻迷有关的一些概念,比如俱乐部、创作组(也就是现在的工作坊)、科幻迷之报等。与今天更常见的"迷群"或"粉都"不同,郑文光将Fandom翻译为"科幻迷之家",这准确地抓住了科幻迷亲如一家的特质。

此外,文章还介绍了两种针对科幻迷亚文化的态度:Fiawol(Fandom is a way of life)和Fijagh(Fandom is just a goddamn hobby)。郑文光从这两个针锋相对的词语中看到了生活的辩证法,也看出了"科幻迷"在社会生活中不容漠视的地位。在这篇文章发表时,科幻迷文化在西方发展数十年,已然深深渗透入几代美国人的文化基因之中。

而在中国,郑文光认为,20世纪80年代初"我国科幻小说还在刚刚发展的阶段",因此"我国还没有形成一支'科幻迷'队伍"。这个判断基本上是对的。但他没有注意到的是,正是在这个时期,中国有了自己的第一代科幻迷。他们中的一些人后来成为中国科幻发展史上的重要人物,比如吴岩、姚海军、韩松和刘慈欣等。刘慈欣在《第一代科幻迷的回忆》中说:"我们这些六十年代出生的人可能是中国的第一代科幻迷,在我们之前,科幻先是与科普,后来又与主流文学融为一体,并没有这个特殊的群体。"有趣的是,这个特殊的群体形成的时期正是郑先生写作这篇《科幻迷》之时。因此,我们可以将这篇短文看作是中国科幻迷文化的发端。

进入新世纪以后,特别是最近的10年,科幻迷文化已经成为中国社会的一个不容忽视的文化和经济现象。这篇文章强烈的先导价值由此得以彰显。

(三丰)

让科学文艺这株智慧之树万古长青

——在第一届科幻小说银河奖授奖大会及中国科学文艺委员会年会上的讲话

鲍昌

上午的发言

同志们,我首先代表中国作家协会党组和书记处,向这一次中国科幻小说"银河奖"的授奖大会,向同时举行的中国科学文艺委员会年会、四川省科学文艺委员会年会的召开,以及向这次获奖的科幻小说的作者,致以衷心的、热烈的祝贺。

同志们,科学文艺是整个文艺园圃当中的一朵鲜花,不管前几年有过什么样的争论,是姓科还是姓文,现在我们中国作协的这一届书记处完全承认科学文艺是整个百花园地中的一朵花。

如果说,在奥林匹斯神山有九位缪斯,而科学文艺是其中的一位女神的话,我们中国作协的这一届书记处愿意把这个女神拥抱在自己的怀里。

如果说这几年由于种种的原因,科学文艺处在一种比较困难的境地，就像那个可怜的灰姑娘，那么我们中国作协这一届的书记处将要恪尽全力地使这位灰姑娘得到她应有的欢乐和幸福。

关于科学文艺的重要性以及我们对它的基本看法，下午我将在谈新时期文学的发展趋势的时候顺便谈谈，在这里，我就不多说了。但我想借此机会，对于这次的授奖，对于四川省和两个发表科学文艺的刊物各说几句话。

我们授奖大会，奖名为"银河奖"，我觉得是意味深长的。大家知道，我们整个太阳系属于银河系，你们搞科学文艺的同志比我更清楚，银河系是一个非常广大的浩瀚的空间，从这一端到另一端，大概有五六万光年之远。我们太阳系和银河系的核心的距离，最新的发现说有两万三千多光年。我们太阳系正在围绕着银河系的核心旋转，而整个银河又是目前发现的大爆炸宇宙空间当中的一个组成部分。因此，你们搞科学文艺的人，用银河来命名，标志着自己有宏观的视野，标志着自己有未来的向往，我觉得是非常合适的。

今天在中国搞科学文艺的作者寥寥可数，严格地说还未形成一支像样的队伍；但是我完全同意刚才温济泽同志的意见，我们要发奋图强、迎头赶上，争取在十五年之后，也就是到2000年，使中国科学文艺能够发展成为一支相当可观的队伍，能够出现一系列科学文艺的佳作，能够出现中国的儒勒·凡尔纳，中国的威尔斯，中国的爱伦·坡，中国的阿西莫夫或者海因莱因，能够使我们无愧于四个现代化建设这样一个伟大的现实。所以我要对这个授奖大会说一句期望的话，期望我们真正能够发展兴旺起来，像天上的银河一样，达到星汉齐辉、明光灿烂的地步。

其次，我想对四川省委宣传部、四川省科协、四川省作协的负责同志说几句话。我对四川科学界、文艺界的同志寄以特别的希望。四川是一个拥有一亿多人口，五十七万平方公里的大省，它的面积超过了三十五万平方公里的日本，但是四川省现在的经济发展、文艺发展，虽然取得了巨大的成就，仍然同它在全国的地位不完全相称。实际上四川文艺具有几个自己特有的条件和优势，是可以大做文章的。

第一，四川历来是诗人辈出的省份，产生过李白、苏东坡、郭沫若这样的大诗人。而且现在有全国第二份重要的诗刊——就是《星星》。因此，我希望四川能够成为一个诗歌的大省。

第二，四川省在近现代文学史上出现了一批专门写四川地方乡土色彩的作家，例如李劼人、沙汀、艾芜，一直到现在的周克芹。因此我希望四川作家能够在乡土色彩，在"川味"上多做文章，形成一个独特的四川作家群，就好像"陕军""湘军""晋军"一样。我希望文艺界的"川军"尽快崛起。

第三，你们四川还有个特产，就是《科学文艺》这本杂志。现在全国的科学文艺刊物大都"关停并转"了，硕果仅存的只有你们这个《科学文艺》。《科学文艺》坚持下来，应当认为是四川省整个科学界和文艺界的一个骄傲。当整个的科学文艺处在一个相应的低潮的时候，你们依然在坚持着。我认为，这将在中国的出版史上留下难以磨灭的一页。你们不要做出版商，你们应当做出版家，你们应当有战略眼光，看得更远。应该看到今天祖国的四化建设、体制改革迫切需要科学，应当看到全世界的科学文艺正在日益取得畅销书的地位，应当看到这一些外部的、内部的有利条件，要大力发展科学文艺。我希望四川省的领导要看得更远，为发展中国的科学文艺做出突出的贡献。

四川省是一个非常迷人的、富庶的、美丽的省份，"蜀道之难，难于上青天"；你们有悠久的神话传说，"蚕丛及鱼凫，开国何茫然"；你们有壮丽的山川，"峨眉天下秀，青城天下幽，剑阁天下雄"。这样美丽的景色，这样悠久的历史，这样多彩的民族风俗习惯，必然要产生很多动人的幻想。谁不知道古代的"巴蛇大如象"的传说，谁不知道《长恨歌》里所写的"临邛道士鸿都客，能以精诚致魂魄"这样的幻想。因此我希望四川的科幻小说作者，当然也希望全国的科幻小说作者，大胆地驰骋想象，进行创作。不要指望专业作家都去写科学文艺，他们可能有很高的文学修养，但是不太懂科学。搞科学文艺主要是靠大量的业余作者，你们在不同的岗位上能接触到各种各样的科学技术，你们是最有条件来搞科学文艺创作的。我希望大家不要只是抱怨，不要只是要求这样那样的客观条件，首先要发挥自己的创作主体性，也就是主观能动作用，来艰苦奋斗。不经过艰苦奋斗，是得不到胜利的，马克思说的这句话绝对没有错："只有在科学的道路上不畏艰险的人，才有可能达到希望的顶峰。"

最后，我还想对天津的新蕾出版社说几句话。他们出版过很多科幻书籍，还编印发行了《智慧树》这本科学文艺刊物，这样一笔历史功绩，也将要写入中国的现代出版史。但是现在《智慧树》遇到一定的困难，我也希望天津的同志们能够有战略的眼光，能够有无畏的气魄，顶住目前的困难，使第二个科学文艺的阵地坚持下去，发扬光大。《智慧树》这个名称取得非常之好，据说是郑文光同志取的。德国的大诗人曾在诗里咏唱过"智慧树"。据我了解，印度的《薄伽梵歌》把智慧之树称为世界之树。我认为：科学之树就是一棵智慧之树、世界之树。所以我最后的一句话，就是希望同志们努力奋斗，使科学文艺这棵智慧之树、世界之树、生命之树万古长青。

下午的发言

谈到新时期文学发展的主要趋向，首先应该给新时期文学下个定义。什么是新时期文学呢？就是从粉碎"四人帮"以后到今年，1976到1986这十年的一段文学。新时期文学在我们看来，是我们中国现代文学史上，同时也是整个中国文学史上的一个空前繁荣昌盛的文学发展时期，可以把它看成是十年动乱后文艺的振兴，看作是我们多年来呼之欲出的、真正的文学的黄金世纪的到来。

这十年文学的发展，无论怎样来估价，都是应加以肯定的。

下面，我准备先谈第一个问题，新时期十年文学创作的主要成就和它的发展趋向……总起来说，十年来的新时期文学，无论在创作上和文艺理论批评上，都取得了辉煌的成就。它使中国文学出现了一个新的黄金时代。我敢说，在几千年的中国文学史上，这样的黄金时代都是罕见的，后代的文学史家必将以金字把这页历史，写在中国文学史册上。

最后，我想针对科学文艺说几句话。

在新时期的文学当中，文学的品类、文学的品种或者题材，越来越多样化了，小说、诗歌、散文、杂文、报告文学、戏剧文学、影视文学多得很，越来越多。也可以这样说，在外国现在有的，中国也都有了。现在我们必须要谈到的是咱们这次会议的主题，就是科学文艺，或者叫科学小说，就是 SF。

在新时期的文学当中，稍微使我们感到遗憾的，就是科学文艺这朵花在今天开得不如她的姐妹品种更茂盛、更艳丽。她经受了一个曲折的过程。

科学文艺在我们中国也有了将近一个世纪的历史，在外国也有一、二百年的历史。如果我们如果我要再一次在你们"圣人"面前卖三字经的话，那我就把我这点可怜的知识唠叨几句。

据我所知，好像第一部科幻小说是诗人雪莱的夫人玛丽·雪莱写的（今天在座有一位英国留学生，是她的祖国）。后来，在美国有位很有才华，但精神有点不正常的作家，爱伦·坡。他写的一些小说很复杂，他既写了侦探小说最初的品种，也写了所谓惊险小说最初的品种，同时恐怕科幻小说也是最初的。他的小说充满了离奇的、荒诞的这样一些想象。这以后，就是法国的儒勒·凡尔纳，他把科幻的创作推向一个新阶段。接着还有柯南道尔，他不光写福尔摩斯，也写科幻小说《失去的世界》。后来，又出现了威尔斯等，一直到现在，有一、二百年的历史。

在中国，我觉得科幻小说至少有八九十年的历史。爱国的志士、启蒙主义先声梁启超先生，当他流亡在日本时，就翻译过儒勒·凡尔纳的科幻小说《十五小豪杰》的前十回。我们伟大的文化旗手鲁迅在他年轻时，在五四运动前曾用文言翻译过《月界旅行》，而且写了个《辨言》，对科学文艺说了几句很重要的话。他说科学小说"故掇取学理，去庄而谐，使读者触目会心，不劳思索，则必能于不知不觉间，获一斑之智识"。意思是说，文学要发展，必须跟科学结合在一起。这以后中国的科学文艺在一个很可怜的水平上缓慢的发展。二三十年代，顾均正先生写了一些科学幻想小说，我小时候看过。但我印象最深刻的，还是儒勒·凡尔纳的小说。当我还是小学五年级学生时，就得到一本《十五小豪杰》。当时我就下定决心要学习其中那些小豪杰，有朝一日要出去探险。后来我发现云南有个女作家季康，她现在年龄和我差不多，她在一篇回忆中，说她小时候看《十五小豪杰》，也受到了感染、鼓动，也想去探险。说明科幻小说在二三十年代，既有中国人写的，但更多的是移植过来的。

中国科幻小说的真正发展，是新中国成立以后。郑文光、叶至善等同志开始写作，以后又有萧建亨、童恩正、叶永烈等同志，这些科学文艺的先行者。在天津有个迟叔昌，我认识他，写过《大鲸牧场》。他的儿子就是今天的获奖者迟方。他的妈妈是个翻译家，也翻译过科幻小说。

在五十年代，我们出版界非常珍贵的一个贡献，就是儒勒·凡尔纳的大部分作品译成中文，作为一种通俗读物出版。它的主要责任编辑就是我们非常尊重的老出版家黄伊同志。仅仅为了这个，我觉得中国的广大青少年应该感谢这些老一代的作者和编辑。是你们把科学幻想这样一种文艺体裁移植到中国，并且使中国产生了自己的科幻文学。

粉碎"四人帮"以后，我们知道像刘兴诗等都开始写作，一时之间，科学文艺作品蔚然成风。当时有许多刊物发表这样的作品，而且包括我们中国作协最有权威的《人民文学》大型文学期刊也都发表科幻作品。比如童恩正同志的《珊瑚岛上的死光》，而且责任编辑就是我们今天在座的王扶同志。为了这一点，童恩正同志也应该感谢王扶同志。《人民文学》也作了一点努力，使这篇作品成为获奖作品。科学文艺在全国小说评奖中，获奖的就这一篇，非常遗憾。

大家知道，由于某种不言而喻的原因，科学文艺的作者和作品莫名其妙地遭到了一些批评。我们不否认，在当时的科学文艺作品当中，确实出现了一些质量不高、粗制滥造、趣味比较低级的作品，甚至写了一些不该写的。如过分地宣扬暴力、恐怖，或者说接近于色情的这样一些东西；而且有些影射我们社会的发展的东西，但是不应该遭受到那么一场严重的批判，（而且）是自上而下发动的。童恩正同志说了一句话非常深刻，就是说，遭批判的文学品种很多，但没有听说哪个品种，因为一场批判而整个地中断了好几年。电影经常挨批，不管怎样批，中国的电影照拍。但科学文艺作品在那次批判以后，我个人感觉叫作一蹶不振，这个队伍叫作溃不成军，阵地叫作逐步失守。在舆论上，科学文艺竟然让"精神污染"变成它的共名，这令我非常遗憾。爱因斯坦讲了深刻的话：没有幻想，就没有科学。任何科学的发明和创造，在人的头脑中，如果没有一种创造性的想象、一种幻想，就不可能启发他的逻辑思维。如果中国和希腊神话没有一些像"夸父逐日"这样的类似的传说，春秋战国时的公输班制造的一种木鸢，也没有后来很多人想发明飞机。大家也知道这样的故事，凡尔纳写了《海底两万里》，发明潜艇的西蒙莱克自己就承认他受了凡尔纳小说的影响发明的。第一次驾驶飞机横越北极的是拜特，当人们祝贺他的时候，他说：你们不要祝贺我，你们应当先祝贺儒勒·凡尔纳，是他启发了我做了这次飞行。儒勒·凡尔纳绝对不是一个科学家，但是在他的科学幻想中，确实也能引起实际上的科学发现。当然，这不是科学文艺的主要功能，我们绝不是说，要把你的小说必须写成日后能够发明创造出的幻想，但至少我们不能否认，有这样一种实际的成功的现象。

因此我觉得科学文艺，包括科学幻想小说，应有以下这样几个不容忽视的重要功用和职能。简单地说，科学文艺绝对不应加以轻视，不仅因为它拥有大量的读者，而且因为它具有以下我归纳的几项社会功能。

第一，我认为它可以使广大读者，特别是青少年一代对于科学感兴趣，一种强烈的兴趣。

第二，也是它最主要的功用，是它可以培养读者，特别是青少年读者那种活跃的想象力和精密的思辨力。爱因斯坦说：想象力比知识更重要。列宁说：幻想是种可贵的品质。郭沫若在去世前不久也说：有幻想才能打破传统的束缚，才能发展科学。所以，幻想和想象是可贵的，往往是幻想在前，实际行动在后。1964年，美国的克拉克发表了一篇《太阳帆船》的科幻作品，提出利用太阳能的可能性。没有多久，美国的宇航局就真正着手研究星际航行中的太阳能利用问题。由此可见，科学幻想作品有时候真能引起一些发明。即使不能引起发明，但它激发起读者，特别是青少年的幻想、想象这种最可贵的品质。

第三，我认为它可以激发读者，也特别是青少年的那种勇敢的气魄和探险的精神。科学幻想小说的一个重要的传统主题就是探险。很多人无论是到海底，到星际空间，还是到深山老林，以至更荒僻的角落——这种探险从来都是，并且今后还是科学幻想的一种重要题材。

探险具有一种神秘的、奇巧的、惊险的美学价值。传统的美学范畴不外乎是优美、刚柔、悲喜、崇高、滑稽等十来种。但现在我的一个研究生就正在写篇论文，他认为所谓惊险、奇巧也是一种审美范畴。惊险给人带来的心理活动也是一种美感。当我们看到杂技演员在难以想象的高难度上做了一个动作，成功了，我们为他鼓掌时，我们得到的是一种审美的感受。所以，勇敢的气魄，探险的精神，都是人类所赞扬的、所歌颂的优良品德。科幻小说具有一种优越的条件去表现它。

第四，科学文艺还可以带给读者一定的思想、伦理、道德的教育。由于科幻小说主要是通过人物形象来表现的，它要塑造人物，塑造典型，那么它同样能够表现人和人之间那种美好的心灵、正常的关系、健康的情感、优良的伦理道德。你们看儒勒·凡尔纳的作品，他所写的那些无论兄妹去探险，还是几个朋友探险，甚至于互不相识的人在一处落难。这之间他虽然也写出了资本主义社会尔虞我诈、你争我夺的关系，并对此采取批判态度；但他歌颂的还是一种济贫扶危、患难相助、义勇豪侠、自我牺牲这样一些优良的品德、高尚的情操。假如儒勒·凡尔纳的作品没有这些，它便不会流行如此之久，不会到现在还拥有那么多的读者。所以现在有人说科幻小说是一种精神污染的代名词，你们就要拿古今中外很多优秀的科幻作品，它所塑造的美好心灵作为例证去说服他们，不是这样的，科幻小说照样能变成一种有很好的社会效果的作品。

第五，科幻小说还可以有一种非常新颖的、全面的认识功能。它可以使人认识到许多你不知道的、所谓未知世界和事物，大到许多星际空间、河外星系，小到构成一个人的生命的单元的分子、遗传密码，都具有认识的价值。科幻小说有广泛的领域去扩展，然后带给读者。

第六，科幻小说还可以给人带来一种消遣、娱乐的功能。优秀的，甚至不太优秀的小说，只要你写出了一种惊险、曲折、充满了趣味的情节，和其他的情节小说一样，给人带来一种消遣、娱乐的作用。因为任何人都有一种好奇的，甚至追求神奇的本能。

最后，科幻小说在一定限度之内，有时也可能给人带来一些真正的科学知识。我觉得科幻小说是用已经证实的科学定理，在这个基础上出发进行幻想而形成的小说，这才叫作科学幻想小说。既有幻想，又有科学，科学是一定被人们所认定的，承认的。离开这个基础，就完全叫幻想，不叫科学幻想……你在谈最基本的科学原理时，你要尊重现有的科学原理，这样才叫科学幻想小说，这是我一个门外汉的理解。

不管怎样说，科学文艺在读者之中具有不可忽视的地位和作用，因此我们要重视它。尽管它受到了一些冷遇，今天上午我讲过，我们要使灰姑娘，重新得到她应有的欢乐，应该让科学文艺这朵花在新时期文学的百花园中也能鲜艳开放。这个问题，上午我已经谈了意见，我会尽量地说服大家，来保证实现这样一种景象。

我在这最后的几句话，对在座所有从事科学文艺的同志提几点期望：你们要坚守你们现在的岗位，不管你们在客观上、主观上遇到多少困难，我希望你们不要放下科学幻想小说。上午有个年轻的得奖作者，他说，他得完奖之后，不想再写科学幻想小说，他还没有把话说死。他说正因为他登上科幻小说的飞船，他太熟悉它，所有的仪表、操纵杆，他熟悉了，因此他觉得他也真正知道了科幻小说的困难。我觉得，这正是你今后继续向前飞行的有利条件。你是学心理学的，心理学和科学幻想毫不矛盾，完全可以结合在一起。那么，我就要通过你，也向其他所有的人，发出这样的呼吁：

科学幻想的作家、作者们，希望你们登上科学幻想的宇宙飞船，向我们这样一个广阔无垠的银河系去驰骋、去飞行；像我们银河系几千亿颗星球一样，发出你们灿烂的光辉，照耀着我们中国新时期、更新时期的繁荣!

我祝大家成功。

谢谢大家。

导读:

本文是科幻争论白热化的时候,鲍昌在"银河奖"征文活动中发表的讲话。该讲话对提振科幻作家士气、在艰难时刻继续努力起到了积极作用。

面对中国科幻文学领域的争论,作家们一直希望他们的努力能够从组织和领导层面获得支持。但此前曾经听到和见到的,是当时主管单位领导同志对这个文类的指责,以及中国科协、中国作协试图清除作品中精神污染的会议。直到1986年5月17日中国作家协会书记处书记鲍昌发表这个讲话,科幻才真正等到来自上级组织和主管单位的支持。特别是鲍昌将中国科幻比喻为"灰姑娘",这一称呼在此后被反复征引。

鲍昌 (1930—1989),著名作家,历任天津师范学院中文系主任、副教授,天津作家协会副主席,中国作家协会书记处常务书记。著有长篇小说《庚子风云》(一、二部),中短篇小说集《动人的沉思》《祝福你,费尔马》,文学论著《一粟集》等。

20世纪80年代中国科幻小说经历了一个重大的繁荣时期，理论创新、创作探索以及由此引发的争论、批评都不断出现。此前，针对叶永烈《奇异的化石蛋》、童恩正《谈谈我对科学文艺的认识》等文章展开的争论异常激烈，其焦点就是对文类原有概念和作用的怀疑。由于中国当时正处在改革开放时期，工作重心正逐渐从阶级斗争转向经济建设，因此也有海外学者出于好心认为，在那个年代的中国发展科幻小说似乎不是当务之急，要把注意力放在更加实用的地方（见董鼎山跟杜渐的争论）。所有这些意见汇总到科幻文学领域，很快给刚刚出现的一个激荡的创新时代画上了句号。在这样万马齐喑的时刻，来自科学界、文学界的任何支持，都显得非常重要。

1985年四川《科幻世界》杂志和天津《智慧树》杂志共同举办了第一届中国科幻小说银河奖的征文，并于次年5月15—17日在成都召开了颁奖大会。中国科普作协理事长温济泽、中国作家协会书记处书记鲍昌等到会祝贺。他们分别在会上发表了重要讲话。我们在这里只选取了鲍昌的讲演。

鲍昌的讲演开宗明义地指出，必须要让科幻小说这个饱经风霜的"灰姑娘"得到应有的欢乐和幸福。在这样的欢快调子的引导下，作者从宇宙的宏阔、中国未来发展的需求、科幻对中国能够起到的作用等方面全面肯定了科幻作品的意义和价值。对四川省对科幻的投入，对在那样的时代能支持科幻发展的努力，他给予高度赞赏。在文章的最后，他对上午提出要放弃科幻、走下科幻飞船这一想法的年轻作家（指吴岩），给予了勉励。他指出，正是因为知道了飞船的难于操作，才让我们勇于登上这个飞船，让科幻之船腾飞。

本文的发表，对中国科幻领域产生了重要影响，作家们对此奔走相告，许多读者也从这里读到了未来的希望。虽然不同意见仍然很多，但来自中国作家协会的支持在那样的年代显得弥足珍贵。中国科幻小说银河奖则一直保留并坚持下来,这个奖励和《科学文艺》(后更名为《科幻世界》)最终成为推动中国科幻繁荣复苏的一个重要阵地,《三体》等重要作品也是从这里走向世界的。

鲍昌对科幻文学一直抱有较多关注。他曾经发表过针对郑文光科幻小说的一些评论,如发表在《小说界》1982年第2期的《把未来和现实放在一起考虑》就是这样的文章。80年代中期,鲍昌对科幻的支持也很快引起反对,其中既有理念层面的争议,也有组织人事层面的冲突。

(吴岩)

"灰姑娘"为何隐退?

谭楷

一个"灰姑娘"正从"舞会"上隐退。她就是1979年前后风靡一时的科幻小说。据统计,1980—1982年全国年平均发表200余篇科幻小说,而1984—1986年下降到40余篇。目前,可供发表科幻小说的成人报刊,也从20余家缩小到仅存的一家,即四川的《科学文艺》。

"灰姑娘"的隐退,并没有引起多少人注意。因为她缺乏持久的魅力,始终没有走进"舞会"的中心,去赢得众多的爱慕者。有人说:"怪读者。"中国人比较"务实",一听幻想二字就摇头,加之全民族的平均文化水平不高,科技不发达,目前还缺乏发展科幻小说的条件。有人说:"怪作者。"一般而言,中国作家大多缺乏科技知识,科技工作者又不太重视文学修养,这样,科幻小说的创作者少,作品也少。难怪"灰姑娘"瘦瘦巴巴,不讨人喜欢。

我认为,还是应该研究一下"灰姑娘"本身。

中国科幻小说,首先应该是姓"中"。不少作者并不熟悉外国生活,却热衷于写外国的人和事。粗看花哨,再看乏味,细看太假。其实,科幻小说创作也有个熟悉生活和从生活出发的问题。郑文光是天文学家，他的科幻作品大多与宇航和天文有关；童恩正是考古学家，他的作品常以古庙、考古现场为背景；叶永烈毕业于北京大学化学系，熟悉自然科学，他的科幻小说常以科学家为主人公。他们的成功之作都是写中国的人和事。

其次，"灰姑娘"长得不丰满，与她所肩负的"担子"有关。苏联科普作家伊林提出的"用文艺普及科学知识"的创作原则，在我国通行了三十多年，它对科普创作有一定意义，但用这种模式指导我们的整个科学文艺创作，就不那么合适了。

"灰姑娘"不应该承担，也承担不了普及具体科学知识的任务。科学的发展日新月异，一旦知识过时，小说也过时了。这和过去某些图解具体政策的文学作品一样，政策一转变，作品就过时了。

当代的科幻小说不仅仅要描写科学技术本身，而应该更广泛地表现时代、社会和人的思维在科技革命浪潮下的演变，勾画一个即将到来的、激动人心的时代。杨振宁博士说，没有哪一个科学家是通过看科幻小说来学习科学知识的，但科幻小说的确能开拓广阔的思维空间。儒勒·凡尔纳的小说描写了乘炮弹去月球旅行。这种在人们看来是荒诞不经的奇想，却启发了苏联宇航事业的奠基人齐奥尔科夫斯基去研制现代火箭。"潜艇之父"西蒙·莱克称"凡尔纳是我生命的总导演"。克拉克的小说《太阳风帆》提出了利用太阳风去推动宇宙飞船的幻想，启发了美国宇航科学家，引起了美国宇航局的注意。像《星球大战》《E.T.》《日本沉没》这样在国外引起轰动的科幻电影，可以说没有多少科学意义，也没有很大的文学价值。但为什么大家喜欢？因为它很勇敢很大胆地幻想。专门从事研究中国科幻小说的英国女学者艾丽丝说："我看中国的某些科幻小说缺乏大胆的幻想。如果让西方人读，他会认为不能算真正的科幻小说。""灰姑娘"压着科普重担，不可能海阔天空地任意驰骋，变成了"有科无幻"的科学解释小说。所以"灰姑娘"要赢得众多的爱慕者,最重要的是她应该从某种模式中解脱出来,充分展示她动人心魄的魅力。这魅力,就是勇敢的幻想。这幻想或许不尽科学,却能激发创造力,引起发明创造。这就是科幻小说最主要的价值。

爱因斯坦说得好:"想象力比知识更重要;知识是有限的,而想象力是无限的。"毫无疑义,今日中国尊重知识、尊重人才的风气正在形成。但许多人还没有认识到"想象力比知识更重要",没有认识到想象是产生一代科学巨人和大发明家的必要条件。

八十年前,鲁迅就认为,中国应当提倡科学小说。今天,四化建设这样一个好的气氛为科幻小说创作创造了良好的条件,中国应当产生儒勒·凡尔纳、威尔斯、爱伦·坡和阿西莫夫、海因莱因那样的科幻小说大师。我们不能一等再等,等到鲁迅的话讲过一百年之后,中国的科幻小说仍是一位可怜巴巴的"灰姑娘"。

导读:

本文发表于1987年6月20日《人民日报》,是科幻小说被视为"精神污染",从出版和报刊上受到限制之后发表的呼唤这类作品回归的文章中比较有名的一篇。

谭楷,本名胡世楷,1943年出生于四川省中江县,1963年大学毕业后在国防科委微电子研究所工作十六年,1979年春参与创办的当时中国唯一的科幻期刊《科学文艺》（后来更名为《科幻世界》），历任编辑、副主编、总编，2007年获"中国科幻银河奖终身成就奖"。著有报告文学《孤独的跟踪人》《大震在熊猫之乡》和小说《西伯利亚一小站》等，作品多次获奖。

  作为一个科幻期刊的负责人，看到科幻文学在整个社会的全面衰落，作者心中的焦急感是可以理解的。但他没有将科幻的低潮归罪于政策和管理，而是集中力量讨论作品创作方面的不足，这反映出中国科幻从业者的高度自觉与自省。作者自始至终本着如何让科幻文类重新兴盛这个主题，就中国化（或称本土化）不够、科学性强调过分和文学性（或称想象力）不够等几个方面的重要原因进行了较多阐述。

  在强调科幻小说必须中国化方面，作者指出了不熟悉外国生活却热衷于写外国的致命问题，认为这些作品"粗看花哨，再看乏味，细看太假"。这是对当时一些跟风创作或者一味被外国科幻所驯服的一类作者的很好批评。严格地讲，中国科幻作品中把外国生活当成原型或者临摹对象来创作，不是从新时期开始的。早在晚清到民国，这种现象已经出现。由于各国发展的时间差距，中国的现代化过程相对较晚，在比照同时代各国情况的时候，把国外的现实当成中国的未来的写法并不罕见。王富仁教授甚至认为，这种时空转换其实是后发达国家所必然发展起来的一种形式。但是，在新时期也确实出现了一批对科学技术现状没有了解，盲目以想象的国外生活为内容的作品，恰恰是这些对国外的生活只了解皮毛，或者本身就是在想象的作家的作品，让科幻小说失去了应有的创新魅力，堕入了廉价的"洋车洋房""美女间谍"模式。为此，作者提出要向郑文光、叶永烈等作家那样，扎根本土科学与文化现实进行写作，才能创作出优秀作品。

  但与此同时，作者也特别提出，中国科幻小说给文类强加的科普任务，已经成为一种负担。科幻作品如果聚焦现有科技，那么一旦技术发展或者政策改变，这种作品必然会首先过时。当然，有人可能认为，不写现有科技可以写未来科技，而未来科技所依赖的，当然是想象。由此，作者自然而然地将想象力置于了这类文学的核心地位。强调想象力不但引导科学，也必须或者必然引导科幻。想象力是科幻的核心旨归。

1983年6月2日，敏锐地感到科幻热正在消退的《文汇报》发表馨芝的文章《科幻小说为何少了？》，从学生阅读抽样中扎扎实实提出科幻消亡的存在。这可能是那一轮科幻衰落的最早"吹哨人"之声。但是，这篇文章并没有引发多少关注。而谭楷的《"灰姑娘"为何隐退？》，借用了安徒生童话中灰姑娘的隐喻，又通过《人民日报》传播，因此深入人心。1987年10月26日，姜云生也在《人民日报》发表《展开科幻的翅膀》，回应谭楷的文章。接下来到12月11日，叶永烈发表《韩素音关怀"灰姑娘"》，继续回应。叶永烈还在1988年4月2日的《文汇报》发表《"科幻热"为什么迅速消退？》，从五个方面讨论科幻衰落的原因，这五个方面是科学气氛日渐削弱、来自科学界的苛刻批评使作者们寒心、文学界的不重视、中国科幻小说缺乏力作、过多的行政干预。

把科幻小说当成一个"灰姑娘"，最早是鲍昌在参加第一届银河奖会议时提出的。但这个隐喻的广泛流传，跟本文有着密切关系。吴岩也曾在《科幻文学论纲》（2011）中用"蝙蝠、怪鸟和灰姑娘"为题，回顾了与科幻小说相关的隐喻的生成。

（吴岩）

站着说话的新生代

星河

这似乎已经成为一个约定俗成的规则了——不在本行业里随便说三道四，除非你在这一领域已获得了一个举足轻重的地位。当然，简单的颂扬式评述不在此例，比如说赞美这一事业的性质如何如何崇高，讴歌这一举动的社会效益如何如何显著，以及夸耀这一行中从业人员的素质如何如何优秀，等等。

不过在如今这样一个色彩纷呈、话语多元的时代，要想再做到这一点已经很难了。总要有人说话，总会有人说话。至于说出的话来是否客观、是否正确，那是另外一回事，但是发自内心的评价总是有的。

首先想说两点。

第一，是科幻文学与儿童文学关系的问题。

在科幻读者面前，谈这个话题似乎显得有些滑稽。真正的科幻迷都已经长大，应该没有人再把这一独立的文学种类视为儿童文学。但事实上，在文学评论当中，在大学课本当中，在各类文学艺术工作者的心目当中，甚至在不能被称为科幻迷的潜在读者当中，科幻始终属于儿童文学——而且仅仅是儿童文学中的一支。

我无意贬低儿童文学,要想写好儿童文学实际上是一件非常困难的事情,事实上我对儿童文学的看法恰恰等同于北欧学界的认识——在一个盛大的宴会上,如果介绍一位作家到场,全体鼓掌;如果介绍一位儿童文学作家出席,全体起立鼓掌!因此儿童文学在我国的地位问题,并不是我不喜欢把科幻归入其中的原因。

第二,是科幻文学与通俗文学关系的问题。

基于上面的原因,有时候我宁可对外声称自己为一名通俗文学作家,免得让读者误读了儿童文学的概念。当有人对我提及港台通俗文学的三大支柱正是"武侠、言情和科幻"的时候,我也只得无可奈何地接受。其实我心里还是很不舒服的,因为我所理解的科幻与那两个地区所流行的概念完全不同。

同上面的道理一样,在认可通俗文学经济效益的同时,否认它的社会价值是没有意义的。所以我并不是像躲避穷亲戚一样躲避通俗文学的秋波,问题是这的确不是一桩完美的婚姻。

我认为这里有概念不清的误区。同样是文学,被划分为儿童文学和成人文学、通俗文学和纯文学,那么同样是科幻文学,是否也同样应该被划分为儿童科幻文学和成人科幻文学、通俗科幻文学和纯科幻文学呢?划分的角度不同,得出的结论自然不同。以读者对象为标准的划分,不能代替作品形式与文学题材的划分。是不是有人要告诉我,凡是以现实生活为题材的写作就都是纯文学创作?

为什么会使文学界和文学评论界产生上述两方面的错觉呢?问题还是出在我们自己身上。一个重要的原因,就是科幻作者的文学功力确实不够。在不少新生代科幻作者的笔下,有时候 20 岁乃至 40 岁的主人公的思想往往是那么的幼稚可笑,他们的言谈举止又是那么的天真可爱。而有些科幻作品——不客气地说——又通俗到了比火车杂志还要通俗的地步！——这就未免过于离谱了吧？

现在就可以谈到有关科幻概念的问题了。说得夸张一点儿，这也许是我所见过的最色彩纷呈、最五花八门因而也最混乱、最多样、最容易产生争执、最容易各立山头、最容易针锋相对及至面红耳赤大打出手的文学概念。而这种没有明确概念的后果，很可能会使一个写作科幻多年的人都难免对科幻文学本身感到模糊，对自己坚守的阵地产生怀疑，对自己高举的旗帜发生动摇，最后堕落成为一名文化垃圾的制造者。

概念不清的原因是多方面的。毋庸置疑，作者所张扬的观点经常是以自己目前的状况为出发点的。说几句得罪一片的话，科幻讨论经常给人这样一种感觉：大力提倡科幻作品中文学性的作者往往缺乏必要的科学知识，向文章中大量充填知识硬块的作者常常在文学修养方面有所欠缺；而这两方面都不具备的作者，则用一个"追求人性"的动宾词组就把上述两点都遮掩过去了。——平心而论，文学性、科学性和"追求人性"对于科幻来说的确十分重要，甚至可以说是最重要的几个方面，但是在某些环境下被某些作者这么一说，却难免有一种辩解的味道。在此顺便补充一句，以上以下的尖锐批评时刻也没有把我自己刨除在外。

曾经一个时期以来，理想和追求被耻笑得没有了丝毫的地位，但是人们终于发现，神圣的东西终究还是神圣。因而在所谓新生代科幻作者群中，有理想有追求者还是大有人在的。我由衷地赞美这种追求，但同时，我也认可从宏观上将科幻划归通俗文学这样一种无可争辩的事实。然而，在纯文学杂志纷纷竭力降低格调以求生存自保的同时，科幻界却有可能清高地谈论所谓科幻品位的提高，这似乎不是一种简单的形式上的反动，而是由千万读者趣味所建构的良好环境所促成的。

所以我们无疑是在站着说话，腰疼暂时还不属于我们。80年代是纯文学界最得意的美好时光，因为在那个时候，作家们不必为自己作品的销路而忧心忡忡，他们的文学想象力和创造力被弘扬到了一个极大的高度。而今天的科幻界，恰恰有着这样一种为机遇所垂青的良好势头。

品位的提高，是否就意味着可读性的丧失？或者说受众的趣味，是否就是我们曲意迎合的理由？在这场有可能失败的尝试中，我们应该如何减少冒险？中国科幻的道路，能否在我们这一代继续拓展？

我们究竟缺乏什么？

理论。

丛林中的游击队员们亲密无间，同甘共苦，但是行事没有规则，胜利难以保障。理论的匮乏使我们缺乏指导，规则的变幻令我们无所适从，因而混乱迟早是会发生的，我们很难为虚无而战！因此——

是建立一套中文话语的科幻理论的时候。

是时候了。

导读：

新生代是新时期科幻文学领域培养起来的第一代人。此前，参加创作的作家主要来自"文化大革命"前已经开始写作，或者在 20 世纪

50到60年代作品环境中孕育的一代人。他们的创作理念更多停留在凡尔纳和苏联科幻的时代。但随着70年代末到80年代初对西方科幻的译介，以及国内蓬勃发展的新创作和新理念的影响，新的一代作家展现出与过去非常不同的特色。进入20世纪90年代，以《科幻世界》杂志为主要阵地，新生代作家崭露头角，并成为科幻创作的主力军。这些新作家的专业背景和年龄阅历各不相同，创作理念与风格多样。同时，他们之间也积极相互通过写信、创办同人刊物、碰面聚会和网络讨论等方式建立联系，辅助形成了活跃的科幻迷文化。

新生代的代表人物包括王晋康、何夕、杨平、凌晨、柳文扬、赵海虹、刘慈欣等。星河既是"新生代"中最多产的作家之一，也是这个群体的代言人。星河（1967—　），本名郭威，生于北京，1991年开始从事科幻创作，1997年成为北京作协合同制作家。除科幻与科普创作之外，还从事科幻评论、科幻编辑与影视策划等工作。2001年，他主编的《中国科幻新生代精品集》（山东教育出版社，2001年）收录了20世纪90年代最有代表性的一批新生代作家的作品，在事实上建立了新生代的文化里程碑。

本文是星河的代表性言论，首发于《科幻时空》（第二辑）（新蕾出版社，1999年10月），重发于姚海军主编的科幻同人刊物《星云》（2000年第1期）。文中谈到了彼时科幻圈反复争论的一些问题，包括科幻与儿童文学、通俗文学之间的关系，以及科幻的定义等，行文风格带有强烈的"圈内论辩"的色彩。星河没有对这些问题给出明确的解答，而是在文章结尾提出一个核心议题，即"建立一套中文话语的科幻理论"的迫切性。

由于中国科幻发展历程的特殊性，理论研究一直极为薄弱。20世纪80年代以来，旧的"科普式"创作模式已被打破。伴随90年代大众文化的繁荣、媒介和信息的发展，新生代作家们的创作呈现出极为丰富驳杂的面貌，其创作理念也大相径庭。正如吴岩在《中国科幻新生代精品集》序言中所说："这些人具有与前人完全不同的科幻理念，他们对老评论家们津津乐道的'科普'毫无兴趣，对老作家们津津乐道的'文以载道''负起道德和社会的责任''用科幻小说反映社会和人生''进入主流文学'颇不以为然。写作对于他们，常常是一种消遣，是一种个人化的自我超越。他们以为，科幻小说是为自己写的，是为科幻文学本身写的。除此之外，任何一种看法，都可能是创造力的桎梏。"他还认为，新生代作家"多数情况下，他们能说出自己'不是什么'，却说不出自己到底'是什么'"。

吴岩的评论也并不都很准确。因为此时作家们并没有放弃对曾经出现过的许多争论的讨论，通过创作提出自己的观点。这些争论包括"软科幻与硬科幻""文学性与科学性""儿童化与成人向""市场化与精英化""洋故事与民族化""女性科幻"等。当然，他们的作品受限于个人经验和主观印象，往往难以得到深入展开。星河的文章也准确点出了新生代所面对的境况和挑战，以及亟待解决的任务。

近年来，新生代作家中的许多都已经独立发展，建立起全新的生态。与此同时，更新一代的作家也在这个行业中茁壮成长，新生代的提法逐渐淡化，还有被改用于其他人群的现象。

（王瑶）

消失的溪流

——20 世纪 80 年代的中国科幻

刘慈欣

科幻界有一种被大家默认的看法：中国没有自己的特色科幻，中国科幻只是西方科幻的模仿。在目前，这种看法也不是全无道理，但从历史上看就不正确了：中国差一点就培育出自己的科幻，但我们对这段历史全然不知。

这事发生在 80 年代初。

先请看以下作品：

一、《壮举》：从南极大陆拖运冰山，以缓解非洲干旱。（郑平，发表于 1980 年）

二、《XT 方案》：仍然是拖运南极冰山，但是用其制冷以消灭台风。（黄胜利，发表于 1980 年）

三、《吐烟圈的女人》：使城市中大型烟囱像吐烟圈一样排气，这样烟气环可以上升到高空并飘得很远，不会污染城市空气。（80 年代初发表于《科学文艺》，作者不详）

四、《甜甜的睡莲》：利用麻风病细胞的侵蚀性和癌细胞的速生性进行整容手术。（鲁肇文，1981 年发表于《科学画报》）

五、《牧鱼》：使用电子网，用在草原上放牧的方式在大海中放鱼。（赵玉秋，发表于 1980 年）

……

还可以举出许多那个年代这样的作品。现在看这些作品，如同从憋闷的房间中来到原野，一种清新惊喜的感觉扑面而来。这种类型的作品在当时大量涌现，形成了 80 年代初中国科幻的一条支流。遗憾的是，这些迷人的小说即使在当时也几乎不为人知。这些小说有以下特点：

一、幻想以当时已有的技术为基础，并且从已有的技术基础上走得不远。这些小说中描述的技术设想，即使在当时，如果投入足够资金的话真有可能实现，至少有理由进行立项研究。如《吐烟圈的女人》，这是一篇最能代表这类小说特点的作品，它所描写的技术设想，笔者 90 年代初亲眼见到在日本的火力发电厂成为现实。

二、技术构思十分巧妙，无论与历史上还是同时代的作品都极少重复，很多本身就是一项美妙的技术发明。

三、技术描写十分准确和精确，其专业化程度远远超过今天的科幻小说。

四、作品规模很小，如《吐烟圈的女人》，只有三千到五千字。大多以技术设想为核心，没有或少有人文主题，人物简单，只是工具而已，叙述技巧在当时也是简单而单纯的。

我不知道该如何称呼这些小说，可以叫它们技术科幻、发明科幻等，但都不能确切表述它们的特点。我们应该关注的一点是：作为一个整体类型，这样的科幻小说在世界科幻史上是第一次出现。它们有些像凡尔纳和坎贝尔倡导的小说，但它们更现实，更具有技术设计的特点。同时在写作理念上也同前者完全不同：这些作者是为了说出自己的技术设想才写小说的，看过那些小说后你会有一种感觉：那些东西像小说式的可行性报告，他们真打算照着去干！可以毫不夸张地说：这是中国创造的科幻！

吴岩老师曾经回忆过 50 年代中国科幻的燃情时代，本文所述的科幻也有它产生的历史背景。那时，浩劫刚刚结束，举目望去一片废墟，无数人在默默地舔着自己的伤口。

但在人们眼中，未来的曙光已经显现，虽然在现在看来，他们看到的曙光很大部分只是天真的幻影。但那时的天真已不是那之前的天真，燃情时代已经过去，也不会再来了。

那时，对新时代的思考还没开始，人们坚信，创造未来的奋斗虽是艰难的，但也是简单的，他们立刻投入了这种简单的奋斗，希望在所剩不多的时间里，为国家和自己创造一个光明的未来。那时，大学中出现了带着孩子的学生，书店中文学名著被抢购，工厂中的技术革新成了一件最了不起的事情，科学研究更是被罩上了一层神圣的光环。科学和技术一时成了打开未来之门的唯一钥匙，人们像小学生那样真诚地接近科学，接近技术，他们不知道证明哥德巴赫猜想能给生活带来什么，但他们为此激动，只因为这是哥德巴赫猜想。人们并不知道科学和技术如何创造未来，只有一种现在看来十分幼稚单纯的想象。他们的奋斗虽是天真的，但也是脚踏实地的，中国科幻的这道支流就是在这样的情境下出现的。

一提起 80 年代的中国科幻，人们就想起了童恩正、叶永烈、郑文光等老一辈作家，但他们的作品并不是纯 80 年代的产物，而是"文化大革命"前五六十年代的余光（甚至很多作品就是写于那时）。由于老一辈作品的强大的影响和艺术力量，真正的80年代科幻没有引起人们的注意。

但这个支流没有成功的主要原因还在于它们本身的致命缺陷。如前所述，它们在艺术上十分粗糙，在可读性上吸引不了低层次读者，在文学性上对高层次读者更是不值一提，所以它们最终只能被技术型的科幻迷所接受。另外，它们大多题材太小，没有震撼力。即使像《壮举》和《XT方案》这样的大题材也没写出应有的气势来，所以总给人一种小品的感觉，这都是这股溪流消失的原因。

回顾中国科幻这段不为人知的历史，带给我们很多的思考。我们的科幻在那时曾经进行了轰轰烈烈的奋斗，我们总应该从这段历史中得到些什么。对80年代的中国科幻，特别是那时的科幻思想，我们大多持一种否定态度，认为它扭曲了科幻的定义，把它引向了一个不正确的方向。这种说法至少部分是不准确的。建立在科普理念上的作品只能说是科幻小说的一个类型，并不能决定它就是低水平的作品。阿西莫夫的很多作品都是建立在科普理念上的，克拉克也一样，甚至像《2001》这样的顶峰之作，其中也有相当的科普理念和内容。更准确的说法应该是：80年代中国科幻类型太单一了。但这种单一在我们今天并没有什么改观，只是形式变了。就是今天的西方科幻，也并非除了新浪潮就是Cyberpunk。比如1995年有一篇美国科幻小说，罗伯特·西尔弗伯格的《岩浆城的酷热日子》，描写一群接受劳教和戒毒的流浪汉用水龙头阻挡火山岩浆保护城市的故事。这篇东西，即使放到我们的80年代，手法和风格也是传统和平实的，却经过严格的评选，被收入《1995年美国最佳科幻小说集》，评论者认为：出自科幻小说领域几大天才作家的有影响的小说中，很少有像这篇这样给人印象深刻的。同时，美国科幻在理念上也没有完全抛弃过去，这几年美国仿古作品的大量出现就是证明，如史蒂芬·巴克斯特的《哥伦布号》（模仿凡尔纳）和《时间之舟》（模仿威尔斯），代夫·沃尔夫顿的《一个贫瘠之冬后》（模仿杰克·伦敦和威尔斯）等，这些小说都得到了很高的评价。

我并不主张现在的科幻都像那个风格，但至少应有以科普为理念的科幻作为一个类型存在，在这个类型中，科普是理直气壮的使命和功能。要让大众了解现代科学的某些领域，可能只有科幻才能做到。科幻小说向神怪文学发展，被人冠以向主流靠拢的美名；而来源于科学的科幻向科普倾斜却成了大逆不道，这多少有些不公平。

更重要的是，如前面提到，那是中国自己的科幻，它的产生有深刻的原因，我们应该从中吸取有用的东西。大家一直在为中国特色科幻努力，但却对曾出现过的地地道道的中国科幻全然不知，这是可悲的。现在那些所谓的中国特色科幻，用科幻来改造历史和神话，结果出来的东西比真实的历史和神话更乏味。难道中国只在几千年前的过去有特色？看看美国特色的科幻，每个细胞中都渗透着现代美国的文化价值观和生活方式。

我们呢？几千年后的历史学家从出土的残书断简中，能看出现在这些小说是我们时代的产物吗？我们是怎么把这个时代中国人的幻想留给后人的？

这段历史，要在西方，他们会在科幻史中大书特书的，但我们却把它完全遗忘了。那些作者已完全淹没于时光之中，他们默默地来默默地走，全然不知他们已创造了一种世界科幻史上首次出现的真正的中国科幻。翻着这些发黄的书页，我感慨万千，我回忆着自己在停电的寒冷的学校宿舍中，在烛光下一字一句读那些小说的情景。现在我写的《地火》，就是模仿那些小说的风格，其中很大的愿望就是想让读者看看那支已消失的溪流是什么样子，并向那些不知名的科幻前辈致敬。

导读：

本文是全面展现新生代作家创作和思想的一篇重要文献。

新生代科幻作家的崛起，以及新生代之后中国科幻进入全新的繁荣，以《科幻世界》的行业引领以及《三体》三部曲的成功为标志达到高潮。但来自新世纪成功的作家的创作实践，到底与之前的中国科幻发展有着怎样的关系？本文是展现这种关系的重要文献之一。

刘慈欣（1963—　），祖籍河南省信阳市罗山，山西人，高级工程师，中国科幻小说代表作家之一。20世纪70年代末开始科幻写作，90年代末开始发表科幻作品。1999年至2006年蝉联中国科幻小说银河奖，长篇小说《三体》三部曲被普遍认为是中国科幻文学的里程碑作品。《三体》第一部于2015年8月荣获第73届世界科幻大会颁发的雨果奖最佳长篇小说奖，为亚洲作品首次获奖。作为中国科幻文学的标志性作家之一，刘慈欣对科幻的文体风格和审美特征有自己独到的理解。

《消失的溪流——20世纪80年代的中国科幻》最初刊载于《星云》2000年第2期。在文章成稿的年代里，中国科幻已经经历过从鲁迅倡导的科普时期到新时期早期金涛、魏雅华、郑文光、叶永烈等创建的社会化时期。作为一种文学，科幻作家们强调加强社会批判性，更多反映现实的努力，使得整个科幻文学更受社会重视，也受到了一定程度的文化打压。在这样的时候，对80年代出现的那些以科普为核心的作品，整个科幻界是呈现出批判态度的，认为这类作品的思想内涵不够，不应成为科幻作品的重要典范。但刘慈欣的看法与此强烈不同。在这篇追忆文章中，他回忆了一些给自己影响深刻的科普型科幻小说，认为此类作品着意展示技术构想的精确细节，彰显其基于现有技术的可操作性，作为一种"小说式的可行性报告"的创作方法，无疑是值得肯定的。这个判断令整个科幻界惊叹不已。

当然，阅读刘慈欣的科幻理论文章，也要结合他本人的创作实践。1999年刘慈欣刚刚在《科幻世界》上发表了四篇小说，其中《带上她的眼睛》获得了当年银河奖的一等奖。在《筑起我们的金字塔——由银河奖想到的》（《星云》2000年第2期）一文中，刘慈欣坦言这四篇小说之间有一个明显的分水岭：《鲸歌》和《带上她的眼睛》是考量杂志发表和读者口味之后的选择，而更早创作的《宇宙坍缩》和《微观尽头》则体现了他自己对科幻的理解和偏好。因此，从本文对"技术科幻"的态度里，不难看出刘慈欣本人在这一时期的美学追求：以科学想象为内核，热衷技术细节的精准与可行，不拒斥作品的科普功能。这是他肯定80年代及更早之前中国科幻发展的内在原因。

在认可早期科幻小说中具有质感的作家的同时，刘慈欣也提出了对仓促进入这个领域，草草搭建科幻构思的作者的批评。他认可技术细节的创新是中国科幻独有的风景，代表了中国科幻的中国性，但也反对那些草草地"用科幻来改造历史和神话"的创作实践。

刘慈欣的科幻创作实践兼收并蓄：一方面他受到80年代后期社会派的影响，在作品中强化社会意义和宇宙深度；另一方面他不忘中国科幻文学的初心，在科学细节方面做得更加精到。所有这些都奠定了他后来的成功。他的这篇文章，也成为他不盲从社会风潮，保持独立思考和创作的一个表现。

（郭伟）

SF 教

——论科幻小说对宇宙的描写

刘慈欣

目前中国科幻缺少很多东西，其中有一样从未被人注意和提及，但极其重要。

中国科幻缺少宗教感情。

首先声明，本人是个坚定的无神论者。同时我们深知，科学和宗教水火不相容，科幻和宗教想来也是如此了。但有学者认为，现代自然科学之所以诞生在西方，同西方文化中浓厚的宗教感情有关。这是一个用压死人的巨著也说不清的题目，在此就无力深究了，只谈科幻中的宗教感情。注意，这里谈的不是宗教，而是宗教感情，它不是对上帝的那种感情，它是无神论的，也没有斯宾诺莎什么的那么复杂。

科幻的宗教感情就是对宇宙的宏大神秘的深深的敬畏感。

请看以下两则描写，其一是描写警察在星际追捕罪犯：……警务飞船紧咬着走私飞船，掠过了一个又一个星球。每经过一个星球时，走私飞船船长都仔细观察星球的地貌，他急切地想找到一个地形合适的星球降落，同追击者决战，但一直找不到，只好回头看看越逼越近的警务飞船，咬紧牙关继续向前飞去……其二是描写两艘以光速几分之一飞行的巨型星际飞船的迎面相遇：……"他们刚刚同我们错过去！"XX号飞船上的领航员大喊，飞船驾驶员闻声猛地把操纵杆向回一拉，XX号一个筋斗翻过来，转向180度，向那艘飞船追去……以上两个情节都是来自国内的科幻小说（大意）。前者给读者的印象是，宇宙比警匪片中的小镇子大不了多少，太空中的星球也就像小镇路边的一家家商店似的；后者使读者觉得，以光速级速度飞行的恒星际飞船的行为同大街上的出租车差不多。在这样的描写中，作者对宇宙的宏大是麻木不仁的。并不是说这样的描写完全不可接受，这样的情节在许多世界名篇中也时常出现，如《星际侦探》等。对于这些寓言式的小说来说，宇宙只是一个发展情节的工具。但科幻的主要魅力不在于此。

一艘巨大的宇宙飞船，在漆黑寂静的太空中飞向一个遥远的目标，它要用两千年时间加速，保持巡航速度三千年，再用两千年减速。飞船上一代又一代的人出生又死去，地球已经成了上古时代虚无漂渺的梦幻，飞船上考古学家们从飞船沧海桑田的历史遗迹中已找不到可以证实它存在的证据；那遥远的目的地也成了一个流传了几千年的神话，成了一个宗教的幻影。一代又一代，人们搞不清自己从哪里来；一代又一代，人们不知道自己到哪里去。大部分人认为，飞船就是一个过去和将来都永远存在的永恒世界，只有不多的智者坚信目的地的存在，日日夜夜地遥望着飞船前方那无限深远的宇宙深渊……这是多部西方科幻小说的主题。在这样的描写中你感到了什么？是宇宙的深远广漠，还是人生的短暂。也许，你因此以上帝的眼光从宇宙的角度远远地俯瞰整个人类历史，你感慨地发现，我们的文明只是宇宙时空大漠中的一粒微小的沙子。

人们可能会认为，科幻小说中描写的超光速航行和时空跃迁技术必然会使宇宙在感觉上变小，就像飞机和现代通信网使地球变小一样。这是对的。如果超光速技术真的可能，也许宇宙有一天在人类的感觉中只是一个村庄,就像今天的地球村一样。但我们是在谈小说,想一想,有两篇小说,一篇是描写哥伦布在茫茫的大西洋上,怀着巨大的恐惧和渺茫的希望寻找梦中的新大陆,另一篇描写一个公司职员乘飞机从巴黎到纽约的出差旅行,你想看哪篇?同时,地球在实际上并没有被缩小,广阔的大地和海洋依然存在,现代人还在通过徒步旅行和美洲杯帆船赛,体验着古代人类在这个星球表面跋涉那种浪漫的刺激。在目前大部分人还不能飞出大气层时,科幻小说没有理由把宇宙缩小成村庄。更重要的是,即使在超光速时代,宇宙作为一个整体,仍充满着巨大的神秘和震撼力。

弗雷德里克·波尔的小说《星辰之父》,描写一个亿万富翁,穷毕生精力建造了几十艘巨大的宇宙飞船,均使用传统的火箭发动机。这些飞船载着几万人飞向茫茫太空,为人类开拓新的生存空间。在这些飞船出发几十年后,地球上的科学使超光速飞船成为现实,而这种飞船载着已至暮年的主人公,仅用了一两天时间就追上了那些几十年前出发的传统飞船,使得主人公和几万名先驱者用全部生命进行的壮举成了一种无意义的悲剧。在这篇小说中,波尔用两种技术的对比,同样使人感到了外太空的广阔、先驱者的悲壮和命运的无情。

描写时空跃迁的顶峰之作当属阿瑟·克拉克的《2001》,小说中表现的人类在神秘宇宙面前的那种恐惧、孤独和敬畏,令读者铭心刻骨,终生难忘。记得二十年前的那个冬夜,我读完那本书后出门仰望夜空,突然感觉周围的一切都消失了,脚下的大地变成了无限伸延的雪白光滑的纯几何平面,在这无限广阔的二维平面上,在壮丽的星空下,就站着我一个人,孤独地面对着这人类头脑无法把握的巨大的神秘……从此以后,星空在我的眼中是另一个样子了,那感觉像离开了池塘看到了大海。这使我深深领略了科幻小说的力量。

在忙碌和现实的现代社会中,人们的目光大都局限在现实社会这样一个盒子中，很少望一眼太空。我曾问过十个人白天会不会出月亮，除一位有些犹豫外，其他人都十分肯定地说不会。现代社会同样造成了人们对数字的麻木感，没有人认真想象过（注意，是想象）一光年到底有多远，而一百五十亿光年的宇宙尺度在大多数人的意识深处同一百五十亿千米没多大区别。对宇宙的麻木感充斥整个社会。科幻的使命是拓广和拉深人们的思想，如果读者因一篇科幻小说，在下班的夜路上停下来，抬头若有所思地望了一会儿星空，这篇小说就是十分成功的了。很遗憾，我们的科幻小说目前在相当程度上也处于这种麻木感之中。这可能是由于以下两方面的原因。

首先是科幻理念上的原因，认为科幻小说同主流文学一样，是描写人与人之间的关系。在这种理念下，宇宙在作品中只是一个道具，一个背景，一个陪衬。不可否认，在这种理念下也产生了许多优秀的作品，但科幻小说最大的优势和魅力是描写人和宇宙的关系。宇宙在科幻小说中，应该是和人同样重要的主人公。《2001》的两部续集《2010》和《2061》之所以不太成功，很大的原因是作者把侧重点转向了描写人类社会的种种关系，并破坏了在《2001》中建立起来的那种宇宙的神秘和空灵。

同时，感受宇宙不是一件容易的事。站到高楼楼顶，我们有居高临下的感觉；坐到升到千米的热气球上，这种感觉更强烈，令人头昏目眩；但如果从一架在二万米高空飞行的客机上向下看，这种高度感反而减弱了；从几百千米高的轨道上运行的航天飞机上向下看，要想得到高度感可能多少要借助一些想象；而到三十多万千米之外的月球看地球，无论如何也得不到任何高度感了，这时的地球在我们眼中只是一个可爱的蓝色玩具。人类的感官对超大尺度的把握是十分困难的。宇宙的宏大也同时表现在相反的微观方向，人类感官对这个方向的把握更加困难。同时，现代科学对宇宙宏观和微观的思考已到了很深的程度，科学对宇宙的描述不仅超出了我们的想象，甚至超出了我们可能的想象。真切地体会宇宙的宏大，并在小说中把这种宏大表现出来，是需要超越常人的想象力和十分高超的表现技巧的，并需要作者对现代科学的最前沿有较深的理解，这是科幻小说永远面临的一个巨大的挑战，也是最有吸引力的目标。

但这一切的前提，是科幻作者对宇宙的那种宗教感情。

有位哲学教授说过，哲学系新生的第一课应是在深夜长时间地仰望星空，这是把哲学介绍给他们。我想这更应该是科幻作者的第一课，这能使他们在内心深处真正找到科幻的感觉。

宏伟神秘的宇宙是科幻小说的上帝，SF教的教义如下：感受主的大，感受主的深，把这感觉写出来，给那些忙碌的人看，让他们和你有同样的感受，让他们也感受到主的大和深，那样的话，你、那些忙碌的人、中国科幻，都有福了。

导读：

本文是作家刘慈欣开始走上文坛的时候撰写的一篇杂谈，比较清晰地反映了他对科幻这种文类的看法。

在《三体》三部曲获奖之后，对作品成功的原因作者接受了许多采访，读者也进行了许多推测。但这些采访和推测，都有事后跟进与在作品之间寻找回推的痕迹。事实上，理解刘慈欣科幻创作的基本思想和主要动力,应该从他自己讨论科幻的特点和缺失的文章中获得发现。本文就是这类文章中的一篇。《SF教——论科幻小说对宇宙的描写》原文在1999年12月20日于娘子关成稿,该文最初被投往《异度空间》杂志,因故未能发表,于是刘慈欣将其放在网络论坛上供读者参考。

这篇文章最重要的特点,是把科幻迷的情感、自己创作科幻的态度完美地表达出来,对于研究中国的科幻迷文化、研究刘慈欣的科幻作品和他的科幻观都有重要价值。

在《SF教——论科幻小说对宇宙的描写》一文中,刘慈欣开门见山地指出了中国科幻小说缺乏宗教感情。为避免产生歧义,刘慈欣在之后及时阐明了自己无神论者的基本立场,将科幻中的宗教感情定义为"对宇宙的宏大神秘的深深的敬畏感"。宗教感情不等同于宗教,在刘慈欣处它不是对诸神的崇拜与信奉,而是建立在无神论基础上对宏大宇宙本身的一种敬畏感。一旦我们把握了这点,就找到了理解刘慈欣科幻小说的钥匙。事实上,他的作品之所以激动人心,秘密就来自这种对宇宙、对大自然的情感。在刘慈欣看来,宇宙对人类而言是一种穷尽代际仍无法透彻了解的存在,而身处宇宙之中的航行不应该是现实生活经验的再现,而应该是混合人类的渺小感、永不言弃的奉献、牺牲与先驱者精神,以及直面命运悲壮与无情的世代奋斗。

在文章中,刘慈欣尤其推崇弗雷德里克·波尔与阿瑟·克拉克的科幻小说,他认为这两位作家的科幻作品较好地诠释了渺小人类在宇宙面前的恐惧、孤独与敬畏,同时也感慨宇宙巨大而神秘,于是人类世世代代的航行则成为一种通向永恒的朝圣。在这里,我们看到了刘慈欣在科幻创作中的敬仰对象,而对这些对象风格和内容的研究,是导入理解刘慈欣的另一把钥匙。

这篇评论与其说批判整个科幻文化中的现象,不如说是强化自己的创作方向和信念。在《三体》获得成功之后,无论国内还是国外读者都清晰地发现，刘慈欣的创作跟当代中国和西方科幻小说都有不同，是一种回到黄金时代的努力。刘慈欣也因此获得美国加州大学圣地亚哥分校亚瑟·克拉克人类想象力研究中心颁发的"想象力服务社会大奖"。

（肖汉）

想象力真的比知识更重要吗？

韩松

想象力比知识更重要，这是爱因斯坦的一句警句，犹如王朔的"玩的就是心跳"一类，因此被科幻圈自豪地引述为经典名言。

然而，科幻迷常常太得意了，因此忘了一点，就是爱因斯坦老先生的话，在某些特定情况下，可能就成了一句谎言，至少是笑谈。

不信，我们就到北京火车站去，在熙熙攘攘的广场上随便抓住一个进城的民工，问他："你知道想象力比知识更重要吗？"这时，奇怪的情况出现了：他一言不发，但是却像宣传部干部看科幻作家一样看着你，直看得你浑身发毛。

这时，你不禁要扪心自问：到底谁在扼杀中国人的想象力？

当然，不是美国人，不是比尔·盖茨，也不是克林顿和戈尔。他们根本犯不着。

为了寻求答案，现在，我们告别那可怜的民工（也许在民工看来，可怜的是我们），通过北京站的检票口，登上一列拥挤的南下列车。

不一会儿，列车驶入河北。这里的情况还好一些，但是干旱的严重却让人直摇头咋舌。然后，我们进入河南，人渐渐多了起来。

我们进入湖北。我们来到鄂西山区。这时，我们发现，崎岖的山路上走着成群结队的孩子。他们为了上学，每天翻山越岭要走几个小时，还要沿途打猪草。而他们基本上是男孩子，女孩子大都在地里干活。

我们又来到四川。在四川的一个水库移民区，面前走来了一个农民，背着面色蜡黄的孩子，说没钱看病。记者纷纷解囊。但这又于事何济？

我们来到广西，看到都安县的县区沙盘。满目是座座喀斯特地貌的高山，没有平地，没有绿色。这个县的县长从来没坐过飞机。

这些，说得多了，报道得多了，引不起城里人什么兴趣和感觉了，像是发生在另外一个星球的事情，像是科幻。

作为一个吃饱喝足的城里人，你能去问贫困的农民为什么不重视科幻吗？

连公路和电灯都没有，想象什么呢？也不可能人人都像屈原那样站在荒郊野地就开始进行天问啊。

另一方面，由于暂时得不到补偿，人们便更加投入地转向了宿命论。在农村，愚昧、迷信还有一定的市场；公路旁到处是大大小小的墓碑工场。城里面也如此，你看那算命和练功的劲头。

对于很多中国人来说，当前最缺乏的不是想象力，而是知识，最基础的文化知识、科技知识。

在云南陆良县，我看到，干部们的首要任务，是使农民拥有最基本的知识。他们满头大汗开着科普大篷车下乡。他们在家家户户门前竖立小黑板,上面写清楚化肥怎么用,果树怎么栽。这可以解决很大的问题。想象力则不行。

农民们迫切希望获得知识,无论从眼前还是从长远看,这是摆脱贫困的根本出路。这是一件十分现实和迫切的事情,是让人辛酸掉泪的事情。如今,农村公路沿途,修得最好的,便是学校。但仍有许多村子修不起。

张艺谋拍《一个都不能少》《我的父亲母亲》,都诉说了农民对上学的渴求。中国最伟大的幻想家,也不得不现实起来。

为什么县城中学升学率高?因为那里的孩子刻苦。

他们上学的钱,是他们父母卖猪换的,是他们向亲戚朋友借的,是学校老师资助的,是希望工程捐的,他们吃饭也要省着花,哪里去买《科幻世界》?

每到那些贫困县,我都要满怀希望地去打探一件事情:有没有《科幻世界》卖?

但是,没有。

让出高考作文题的人见鬼去吧。

什么《假如记忆可以移植》,这是城里人吃饱喝足以后才想得出的题目。农村考生因不懂移植而将其写为砍下头装在另一人肩上。难道,这是因为想象力不够么?这就如电影和电视,倡导城市主导的文化。这其实就是缺乏同情,缺乏对人的关怀。如同电车售票员一样,充满对农村和农民的歧视。

不过,话又说回来,城里人,感觉又有多好呢?不过是五十步笑百步罢了。

现在，我们的国家虽然好一些了，但总的来讲还是一个不富裕的大家庭。

刘国光对中国经济发展有一个估计。他指出，即便采用购买力平价折算法，中国人均国内生产总值在2020年为1万美元，而届时美国人均国内生产总值为3.5万美元，日本为5.6万美元。

住在北京和上海的某些白领也许会在互联网上争论，我们击沉美国航空母舰应用什么什么样的手段，但对于4000多万贫困人口，对于希望工程还没来得及惠顾的偏远乡村的孩子，对于下岗工人们，这件事情跟他们一点关系都没有。

因此，迷信、愚昧同样在城市蔓延。这不是因为没有想象力，而是缺乏生活的技能和知识。

刘震云早些时候有一篇《一地鸡毛》，写出了中国普通人生活的窘迫。而中国科幻与现实的矛盾，可以叫作"导弹打鸡毛"吧？中国科幻小说试图否定和超越中国现实，这种情绪，来得太快了一些，所以科幻在中国难以受到欢迎。而它代表的一种全国范围内的急躁心态，却是非常真实的。

这个家，很难当啊，想象力，真的是一种奢侈。科幻，是超前了。

中国科幻，从一开始便把注意力投入到科普上，倒可以说是真正的中国特色。科幻作家为改变落后现实付出的实际努力，无病呻吟的纯文学作家看到了，难道不感到脸红吗？

导读：

科幻跟想象力的关系，近年非常受关注。《想象力宣言》是这个领域最先出现的著作。本文选自这本文集。

韩松（1965—　），重庆人，中国科普作家协会科幻专业委员会主任。1987年开始在《科学文艺》（《科幻世界》前身）上发表科幻小说，1991年以《宇宙墓碑》获得"世界华人科幻艺术奖小说类首奖"，之后成为与王晋康、刘慈欣、何夕等人齐名的科幻作家。作品曾获得科幻银河奖、华语星云奖、京东文学奖，被翻译成英、法、日、意文等文字。代表作有《地铁》《医院》《红色海洋》《火星照耀美国》《宇宙墓碑》《再生砖》等，另外著有《人造人》《YES，克林顿；NO，航空母舰》等非虚构作品。其中，《想象力宣言》（2000）一书，明确地把科幻文艺的"想象力"问题提取出来，从文化批判的角度讨论了想象力对于解放思想的重要功用，从根本上革新了中国科幻价值论述的方向。全书共26万字，以一种活泼、自由的文风，系统地表达了这位性格鲜明、思想犀利的中年科幻作家在千禧年之际内心的忧愤，是中国科幻史上的一次重要的理论总结。

20世纪90年代，中国在政治、经济、文化诸多领域发生了巨变，一度陷入低谷的科幻文学，也迎来了新一轮的复苏。与过去主要将科幻文学纳入科普事业以及青少年科学教育工作的态度不同，一种"亚文化"气候开始形成，新一代科幻迷熟读世界科幻经典，具有鲜明的"科幻迷"身份意识，并以《科幻世界》杂志等平台为阵地，围绕自己喜爱的这种文学样式，展开热情而真诚的交流。从这些科幻迷中，涌现出了新一批的写作者，他们不但勤奋创作，陆续奠定了个人风格，重塑了中国科幻的美学风貌，而且对科幻的处境与使命进行了许多有益的理论性讨论。本文的作者韩松就是其中较早登场的人物之一。

本文体现了韩松反流俗的视角，对包括自己在内的中国科幻作家发出了提醒：要对现实生活保持清醒的认识。这一提醒，显然是在回应新一代科幻作家的"边缘人"意识。1999年7月的高考作文题《假如记忆可以移植》恰好是不久前上市的《科幻世界》当期主题，这直接推动杂志进入了发行量高峰期。尽管如此，"科幻"魅力的辐射范围仍然没有超出"科幻圈"：在学术界举行的文学研讨会上，鲜有科幻作家的身影；在主流媒体上，很少出现"科学幻想"的字样；在各大文学奖项上，也很少科幻作品赢得荣誉。"科幻"与社会生活的其他部分之间，仿佛有一层隔膜，科幻迷就在这个隔膜中自娱自乐。因此，科幻作家经常会流露出一种"身居边缘且乐在其中"的反叛意识：他们要超越把科幻视作科普工具的旧观点，与世界科幻的发展前沿接轨，努力创造出能够媲美欧美科幻经典的作品，同时也要超越那些无视他们的存在甚至把他们当作怪人的大众。因此，在《想象力宣言中》中，韩松宣称："科幻的本质，或者说想象力的本质，与崔健提倡的摇滚的本质有某种类似，那便是最大限度地拓展表达自由的空间。"把科幻类比于摇滚，意味着科幻应该以自己的"边缘"状态为荣，与社会主流保持一定的距离，永远保持锐意进取的活力。

作为一名新华社记者，韩松对于中国社会现实的沉重也有着深切的体会，对于科幻作家的写作能否促进社会进步时常产生怀疑。在本文中，他就对于科幻迷津津乐道的爱因斯坦名言"想象力比知识更重要"进行了反思，得出了"中国科幻，从一开始便把注意力投入到科普上，倒可以说是真正的中国特色"这一与众不同的结论。在《想象力宣言》中的另一篇文章《中国科幻的政治迷情》中，韩松也表示："对于新生代'玩'科幻的创作姿态，对于90年代职业化的科幻写作，我是感到高兴的"，但是"中国的思想解放任务还没有根本完成"，"在这个时候，最需要增加科幻的社会深度，让至少一部分科幻从外星回到人间。这主要是因为中国社会的诸种问题并没有彻底解决"。

正是出于对现实的深切关怀和不苟同于流行见解的态度,韩松成为当代生活的一位持久的观察者和批评者。2010年,随着《三体》带动科幻"出圈",韩松也凭借《地铁》等作品获得了越来越多的关注。除了小说创作,他坚持不懈地在博客、微博上持续记录着社会变化带给自己的心灵冲击。与其晦涩难懂的小说不同,这些散落在互联网的率性文字相对清晰,既是理解其小说的重要指南,也是中国当代社会变化的个人记录。本文就为我们了解二十余年前中国科幻与社会生活的关系提供了重要的材料,也为我们在二十余年后的今天继续思考科幻的使命提供了有益的启示。

(贾立元)

从大海见一滴水

——对科幻小说中某些传统文学要素的反思

刘慈欣

试想托尔斯泰在《战争与和平》中做出的如下描述：

  拿破仑率领六十万法军侵入俄罗斯，俄军且战且退，法军渐渐深入俄罗斯广阔的国土，最近占领了已成为一座空城的莫斯科。在长期等待求和不成后，拿破仑只得命令大军撤退。俄罗斯严酷的冬天到来了，撤退途中，法国人大批死于严寒和饥饿，拿破仑最后回到法国时，只带回不到三万法军。

事实上托翁在那部巨著中确实写过大量这类文字，但他把这些描写都从小说的正文中隔离出来，以一些完全独立的章节放在书中。无独有偶，一个世纪后的另一位战争作家赫尔曼·沃克，在他的巨著《战争风云》中，也把宏观记述二战历史进程的文字以类似于附记的独立章节成文，并冠以一个统一的题目：《全球滑铁卢》，如果单独拿出来，可以成为一本不错的二战历史普及读物。

两位相距百年的作家的这种做法，无非是想告诉读者：这些东西是历史，不是我作品的有机部分，不属于我的文学创造。

确实，主流文学不可能把对历史的宏观描写作为作品的主体，其描写的宏观度达到一定程度，小说便不成其为小说，而成为史书了。当然，存在着大量描写历史全景的小说，如中国的《李自成》和外国的《斯巴达克斯》，但这些作品都是以历史人物的细节描写为主体，以大量的细节反映历史的全貌。它们也不可能把对历史的宏观进程描写作为主体，那是历史学家干的事。

但科幻小说则不同，请看如下文字：

> 天狼星统帅仑破拿率领六十万艘星舰构成的庞大舰队远征太阳系。人类且战且退，在撤向外太空前带走了所有行星上的可用能源，并将太阳提前转化为不可能从中提取任何能量的红巨星。天狼远征军深入太阳系，最后占领了已成为一颗空星的地球。在长期等待求和不成后，仑破拿只得命令大军撤退。银河系第一旋臂严酷的黑洞洪水期到来了，撤退途中，由于能源耗尽失去机动能力，星舰大批被漂浮的黑洞吞噬，仑破拿最后回到天狼星系时，舰队只剩下不到三万艘星舰。

这也是一段对历史的宏观描写，与上面不同的是，它同时还是小说，是作者的文学创造，因为这是作者创造的历史，仑破拿和他的星际舰队都来自他的想象世界。

这就是科幻文学相对于主流文学的主要差异。主流文学描写上帝已经创造的世界，科幻文学则像上帝一样创造世界再描写它。

由于以上这个区别，我们必须从科幻文学的角度，对科幻小说中主流文学的某些要素进行反思。

细节

小说必须有细节，但在科幻文学中，细节的概念已发生了巨大的变化。有这样一篇名为《奇点焰火》的科幻小说，描写在一群具有超级意识的主体那里，用大爆炸方式创造宇宙只是他们的一场焰火晚会，一个焰火就是一次创世大爆炸，进而诞生一个宇宙。当我们的宇宙诞生时，有这样的描写：

"这颗好！这颗好！"当焰火在虚无中炸开时，主体1欢呼起来。

"至少比刚才几颗好，"主体2懒洋洋地说，"暴胀后形成的物理规律分布均匀，从纯能中沉淀出的基本粒子成色也不错。"

焰火熄灭了，灰烬纷纷下落。

"耐心点嘛，还有许多有趣的事呢！"主体1对又拿起一颗奇点焰火要点燃的主体2说，他把一架望远镜递给主体2："你看灰里面，冷下来的物质形成许多有趣的微小低熵聚合。"

"嗯，"主体2举着望远镜说，"他们能自我复制，还产生了微小的意识……他们中的一些居然推测出自己来自刚才那颗焰火，有趣……"

毫无疑问，以上的文字应该算作细节，描写两个人（或随便其他什么东西）在放一颗焰火前后的对话和感觉。但这个细节绝对不寻常，它真的不"细"了，短短二百字，在主流文学中描写男女主人公的一次小吻都捉襟见肘，却在时空上囊括了我们的宇宙自大爆炸以来的全部历史，包括生命史和文明史，还展现了我们的宇宙之外的一个超宇宙的图景。这是科幻所独有的细节，相对于主流文学的"微细节"而言，我们不妨把它称为"宏细节"。

同样的内容，在主流文学中应该是这样描写的：

> 宇宙诞生于大爆炸，后来形成了包括太阳在内的恒星，后来在太阳旁边形成了地球。地球出现十几亿年后，生命在它的表面出现了，后来生命经过漫长的进化，出现了人类。人类经历了原始时代、农业时代、工业时代、进入信息时代，开始了对宇宙本原的思考，并证明了它诞生于大爆炸。

这是细节吗？显然不是。所以宏细节只能在科幻中出现。

其实这样的细节在科幻小说中很常见，《2001》的最后一章宇航员化为纯能态后的描写就是最好的例子，这一段文字为科幻文学中最经典的篇章。在这些细节中，科幻作家笔端轻摇而纵横十亿年时间和百亿光年空间，使主流文学所囊括的世界和历史瞬间变成了宇宙中一粒微不足道的灰尘。

在科幻小说的早期，宏细节并不常见，只有在科幻文学将触角伸向宇宙深处，同时开始对宇宙本原的思考时，它才大量出现。它是科幻小说成熟的一个标志，也是最能体现科幻文学特点和优势的一种表现手法。

这里丝毫没有贬低传统文学中的微细节的意思，它同样是科幻小说中必不可少的因素，没有生动微细节的科幻小说就像是少了一条腿的巨人。即使全部以微细节构成的科幻小说，也不乏《昔日之光》这样的经典。

现在的遗憾是，在强调微细节的同时，宏细节在国内科幻小说的评论和读者中并没有得到认可，人们对它一般有两种评价：第一，空洞；第二，只是一个长篇梗概。

克拉克的《星》是科幻短篇中的经典，它最后那句"毁灭了一个文明的超新星，仅仅是为了照亮伯利恒的夜空"是科幻小说的千古绝唱，也是宏细节的典范。但这篇小说如果在国内写出，肯定发表不了，原因很简单：它没有细节。如果说，《2001》虽然时空描写的尺度很大，但内涵已写尽，再扩展也没什么了；那么《星》可真像一部长篇梗概，甚至如果把这篇梗概递到一位国内出版社征集科幻长篇的老编手中，他（她）没准还嫌它写得太粗略呢。国内也有许多很不错的作品，以"没有细节"为由发表不出来，最典型的例子要数冯志刚的《种植文明》了。在 2001 年北师大的银河奖颁奖会后座谈中，一位女士严厉地指责道："科幻创作的不认真已经发展到了这种地步，以至于有人把一篇小说的内容简介也拿出来冒充杰作！"看到旁边冯兄的苦笑，我很想解释几句，但再看女士那义愤填膺、大义凛然的样子，话又吓回肚子里去了。其实，这部作品单从细节方面来说，比国外的一些经典还是细得多。不信你可以去看看两年前刚获星云奖的《引力深井》，看看卡尔维诺的《螺旋》，再看看很有些年代的《最初的和最后的人》。听说冯兄正在把他的这篇"内容简介"扩为长篇，其实这事儿西方科幻作家也常干，但耐人寻味的是，很多被扩成的长篇在科幻史上的地位还不如它的短篇"梗概"。

　　宏细节的出现，对科幻小说的结构有着深刻的影响。这使我们联想到了应用软件（特别是 MIS 软件）的开发理论。依照来自西方的软件工程理论，软件的开发应该由顶向下，即首先建好软件的整体框架，然后逐步细化。而在国内，由于管理水平和信息化层次的限制，企业 MIS 软件的开发基本上都是反其道而行之，先有各专业的小模块，最后逐渐凑成一个大系统（这造成了相当多的灾难性的后果）。前者很像以宏细节为主的科幻，先按自己创造的规律建成一个世界，再去进一步充实细化它；而后者，肯定是传统文学的构建方式了。传统文学没有办法自上而下地写，因为上面的结构已经建好了，描写它不是文学的事。

科幻急剧扩大了文学的描写空间，使得我们有可能从对整个宇宙的描写中更生动也更深刻地表现地球，表现在主流文学存在了几千年的传统世界。从仙座星云中拿一个望远镜看地球上罗密欧在朱丽叶的窗下打口哨，肯定比从不远处的树丛中看更有趣。

科幻能使我们从大海见一滴水。

人物

人类的社会史，就是一部人的地位的上升史。从斯巴达克斯挥舞利剑冲出角斗场，到法国的革命者们高喊人权、博爱、平等，人从手段变为目的。

但在科学中，人的地位正沿着相反的方向演化，从上帝的造物（宇宙中的其他东西都是他老人家送给我们的家具）、万物之灵，退化到与其他动物没有本质的区别，再退化到宇宙角落中一粒沙子上的微不足道的细菌。

科幻属于与社会文化密不可分的文学，但它是由科学催生的，现在的问题是，在人的地位上，我们倒向哪边？

主流文学无疑倒向了前者。文学是人学，已经成了一句近乎法律的准则，一篇没有人物的小说是不能被接受的。

从不长的世界科幻史看，科幻小说并没有抛弃人物，但人物形象和地位与主流文学相比已大大降低。到目前为止，成为经典的那些科幻作品基本上没有因塑造人物形象而成功的。在我们看过的所有电影中，人物形象的平面呆板之最是《2001》创造的，里面的科学家和宇航员目光呆滞、面无表情，用机器般恒定的声调和语速说话。如果说其他科幻作品中人物形象的欠缺是由于作家的不在意或无能为力，《2001》则是库布里克故意而为之，他仿佛在告诉我们，人在这部作品中只是一个符号。他做得很成功，看过电影后，我们很难把飞船中那仅有的两个宇航员区分开来，除了名字，他们似乎没有任何个性上的特点。

人物的地位在科幻小说中的变化，与细节的变化一样，同样是由于科幻急剧扩大了文学描述空间的缘故，另一个重要原因是，由于科幻与科学天然的联系，它能够对人类在宇宙中的地位有一个清醒的认识。

人物形象的概念在科幻小说中主要有以下两方面的扩展。

其一，以整个种族形象取代个人形象。与传统文学不同，科幻小说有可能描写除人类之外的多个文明，并给这些文明及创造它的种族赋以不同的形象和性格。创造这些文明的种族可以是外星人，也可以是进入外太空的不同人类群落。前面提到的《种植文明》，就是后者的典型例子。我们把这种新的文学形象称为种族形象。

其二，一个世界作为一个形象出现。这些世界可以是不同的星球和星系，也可以是平行宇宙中的不同分支，近年来，又增添了许多运行于计算机内存中的虚拟世界。这又分为两种情况：一是这些世界是有人的（不管是什么样的人），这种世界形象，其实就是上面所说的种族形象的进一步扩展；另一种情况是没有人的世界，后来有人（大多是探险者）进入，在这种情况中，更多地关注于这些世界的自然属性，以及它对进入其中的人的作用。在这种情况下，世界形象往往像传统文学中的一个反派角色，与进入其中的人发生矛盾冲突。科幻小说中还有一种十分罕见的世界形象，这些世界独立存在于宇宙中，人从来没有进入，作者以一个旁边的超意识位置来描写它，比如《巴别图书馆》。这类作品很少，也很难读，但却把科幻的特点推向极致。

不管是种族形象还是世界形象，在主流文学中都不可能存在，因为一个文学形象存在的前提是有可能与其他形象进行比较，描写单一种族（人类）和单一世界（地球）的主流文学，必须把形象的颗粒细化到个人，种族形象和世界形象是科幻对文学的贡献。

科幻中两种新的文学形象显然没有得到国内读者和评论的认可，我们对科幻小说的评论，仍然沿袭着传统文学的思维，无法接受不以传统人物形象为中心的作品，更别提有意识地创造自己的种族形象和世界形象了；而对于这两个科幻文学形象的创造和欣赏，正是科幻文学的核心内容。中国科幻在文学水平上的欠缺，本质上是这两个形象的欠缺。

科幻题材的现实与空灵

国内的读者偏爱贴近现实的科幻，稍微超脱和疯狂一些的想象就无法接受。在这种情况下，我们的科幻大多是近未来的。

其实这个话题在理论上没有太多可讨论的，科幻的存在就是为了科学幻想，现在科学要被抛弃了，那只剩下幻想。展现想象世界是这个文学品种的起点和目的。用科幻描写现实，就像用飞机螺旋桨当电扇，不好使的。有一件事一直让我迷惑不解：想看对现实的描写干吗要看科幻？《人民文学》不好看吗？《收获》不好看吗？《平凡的世界》不好看吗？要论对现实描写的层次和深度，科幻连主流文学落下的那点儿也比不上。

很多年前看过一部苏联的喜剧电影，其中有这样的镜头：一架大型客机降落到公路上，与汽车一起行驶，它遵守所有交通规则，同汽车一样红灯停绿灯行。

这是对国内科幻题材现状的绝妙写照。科幻是一种能飞进来的文学，我们偏偏喜欢让它在地上爬行。

科幻中的英雄主义

现代主流文学进入了嘲弄英雄的时代，正如那句当代名言："太阳是一泡屎，月亮是一张擦屁股纸。"

其实，这种做法并非完全没有道理。科学和理性地想想，英雄主义并不是一个褒义词。二战中那些英勇的德国坦克手和日本神风飞行员的行为是不是英雄主义？当然可以说不是，因为他们在为非正义的一方而战争。但进一步思考，这种说法带给我们的只有困惑。普通人在成为英雄以前并不是学者，他们不可能去判断自己所从事的事业正义与否；更重要的是，即使是学者，从道义角度对一场战争进行判断也是很难的，说一场战争是不是正义的，更多的是用脚而不是用大脑说话，即看你站在哪方的立场上。像二战这样对其道义性质有基本一致的看法的战争，在人类历史上是极为罕见的。如果按传统的英雄主义概念，在战争到来时，普通人如果想尽责任，其行为是否是英雄主义就只能凭运气了，更糟的是这种运气还不是扔硬币的二分之一。随着时间的推移，人们肯定认为大部分战争中双方的阵亡士兵都是无意义的炮灰。以这样的定义再去看英雄主义，就会发现它在历史上给人类带来的灾难远大于进步。《光荣与梦想》中的女主人公所为之牺牲的事业也并非是正义的。这样一来，难道那些以生命为代价的惨烈奉献，那些只有人类才能做出的气壮山河、歌泣鬼神的壮举，全是毫无意义的变态和闹剧？

比较理智和公平的做法，是将英雄主义与道义区分开来，只将它作为一种人类特有的品质，一种将人与其他动物区别开来的重要标志。

有一种说法认为，随着民主和人权理念在全世界被认可，英雄主义正在淡出。文学嘲弄英雄，是从另一个角度呼唤人性，从某种程度上看是历史的进步。可以想象，如果人类社会沿目前的轨道发展，英雄主义可能将成为一种陌生的东西。

现在的问题是：人类社会肯定会沿着目前的轨道发展吗？

人类是幸运的，文明出现以来，人类世界作为一个整体，从未面对过来自人类之外的能在短时间内灭绝全种族的灾难。但不等于这样的灾难在未来也躲着我们。

当地球面临外星文明的全面入侵时，为保卫我们的文明，可能有10亿人需要在外星人的激光下成为炮灰；或者当太阳系驶入一片星际尘埃中，恶化的地球生态必须让30亿人去死以防止60亿人一起死，这种情况下，我们的文学是否还要继续嘲笑英雄主义呢？那时高喊人性和人权能救人类吗？

从科幻的角度看人类，我们的种族是极其脆弱的，在这冷酷的宇宙中，人类必须勇敢地牺牲其中一部分以换取整个文明的持续，这就需要英雄主义了。现在的人类文明正处在前所未有的顺利发展阶段，英雄主义确实不太重要了，但不等于在科幻所考虑的未来也不重要。

科幻文学是英雄主义和理想主义的最后一个栖身之地，就让他们在这里多待一会儿吧。

科幻中的第三个形象

前面说过科幻文学所特有的两个形象：种族形象和世界形象。它还有第三个主流文学所没有的形象：科学形象。由于科幻是科学发展的直接产物，不管是传统的硬科幻，还是后来的软科幻，科学总是或明显或隐藏地存在于其中，它像血液般充盈在科幻小说的字里行间，作为一个无所不在的形象，一直在被科幻小说塑造着。

中国科幻一直在向主流文学学习，但不是一个好学生：我们关注人物形象和语言技巧，结果我们的作品在人家看来不过是小学生作文；我们关注现实，与人家相比不过是一群涉世不深的学生娃的无病呻吟；

我们也玩后现代，结果更是一塌糊涂。但在一件事上，科幻对主流文学却是青出于蓝胜于蓝。

那就是对科学的丑化和妖魔化。

其实，到现在为止，主流文学只是与科学保持着一定的距离，并没有刻意伤害它。这一方面因为传统文学中的田园场景与科学关系不大；另一方面，丑化科学首先需要了解它，在这一点上主流文学可能有一定的障碍。但科幻却有着这方面的天然优势，而且做起来不遗余力！

我们科幻小说中的科学形象已经成了什么样子，我想大家都很清楚。

不错，西方的科幻作家们在这方面做得比我们有过之而无不及，但这并不是我们这样做的理由。科学在西方社会相当普及，对它的后果进行反思也许是必要的。但即使如此，这种倾向也受到了西方科学界和科幻评论界的一致谴责。在中国，科学在大众中还是一支旷野上的小烛苗，一阵不大的风都能将它吹灭。现在的首要任务不是预言科学的灾难，中国社会面临的真正灾难是科学精神在大众中的缺失。

科学的力量在于大众对它的理解，这是一句真知灼见。而让科学精神在大众中生根发芽是一项伟大的事业，与之相比，科幻倒显得微不足道了。本来两者并不矛盾，老一辈的中国科幻人曾满怀希望让科幻成为这项伟大事业的一部分，现在看来这希望是何等的天真。但至少，科幻不应对这项事业造成损害。科学是科幻的母亲，我们真愿意成为她的敌人吗？

如果不从负面描写科学，不把她写得可怖可怕，就不能吸引读者，那就让我们把手中的笔停下来吧！没什么了不起的，还有许多别的有趣的事情可做。如果中国科幻真有消失的那一天，作为一个忠诚的老科幻迷，我真诚地祈祷她死得干净些。

陈旧的枷锁

以上写了一些科幻与主流文学的对比，丝毫没有贬低主流文学的意思。以上谈到的科幻的种种优势是它本身的性质所决定，它并没有因此在水平上高出主流文学，相反，它没有很好地利用自己的优势。其实，与主流文学相比时，我常常有自惭形秽的感觉。最让我们自愧不如的，是主流文学家们那种对文学表现手法的探索和创新的勇气。从意识流到后现代文学，令人眼花缭乱的表现手法，以我行我素的执着精神不断向前发展着。再看看科幻，我们并没有创造出属于自己的表现手法，新浪潮运动不过是把主流文学的表现工具拿过来为己所用，后来又发现不合适，整个运动被科幻理论研究者称为"将科幻的价值和地位让位于主流文学的努力"。至于前面提到的宏细节、种族形象和世界形象，都是科幻作家们的无意识作为，没有上升到理论高度，更没有形成一种自觉的表现手法。而在国内，这些手法甚至得不到基本的认可。

其实，前面所提到的在科幻文学中扩展和颠覆的一些传统文学元素，如人物形象、细节描写等，在主流文学中也正在被急剧变革。像博尔赫斯和卡尔维诺这样的主流文学家，早就抛弃了那些传统的教条，并取得了巨大的成功。

反观国内科幻的评论者们，却正在虔诚地拾起人家扔掉的破烂枷锁，庄严地套到自己身上，把上面的螺栓拧到最紧后，对那些稍越雷池一步的科幻作品大加讨伐，俨然成了文学尊严的守护者。看着网上的那些评论，满篇陈腐的教条，没有一点年轻人的敏锐和朝气，有时真想问一句：您高寿？

创新是文学的生命，更是科幻的生命，面对着这个从大海见一滴水的文学，我们首先要有大海的胸怀！

导读：

科幻跟主流文学之间的关系，一直是争论不断的问题。本文是中国科幻作家在这方面提出的系统化反思中的一篇。因为作者是刘慈欣，所以本文备受关注。

刘慈欣在新世纪的成功，跟他对科幻文学创作中如何处理一些问题的思考有着密切关系。但这些思考到底是怎样的，对标的作家和作品是什么，各种人有不同的说法。此处，刘慈欣自己提供了一个完好的证词。这篇文章对理解刘慈欣科幻创作的文学理念具有重要作用。《从大海见一滴水——对科幻小说中某些传统文学要素的反思》最初写于2003年9月30日，目的是参加"飞腾科幻社"组织的刘慈欣作品讨论活动。2006年刘慈欣把这篇作品贴在自己博客。2011年6月的第3期《科普研究》正式发表了该文。

本文主要探讨科幻小说创作、接受与评价相较于主流文学在细部因素上有何差异。文章中最重要的观点之一是科幻小说具有主流文中少有的"宏细节"，这一概念是相较于主流文学的"微细节"而提出的。科幻小说可以在寥寥数言中描述宇宙更迭与山河变迁，尽管"宏细节"经常被批评者诟病为空洞的梗概性描述，但刘慈欣坚持认为这是科幻小说成熟的标志之一，并且是最能体现科幻文学特点与优势的一种表现手法。"宏细节"的重要作用之一是可以让科幻小说以极大的框架去构建全新的世界，从而使我们"从大海见一滴水"。

其次，相较于主流文学，刘慈欣认为科幻文学的人物塑造除去传统个体勾勒外，还可以用种族或者一个世界替换个人形象。但科幻文学的这一创新之处在传统接受与批评语境中仍显突兀，因此在妥协与退让中，中国科幻文学逐渐失去了构建人物形象的能力。

此外，刘慈欣在文章中认为成功的科幻小说不应该一味贴近现实技术世界，而应该在允许的范围内不断超越，以达到空灵的想象边界。同时，刘慈欣在文中还强调科幻文学可能是本质意义上的英雄主义与理想主义的最后栖息地，因此给予一定的接受与批评空间才是正确的态度。

当然，科幻小说中对于科学的态度一直是被讨论的热门话题，在这篇文章中，刘慈欣认为彼时的中国科幻对科学形象的丑化和妖魔化现象十分严重，而科幻文学的最终旨归不应是全面描述科学所带来的负面情绪，而应是大众对其的理解与接受。

在最后的结语部分，刘慈欣承认彼时中国科幻的创作、接受与批评情况很大程度上受制于科幻作家的无意识状态，而他呼吁的也正是中国科幻理论的系统化与专业化。当然，这种深化发展并不是靠贬低或排斥主流文学获得的，科幻小说需要向主流文学学习的地方还有很多。并且中国科幻的创作、接受与批评话语在刘慈欣看来应该是一个开放、包容的场域，陈旧的西方本位主义批评理论与过度自信的主流话语同样会削减科幻文学自由而奔放的色彩。

刘慈欣的作家身份使得他的文论文章同样谙熟层层递进与事例论证之道，并且论证语言厚重到位，颇有重剑无锋之感。在中国科幻文学的历史上，谈到相关问题的文章还有很多，例如童恩正、郑文光、叶永烈、萧建亨等都在不同场合讨论过刘慈欣在本文中讨论的主题，读者如果结合那些文章来对比观察，就能看出中国科幻作家对相关问题看法的演进。

（肖汉）

科幻文学期待新的突破

韩松 吴岩 刘秀娟

刘秀娟：科幻文学在最近两年中表现得相当不景气，很多人对科幻文学的未来发展都心生迷茫。对于这种状况出现的原因，一些人说是奇幻文学的冲击，一些人说是商业化社会的副效应，还有人认为是时代文化环境的变迁。两位认为导致这种状况的原因何在？

韩　松：似乎这些年来，一直在说科幻不景气。但实际上这方面严格的调查数据并不多，常常是大家凭感觉在说。我觉得，在中国目前的条件下，科幻在最近几年中的表现，还是勇气可嘉的。像王晋康、刘慈欣、何宏伟、星河等人的一些作品，出现了新的创造，也有大把的人气，创造了比较好的市场反响。只是，科幻这样一种文学类型，在一个后现代社会中的命运究竟会如何？它会不会还没有在中国取得长足发展，就要走向衰退？这的确是一个很有趣的话题。如果真是不景气，这可能不仅仅是奇幻、商品社会的冲击能解释的。

吴　岩：应该说数据是相当清楚的。销售量在逐年下滑，出版社不再接受科幻投稿，刊物的发行量在低水平徘徊，网络上的科幻讨论不再如往昔那么兴盛……所有这些都可以看到，中国的科幻文学的确不容乐观。如果不讨论数量而讨论质量，当前的科幻作家和作品，能获得大众认可的也并不太多。此前,叶永烈、谭楷、郭建中都曾经分析过科幻跟中国社会发展的关系,认为有一些社会推动力存在。但是,最近几年,科学出现过很多令人印象深刻的突破,国际基因组计划、神舟号的成功、环境保护运动的深入展开……国家也注重对科技的奖励和对自主创新的肯定,但为什么科幻这个直接能够得到影响的文学品类,仍然没有起色呢?我同意奇幻和商品社会的冲击不足以解释当前科幻的衰落。我认为,衰落的根源在于这类作品已经远离了它曾经与时代之间具有的那种紧密关系。

刘秀娟:在这个问题上,两位提出了不同的看法。似乎大多数人都倾向于认为科幻处于不太乐观的境地。或许,与前辈作品相比,科幻文学的创作观念有了新的突破,但是就其读者接受和社会影响而言,已经不能与当年同日而语。虽然这是整个文学在当代社会都面临的一个问题,但是与其他文学门类所取得的成就对比而言,科幻文学的差距还是很明显的。就像吴岩老师所说,目前科技界新突破接连不断,但是与此有着密切联系的科幻文学创作却没有在这个时代取得令人瞩目的成绩。是二者没有直接的对应关系还是科技成就反而减弱了科幻文学想象力的魅力?二位如何看待新的科技时代背景下的科幻文学处境?吴老师谈到了科幻文学与时代联系的疏远,其原因又在哪里呢?

韩　松:从中国科幻内部的环境看,与20世纪80年代相比要好一些。比如,现在有这么多的科幻迷,这么多的科幻组织,甚至有了科幻的研究专业,在主流的文学报刊上有了一些科幻的讨论。但从大的方面看,中国科幻一直都不很景气,而不仅是在此时,能在全社会引起广泛反响的原创科幻小说历来可以说极少。除了中国的政治、经济和文化环境的特殊性外,这可能还在于科幻是一个特别的文学门类,从属性上看,它是通俗小说,但在中国的传统上,它的地位是排在言情、武侠和侦探之后的。

另外，科幻与科技成就毕竟不是一回事，不一定科技突破多、社会重视科学，科幻就正比例上升。但我同意中国科幻正在疏离与时代的关系的说法。因为其他种类的通俗小说，在取得广泛的社会影响时，都会突破自身的文类界限，触动时代最敏感的神经，从而进入人们心灵深处。这方面，中国科幻还比较孤芳自赏或者说比较封闭狭隘，题材和写作手法上有的还比较幼稚。

吴　岩：我的看法是，科幻已经基本上走完了自己的历史旅程。这要从该文类的产生和发展谈起。科学技术并非一个社会生活的悠久主题，恰恰相反，它是一定时间内产生的阶段性主题。在西方从封建社会过渡到资本主义的旅途中，当科学技术所带来的变化能在一代人的生活中突出地体现时，科幻得以产生。一些文化先行者感受到了这种科学和未来对现实的双重入侵，开始了科幻的撰写。他们是朦胧地开始写作的。在大约一百年的时间里，他们不太清楚自己干了些什么。法国科幻学家Klein曾经说，科幻就是民主时期一些暧昧的作品逐渐发展的结果。渐渐地，现代科学和它所带来的变幻中的未来越来越嵌入个人生活，嵌入社会发展，于是，科幻开始大行其道。中国就是从这个时期开始接受科幻的。那是一百年前的事情。那个时候，科学和未来对中国人来讲，和从封建时代进入资本主义时代的西方具有同样的价值，人们讴歌德先生和赛先生，歌颂有着无限未来的"少年中国"。

然而，又过了一百年，今天的科学和未来已经超越了现实，跑到了时代的前面。克隆技术、三维图像、无线通信、基因组破译、纳米技术、航天……当科技的进步铺天盖地而来的时候，未来成为我们目不暇接的暴力的时候，人类对此已经麻木并无能为力。作家也很难再有那种天才的敏感。科幻于是便接近了终结。我同意韩松所说的，科幻不是因为奇幻的风行而衰落的。奇幻和科幻的美学完全不同。奇幻是想象文学，而科幻实际上是现实主义文学。它太现实了，跟现实的关系太紧密了。

刘秀娟： 吴老师的意见让我很吃惊。虽然我认为近年来的科幻创作也不太令人满意，经常会疑惑它在现代科技社会的出路，但还是对它寄予希望的。

另外，我想到的一个问题是，如果"科幻文学的历程即将结束"这一论断成立，那么之前我们极力提倡科幻创作中的人文质素（或说软科幻的一些质素）是否在现在看来是预示了这个结束的到来？我一直认为，这些质素是科幻文学的拓展之路，但是如果过分强调它，是否也意味着消弭科幻文学自身的文体属性？韩松老师是成就突出的"人文科幻"的作家之一，不知您怎么看待这个问题？

韩　松： 吴岩说的是有道理的。我也苦恼过这个问题。这些年来，科幻的确已经缺少了题材上的创新，许多作者是在前人创造的那些世界中变换花样。很多新作品包括欧美的新作品已不再能令人产生以前那样的神往，这些似乎都在印证科幻的时代正在成为过去。科幻或许真的可能只是科技时代初期的产物？一旦科技烂熟之后，科幻便将退场？不过，这种想法，在我这里是矛盾着的。我常常又觉得科幻至少在未来几代人的时间内还是有生命力的，因为科技发展带来的审美愉悦毕竟还没有终结，自然界的奥秘远未被穷尽，科技对社会的"双刃剑"影响还没有全部呈现，人类和宇宙的命运都还是巨大的谜团。另外，最关键的是，人类的想象力还只开掘了很少一点点。再加上一个很现实的因素：中国还没有真正完成工业化，远没有完全实现科技的现代化，因此，在目前的中国，科幻从理论上讲还会有继续发展的潜能。

另外，我倒觉得科学技术可能业已成为任何一个现代社会的恒久和中心主题。不过，科幻必须不断开拓新的写法，包括尝试所谓的"人文科幻"（但严格来讲，我并不认为科幻有什么人文和非人文之分）。我的观点是，科幻还应该更奇诡一些，更迷乱一些，更陌生化一些，更出人意料一些，更有技术含量一些，更会讲故事一些，更有思想性和社会性一些，这样，就还会不断吸引新的读者。既然报纸和诗歌都没有如预言那样在新媒介时代消失，科幻也很难消失。

吴　岩：科幻的消失，是指一种文体形式的消失，是指它的主要创作范式——那种把科学和未来入侵现实时，将交接处的战争（或者说是将"现代化的过程"）作为叙事主体的创作方式的消失；是指以"认知和疏离（这是Suvin对科幻的经典定义）作为主要宰制"的故事结构方式的消失。但我非常同意韩松所说，与科学相关的文学却不会因为科幻的消失而消失，不但如此，可能还会大大地加强。因为科学已经成为我们这个时代社会生活中不可分割的一部分。

最近几年，由于科技发展的加速，在西方，科幻小说的行销量不如下面的两类作品大。一个是科学惊悚作品。这类小说将科学和未来侵入现实的速度无限加快。迈克尔·克莱顿（《侏罗纪公园》的作者）的高科技惊悚小说、罗宾·库克（《昏迷》的作者）的医学惊悚小说、汤姆·克兰西（《追踪红色十月号》的作者）的军事惊悚小说都曾大行其道。这些作品的阅读感受是让人紧张得无法喘气，觉得科技已经堵住了你的鼻子、眼睛，让你无法呼吸。然后，在人们无法承受这种高速科技进步之时，第二类文学——奇幻文学登上舞台，《哈利·波特》的扫帚满天飞舞。奇幻文学的作者相信，再那么追踪科学，研判未来发展，对我们的身心都是一种摧残，不如回到没有科学的时代去放松自己。从这个角度看，奇幻类文学的发展，其实反映着科学高速变化的现实。遗憾的是，科技是一个无法停止的永动机。它自己就在不断进化行走。人们需要预警，需要了解。但是，经典的科幻模式又不能再用。我想说的是，科幻作家将写些什么，如何写，已经是一个必须面对的严峻现实了。

刘秀娟：讨论到这里，我更清晰了吴老师之前说的科幻的"终结"是一个什么样的内涵。它是指对一种文学形式的"置之死地而后生"，是对科幻要寻求新的表达的急切渴望,说到底,其实还是科幻创作的困境突围。就我的看法而言,我更倾向于认为科幻的困境是由于普遍的文学想象力和时代精神的缺失所带来的。我认为两位在这一点上回到了相同点,即认为在目前中国和未来的一段时间内,科幻在理论上依旧是大有可为的,但在实际创作上却不容乐观。在一个科技日新月异地突变,"科学"不再佩戴神秘而崇高的面纱,日渐回落凡世的时代,科幻文学已经不可能像以前那样想象一点外星人或者尚未实现的高科技就能吸引读者了。现代科技不但对科幻作家的科学知识储备提出了更高的要求,而且对作家的文学想象力和文学才能提出了挑战。我特别喜欢《安德的游戏》,我想这个作品在这方面给我们能提供一些启发。就我们目前的创作实际而言,两位专家认为,当前的创作者应该在哪些方面加以努力,以应对科幻文学新的时代要求?

韩　松:我倒是很欣赏"置之死地而后生"的说法。这符合科幻文学自己一贯宣扬的危机意识。但我认为科幻的实际创作不应太悲观,至少在看得见的时间内还可以乐观。这方面我更愿意主观一些,认为它取决于人的因素,我喜欢它,它就一片光明,不管别人怎么去看怎么去想。

若说到今后创作者该怎么转型,我倒是最希望大家今后多求之于己,把功名心放下。另外,我倒不觉得经典的科幻模式不能再用,而是今后怎么用的问题,把它用在什么语境下,用在什么样的文化背景下。王晋康、刘慈欣、何宏伟、星河等人的一些作品受到欢迎,可能就是因为在这方面有所尝试,但是,还是初步的。再就是,需要把什么是科幻的争论搁置一边,去发掘传统科幻与外界相交叉的模糊地带,一些新的题材可能就藏在那里。像《安德的游戏》,首先是一个题材问题,而它里面并没有太多经典科幻的高技术、硬科学。当然,这在很大程度上也要取决于还会有多少读者喜欢科幻。科幻作家很大程度上不能左右这个。科幻的魅力减弱,一个原因可能是,未来的景象包括科技发展的前景在这一百年里，已被反复地预言得很清晰了，这中间也包括科幻作家的功劳，读者现在翻来覆去已看不到太新的东西了。也就是说，未来变成了历史。所以，如果科幻作家还能做些什么来促进科幻创作的转轨的话，那便是一方面应从历史小说中寻找灵感，从"过去"里面重新找到疏离或陌生化；另一方面，就是继续探求想象力的极限，努力拼接出一些还未曾被人描述过的"未来"，或者发掘出一些被我们忽视了的"未来"，在新的创世中，创造出新的对现实的入侵。科幻是宿命，还是自由的呢？我仍然趋向于后者。

吴　岩：科幻的衰微，是一个全球化的过程。虽然像韩松所言，在中国这个进程可能会延缓，但也不会持续很久。我认为，信心能够拯救的不是科幻文学，而是与科学相关的写作和与未来相关的写作。因为这是两种人类生活不可缺少的侧面，不可能消亡。但是，有多少人能在全新的时代中真正描写这种东西呢？坦白地讲，我们有不少科幻作家，往往远离科学，用封闭和自恋代替感受。我不是说科幻作家一定要是大科学家，一定要写硬科幻。但是，优秀的科幻作家一定是能对科学前沿开放感觉的人。韩松说"把功名心放下"，讲得太好了。这个领域中的从业者私心杂念不能太多。私心会导致人的封闭。科幻作家应该比其他文类的作家更多地抛光自己的感觉才对。

刘秀娟：两位对于中国科幻的未来发展显然给出了不同的态度，到底未来的文学趋向是哪一种，我们拭目以待。如果是韩松老师所期望的"自由"，很好；如果是吴岩老师说"完成自己的历史使命"并被一种更广泛的"与科学相关和与未来相关"的写作所替代，那也是一种完满。我的希望是，中国的科幻作家能在这个过程当中扎实写作，努力以求，不放弃对时代精神和艺术品质的追求，创作出更为饱满的作品。韩松老师的态度一直比较乐观，那您对目前的科幻创作实绩又作怎样的评判呢？

韩　松：关于目前科幻创作的实绩，我觉得，很多人都在兢兢业业地埋头工作，是真正喜欢这个行当才去做。从质量上，以一批新生代作家为代表的科幻创作，比起20世纪几个时期来，达到了一个新的水平。一个是继承，经典科幻的一些好的东西没有抛弃。二是发展，包括以前很少涉及的终极关怀，现在也有了，写人和宇宙的终极，有宗教感。三是复杂性，写人和物的复杂性，不仅仅是概念。四是科学内核方面、技术性方面，比起以前更加精致。五是多样化的内容和手法。六是对社会的关注加强了，而且不仅仅是科学带来的奇迹，批判性也加强了。七是科幻的研究开辟了一个崭新的天地。从这些角度看，科幻是在进步的。但这种实绩仍不能令人满意，一个是新生代之后的一代接不上来。一些作家已经活跃了十几年，但目前还没有人能够取代他们，仍然还是这几位作家风头最强，没有大批的群体和跟进效应。这很遗憾。另一个是很多题材仍在重复西方人甚至我们自己做过的。三是没有能够出现引起社会广泛关注的科幻小说，比如《珊瑚岛上的死光》那样的。所以有忧患。

刘秀娟：吴岩老师作为一名科幻文学界的重要的研究者，怎样来面对这个"终结"问题呢？毕竟，我们系统的理论研究才刚刚起步。

吴　岩：科幻研究与创作是两码事。科幻研究者不想对作家指手画脚。我们在分析作品，分析这类文本的独特性和历史发展。这是另一个领域，与创作相互平行。我们有我们对作品、作家、世界关系的模型。这些模型并不依附于创作。创作只是引发这些模型和思考的起点。文学理论研究和批评，不会受到创作是否终止的影响。苏联文学创作终止了，苏联文学研究仍然在继续。科幻的终结和与科学相关的其他写作的复苏，将引导我们继续前进。研究者对今天继续坚持创作的作家非常钦佩。他们通过自己的努力，创造了丰富的世界。就研究工作来说，北京师范大学儿童文学研究中心主持的国家社科基金项目，就是出版十五本中外科幻理论著作。这项工作的最初成果，总共九本，将很快由福建少儿出版社和重庆出版社出版。上海世纪出版集团还将出版一套理论译作。我们期望这样的工作能引发更多文学理论家关注科幻，关注与科学相关写作的未来。

导读：

本文是"科幻已死"观点正式在公共媒体上表达的第一篇文章，发表于《文艺报》2006年9月9日。作者中的韩松为著名科幻作家；刘秀娟（1979——　）为文学硕士，时任《文艺报》编辑、记者，现任中国作家网总编辑；吴岩（1962——　）为科幻作家、理论家，时任北京师范大学教师，主持科幻文学课程。

本文是三位作者就科幻的一次对话的整理发表。提问者刘秀娟围绕"科幻的未来"这一核心命题，从"是什么，为什么，怎么办"，就中国科幻的创新连续追击；两位回答者一位是作家，一位是研究者，他们的反应张弛有度，同出而异趣，时有闪光的惊人之语。

提问者提出的主要问题是：

1. 很多人对科幻的未来迷茫，原因何在？

2. 如何看待新的科技时代背景下科幻创作与现实的疏离？

3. 怎样寻求新的科幻表达方式，以应对科幻文学新的时代要求？

4. 如何评价当下的科幻实绩？

对谈的第一个分歧点在于科幻文学的处境是喜是忧。整体上，韩松是带着审慎乐观的，认为市场利好；而吴岩则对当下的科幻的创作风向和状态，表达了强烈不满。这种不满、焦虑在那样的时期，表现出的是"文类已死"的结论：科幻已经基本上走完了自己的历史旅程，现有的文学形式已走上了消亡之路。吴岩的理由是，科幻文学在西方、在晚清、在现代，都是与科技紧密相连的文学，而现代科技已经完全入侵现实生活，产生了目不暇接的暴力，作家们已经与当前的科学完全脱节，中国科幻与现实完全疏离。吴岩揭示了科幻创作的主要范式消失的原因：科幻和未来入侵现实，导致交接处的战争作为叙事主体的创造方式的消失。

有趣的是，韩松的乐观并没有直接针对吴岩的结论进行反驳，但他也指出，中国还没有完成工业化，没有实现科技现代化。于是，科幻对未来中国的几代还有生命力，审美的愉悦没有终结，在中国还有巨大的潜能，经典的科幻模式也可以老树新花。这种辩论并没有真正形成交锋，更可能被认为是在认可前者给出的普遍性结论之后对中国发展特例的一种推测。

对于科幻如何寻求新的表达方式，韩松较为温和，主张把个人的私心放下，向过去和历史寻求资源，探索经典科幻模式新的应用，发掘科幻与外界相交叉的模糊地带，探寻想象力的极限。吴岩则提出，要更多地抛弃自我，与科学相关的写作仍有各种机会，建立与当下直接联系的文学需要转变，警惕危机。吴岩认为，韩松的后科幻小说就是一种创新的典型。

有关科幻是否已经死亡的争论，在刘慈欣和郝景芳获得雨果奖之后，在《三体》《北京折叠》获得广泛认可之后，似乎已经被废弃和搁置。但如果回顾这篇谈话中几位作家提出的问题，可以看到相关的势态仍然在继续发展。韩松所说的科幻在中国仍然具有几代人的前景,已经逐渐展开,但吴岩所说的整个文类正在失去以往的地位,也是一个不争的事实。科幻小说何去何从,仍然是一个悬而未决的问题。

(张凡)

我所理解的"核心科幻"

王晋康

我一向凭直觉写作,不熟悉科幻理论。以下仅是泛泛而谈,聊备一说罢了。

关于什么是科幻及软硬科幻,历来是个夹缠不清的问题。这其实不奇怪,科幻文学是个包容性很强的文学品种,其边缘部分与奇幻文学、侦探文学、推理小说、探险小说、惊险小说、恐怖小说、言情小说甚至主流文学并无清晰的边界;或者说,科幻小说并非绝对的同质集合体,所以,想对它下一个包容一切的严格定义其实是缘木求鱼。当然,科幻作品中也有一部分最能表现出"科幻"的特质和优势,不会与其他文学品种混淆。这部分作品我称之为"核心科幻",它就像太极图中的眼,应该比较容易给出准确定义。

依我个人的观点,"核心科幻"应有如下特点:

一、宏伟、博大、深邃的科学体系本身就是作品的美学因素,与平时人们强调的文学上的美学因素并列。或者按习惯说法:这些作品能充分表达科学本身所具有的震撼力。这种美可以是哲理理性之美,也可以是技术、物化之美。

二、作品浸泡在科学精神和科学理性之中，用坎贝尔的话就是"以理性和科学的态度描写超现实情节"。

三、能充分应用科幻独有的手法，像独特的科幻构思、自由设置的背景、时空交错、以人类整体为主角等。作品中应该有基本正确的科学知识，能激发读者对科学的兴趣。至于科幻作品的文学性、其所承载的人文内涵、对现实的关注等，因为与主流文学作品并无二致，这里就不说了。只需指出一点：由于科幻文学的特点，它往往更宜于表达作者的人文思考。

从这三个特点来看，我所称的"核心科幻"比较接近于过去说的硬科幻，但也不尽然。像宗教题材的《莱博维茨的赞歌》，就基本符合上面三条标准，应该划入"核心科幻"。依我看来，"核心科幻"的提法比科幻的软硬之分要精确一些，因为后一种提法把两者并列了，实际上，从功能上和数量上二者都是不能并列的，软科幻的数量要多于硬科幻。而且"核心科幻"的提法更能突出"科学是科幻的源文化"这个特点。

"核心科幻"与"非核心科幻"仅是类别属性，单就作品本身而言并无高下之分，实际上，科幻史上不少名篇更偏重于人文方面而缺少"科学之核"，划不到"核心科幻"的范围，如《1984》《五号屠场》《蝇王》等。韩松的作品都很优秀，但它们大多不属于"核心科幻"。以上说法是就个体而言，如果就群体而言，就科幻文学这个品种而言，一定要有一批，哪怕是一小批优秀的"核心科幻"作品来作骨架，否则这个文学品种就会混同于其他文学品种，失去了存在的合理性和必要性。

"核心科幻"作品与其他科幻不同的是，它特别依赖于一个好的科幻构思。什么是好的科幻构思？我个人认为，有以下几点判别标准：

一、它应该具有新颖性，是前无古人的，具有冲击力的，在作品中能够自洽。

二、它和故事应该有内在的逻辑联系。举一个例子，何宏伟关于"分时制"的那个绝妙构思（基于电脑的分时原理，一个女孩在不同的时区片断中同时爱上两个男人），就和故事结构有逻辑上的内在联系。抽去这个内核，整个故事就塌架了。但《伤心者》中的科幻构思（数学上微连续）则和故事本身没有内在联系，抽去它，故事丝毫不受影响，所以后一篇就划不到"核心科幻"中。当然这不妨碍它是一篇以情感人的优秀作品，我亲耳听见不少读者赞赏它。

三、科幻构思最好有一个坚实的科学内核，能符合科学意义上的正确。这儿所谓的正确只是指它能够存活于现代科学体系之中，不会被现代科学所证伪。或者换一个说法：科幻文学是以世界的统一性为前提的神话故事，是建立在为所有人接受的某种合理性的基础之上，两种说法实际是等效的。"所有人接受的某种合理性"，除了现代科学体系之外，还有什么东西能担当得起呢？

上面说的第三个要求就比较高了，因为科幻说到底是文学而不是科学。但如果能做到这一点，作品就会更厚重，更耐咀嚼，能给读者以思想上的冲击，比如《地火》《十字》等作品就符合第三条标准。创作"核心科幻"，成功的一个前提就是对科学本身持有炽热的信念。当代中国科幻作家中，刘慈欣、何宏伟、江波等的作品中都能随处触摸到他们对科学大厦和大自然的敬畏之情。在我的作品中，虽然对科学的批判是一个永远的母题，但这些批判是建立在对科学的虔诚信仰之上的。

今天我在这儿提"核心科幻"是有感而发。中国科幻在20世纪90年代建立了几个重要的概念：科幻不是科普，不承担宣传科学知识的任务，其知识元素或科幻构思不必符合科学意义上的正确。这是非常重要的进步，从此科幻才打碎了桎梏，真正作为一个文学品种蓬勃发展起来。但事情都是两面的，如果一味强调这一面，科幻就会抠掉其中的"科"字，被奇幻或其他兄弟文学品种所同化。今天的中国科幻作品中，科学的影响力在下降，作品越来越魔法化，空洞化。新作者们生长在高科技时代，但也许是"久入兰室而不闻其香"，部分人对科学没有深厚的感情，只是把作品中的科学元素当成让人眼花缭乱的道具，作品是视觉的盛宴但缺少科学精神，缺少坚实的科学内核。作为个人来讲，写这样的作品无可非议，前边说过，科幻是个包容性很强的文学品种，完全应该包含这类作品。读者是多元的，这样的作品自有它的读者群，其数量甚至多于"核心科幻"的读者群（"核心科幻"的作品也可以是畅销书，但那主要得益于故事性等元素，因为能够感受"科学本身所具有的震撼力"的读者常常是少数）。但从科幻文学整体来讲，这个趋势最后的结果必将过度消费科幻文学的品牌力量，失去科幻独特的魅力。

从某个角度说，这不是科幻作者应该关心的事，他们尽可按自己的爱好和特长自由自在地写下去。至于如何保持科幻园地的生态平衡，保持科幻文学不同于其他文学的特质，更多是编辑们和科幻理论家的职责。但恐怕后边一句话说了也是白说，因为科幻园地各种风格的兴衰最终取决于一个喜怒无常的家伙：市场。它的脾性我们不一定摸得透。

导读：

科幻小说分类不但是理论家关心的问题，更是作家、出版人、读者关注的问题，本文是作家王晋康对这个问题提出的观点。王晋康在2010年的一次笔会上提出的"核心科幻"观点，是跳出此前一系列讨论，另辟蹊径的一次尝试。这一观点提出之后，很快受到许多肯定和引用。

王晋康（1948— ），著名科幻作家，高级工程师，中国作协会员，中国科普作协副理事长。因孩子想听故事而偶然闯入科幻文坛，处女作《亚当回归》获1993年全国科幻征文首奖。1997年又获国际科幻大会颁发的银河奖，2014年又获全球华语科幻星云奖终生成就奖。迄今已发表短篇小说87篇，长篇小说10余部，计500余万字。王晋康的科幻作品风格苍凉沉郁，冷峻峭拔，富有浓厚的哲理意蕴，善于追踪最新的科学发现，尤其是生物学发现，他的作品常表现人类被更高级形式生命取代的主题。

《我所理解的"核心科幻"》一文正式发表于2010年第10期的《科幻世界》。通过这篇随笔性质的文论散文，王晋康讨论了"核心科幻"的定义与特点，并就软、硬科幻之区别，以及优秀科幻构思的构成要素等问题发表了自己的看法。

文章开篇王晋康谦虚地说他一直"凭直觉写作，不熟悉科幻理论"，之后内容为其"泛泛而谈"之语。但实际上，王晋康对"核心科幻"概念的阐释与解读是全面的。在该文前面部分，王晋康指出软科幻与硬科幻的概念边界不甚清晰，并且科幻文类相较于其他幻想文学类型也存在边界不清的情况。在此情形下，科幻文学中需要有一批最能表达出"科幻"特质和优势的作品，使这一文类明显区别于其他文学品种。而带有这种功能的科幻作品则被王晋康认为是"核心科幻"作品。

王晋康认为，"核心科幻"的特点主要有三。其一是作品"能充分表达科学本身所具有的震撼力"；其二是作品应"浸泡在科学精神和科学理性之中"；其三是"能充分应用科幻独有的手法，像独特的科幻构思、自由设置背景、时空交错、以人类整体为主角等"。尽管王晋康表示科幻小说的最终落脚点是文学作品，并且科幻的特点也更利于表达作者的人文思考，但他也表示他所言的"核心科幻"特点较为接近过去所言的硬科幻，但在具体文本分析上也不绝对。王晋康认为仍有很多著名的软科幻作品表现了科幻文学的突出特征，进入了"核心科幻"的范畴。

在王晋康的论述中，"硬"与"软"不是区分科幻核心与否的绝对标准，而好的科幻构思才是让作品进入"核心科幻"范畴的充要条件。在如何评判作品的构思是否优秀方面，王晋康同样给出了他的判断：其一是它应是新颖的，具有极强冲击力的；其二是构思应与故事有内在的逻辑联系；其三是科幻构思最好有一个坚实的科学内核，能符合科学意义上的正确。王晋康补充道，上述最难实现的其实是第三点，它要求科幻作者对科学保有一贯的尊重与持续且炽热的信念，但也要从20世纪90年代以来的一些论争中看到正确处理科普与科幻之关系，以及在何种程度上达成符合科学意义的重要性。

文末，王晋康表示希望科幻作者能按照自己的想法进行自由创作，而维护科幻生态平衡的问题则要更多地倚靠科幻编辑与科幻理论家。但最摇摆、最不稳定的因素还是科幻市场。

《我所理解的"核心科幻"》一文出现于21世纪10年代末，它对20世纪90年代之后近20年的中国科幻创作进行了一个粗略的分类与总结。"核心科幻"概念的提出与其特征的确立实际上给新时期中国科幻作家的创作提出了新的要求，同时也让科幻文类区别于其他通俗文类甚至主流文学有了一定的依据。而符合定义与特征的"核心科幻"创作、接受与批评，同样对维护中国当代科幻文学生态稳定，促进中国当代科幻文学良性发展起到了一定的积极作用。

（肖汉）

寂寞的伏兵

贾立元

长期以来，人们对科幻文学有很多误解，有人认为它只是为青少年普及科学知识的一种手段，有人认为它是怪力乱神，有人认为它就是好莱坞科幻大片。新世纪中国科幻文学取得了一些成绩，但由于这些误解，这些成绩未能得到应有的认识，因此我愿借此机会，向各位朋友讲几个故事，或许能改变大家对科幻的看法。

第一个故事。都市里一帮精神空虚的男人整天寻花问柳，时间长了感到乏味。这时他们发现一家神秘公司，利用生物基因的技术，以工业化方式生产可以快速生长的人造美女，这些美女在法律上没有人类的地位，被称为"长有卵巢和子宫的纯种动物"。人造美女被放在一个岛上，赤身裸体，供有钱的男人捕猎。男人有武器和装备，捕猎到以后就可以任意处置，但也有可能被美女设计的陷阱抓到后杀死。于是这几个男人就全副武装地来到了岛上，这是一个"重口味"的故事，后来发生了一些非常可怕的事情，各位可以自己去想象。

鲁迅曾说过："每一新制度，新学术，新名词，传入中国，便如落在黑色染缸，立刻乌黑一团，化为济私助焰之具，科学亦不过其一而已。"在这篇名叫《美女狩猎指南》的故事里，主持人造美女项目的博士竟说这种狩猎活动可以为当地经济做贡献。科学的进步以冠冕堂皇的理由助长着最黑暗的欲望，而几个蒙受过性心理创伤、成年后又被僵硬的社会现实所掏空的男人，只有在以死亡为代价的猎捕和征服中，才能重新找回生命的激情，以变态的方式释放被扭曲的欲望。

这篇故事的作者就是在座的科幻作家韩松，他笔下的世界是阴郁、鬼魅、压抑和荒唐的，人物是卑微无力的。韩松是个敏感的人，又在新华社工作，每天要接触的大量离奇古怪的社会现实，更能体会现实的荒诞，科幻写作于是成为他抒怀和抗争的最好方式。他认为，科幻能"超越民族劣根性批判，尝试进一步探讨在技术文明背景下中国人日益进化着的诡诈、卑鄙和阴暗，探讨一种以信息化、法治化和富裕化为特征的新愚昧"。如果说，鲁迅的"染缸"给人一种滞重、无变化、静态的印象，韩松的笔下那个鬼气森森的国度，更像是一种动态的、生长着的巨怪，它是"五千年的固有逻辑"与现代科技联姻的产物，是中国社会从传统向现代转型这一复杂历史进程的一个侧面。

复旦大学的严锋先生说，"从某种意义说韩松是先锋文学在新世纪的变奏和延伸"。可以说，科幻的美学特征，使它在探讨某些新的文化命题方面有着特别的优势。

第二个故事。在未来，为了躲避太阳系的毁灭，人类把地球改造成了一架飞船，地球吞噬着自己身上的物质，把它们变成能量，驱动自己，载着全人类在宇宙中漂泊。可以想象这样大尺度的故事何其华丽、庄重和悲壮。

这篇由另一位重要科幻作家刘慈欣所创作的小说提出了一个关于"崇高"的问题。20世纪中国文学中充满了崇高而庄重的中国形象，这是与作家们对民族苦难的哀痛与复兴的强烈期许相符合的风格，然而历史的变故使得80年代开始的主流文学中，奇异或新奇性的中国形象成为主体。王一川教授指出："'现代性工程'所生产的富有新的中心权威和魅力的伟大中国在此遭到质疑。"奇体中国替代了庄体中国。确实，社会现实的苦厄和困顿、文学自身的发展要求都使得对现实中国进行崇高庄重的叙事显得单薄而无力。可另一方面，正如王斑教授所说，在这个"人心涣散，理想空虚，民主参与冷落，公民政治瘫痪的时代……反崇高的政治，即以身体对抗压抑权威，完全被更大、更'崇高'的经济发展、疯狂消费的全球政治俘虏了。因此，多一点理想主义的浪漫，没有什么不好"。

如此一来，当代文学如何安置"崇高"成了一个问题。正是在这里，科幻找到了自己的另一个优势，也就是，对未来的崇高叙事。在浑浊的现实世界，去讲述一个崇高的未来是得当的，也是应该的。套用马克思的一句名言：文学不仅要思考这个世界，更要给人希望去改变这个世界。刘慈欣认为："把美好的未来展示给人们，是科幻文学所独有的功能……最美的科幻小说应该是乐观的，中国的科幻作者们应该开始描写美好的未来，这是科幻小说的一个刚刚开始的使命。"他笔下那些大尺度的、恢宏的、气势磅礴的小说展示了宇宙的浩渺、真理的冷酷，歌颂了人类不断探索宇宙，与自己的命运抗争的壮举。正是他的真诚和执着赢得了最多科幻热爱者的拥戴，许多年轻人在他那里获得了勇气和信念。

鲁迅先生说："非有天马行空似的大精神即无大艺术的产生。但中国现在的精神又何其萎靡锢蔽呢？"我相信，科幻，因为它对未来的热情，能够为我们的时代注入更多天马行空的大精神。

以上我试图说明：在深入处理某些文化命题和对未来的崇高叙事两个方面，科幻这支同盟军为当代文学的创作和理论研究都准备了丰富的空间。也可以说，当一个作家以严肃的态度、符合逻辑的情节去处理某些特定的文化命题，或以尽可能合乎情理的方式来展示一个合情合理的未来时，他就已经在进行科幻写作了。不过，由于误解，科幻更像是当代文学的一支寂寞的伏兵，在少有人关心的荒野上默默地埋伏着，也许某一天，在时机到来的时候，会斜刺里杀出几员猛将，从此改天换地；但也可能在荒野上自娱自乐自说自话最后自生自灭，将来的人会在这里找到一件未完成的神秘兵器，而锻造和挥舞过这把兵器的人们则被遗忘。后一个结局比较有美感，前一个结局比较有喜感。作为一个写作者，我比较喜欢有美感的结局，不过作为故事里的人物，我更期待一个有喜感的结局。所以很荣幸今天来到这里，说了这番话，希望我们能带着误会相聚，带着了解告别。

导读：

科幻作家是文学边疆的驻守者，本文是边疆驻守者对文学腹地常驻民的一次表白。2010年7月12日至13日，在复旦大学召开了由哈佛大学东亚系、复旦大学中文系、上海大学文学院和上海文艺出版社共同主办的"新世纪十年文学：现状与未来"国际学术研讨会，这次大会特邀科幻作家韩松和贾立元出席。这件事本身带有非常重要的意义，而两人的讲话则在主流文学领域引起了关注。本文为贾立元参加此次大会所做发言的整理稿。

贾立元（1983— ），笔名飞氘，硕士毕业于北京师范大学文学院科幻文学方向，博士师从清华大学教授、作家格非，目前是清华大学中文系副教授，文学创作研究中心执行主任。他的主要研究领域是晚清科幻。《寂寞的伏兵》这个标题集文学性、形象性和高度的象征指代于一体，散发着某种悲伤的美感、对科幻美学价值的择善固执，立刻得到广泛传诵。寂寞的伏兵，由此成为"中国科幻"的代名词。

这篇文章是以厘清对科幻的误解开始的。几乎每个人都或多或少知道某一类科幻，却不知道另外几类科幻；知道有某些通俗的科幻，却不知道有着雅俗共赏的科幻；知道科幻与科学紧密相关，却不知道科幻的社会功能远不止此。

新世纪科幻小说的空间究竟有多大？作者精心选择了韩松和刘慈欣的作品作为例证。这两部作品风格迥异，但都把科幻文学与民族性格和国家命运联系起来，从正反两个方面描述了新世纪科幻小说中的中国形象。

首先是韩松的鬼魅中国的文化再启蒙。韩松对中国20世纪先锋文学的变奏与延伸，论述了科幻处理中国固有文化命题的深刻性。

其次是面向未来的崇高叙事，这是科幻美学的另一个优势。刘慈欣天马行空的宏叙事和他的宇宙诗学，在描述宇宙的浩瀚、真理的冷酷、人类对命运的顽强抗争方面，具有传统文学不具备的特有优势。9年后，这篇演讲里提到的第二个故事投拍成电影《流浪地球》，以鲜明的中国形象拯救世界，宛如中国太阳，在世界科幻电影舞台上冉冉升起。

今天，寂寞的伏兵已不再寂寞，不再潜伏，欣欣向荣。作者的第一个预言已经实现：从斜刺里杀出几员猛将，从此改天换地。中国科幻文学进入历史上最好的发展时期，并成为国家外推中国形象的杰出代表。然而，我们不能遗忘那些筚路蓝缕、秣马厉兵的科幻先行者们。

（张凡）

自嘲的艺术
——当代中国科幻的一些特征

韩松

我和飞氘是来自北京的科幻小说作者，写科幻是业余爱好。没奢望能来开这个会，因此诚惶诚恐。科幻小说是小众文学和边缘文学（是否是文学尚有争议，姑且称之）。大家谈青春情怀、中年危机，我们感觉不到。在中国，科幻文学被定义为儿童文学，由中国作协少年儿童文学专业委员会来主管。当然，它是真正的新文学。其他文学所表现的形式和内容，中国自古都有了，但只有科幻，是20世纪才出现在中国的。有人爱它，比如鲁迅说"导中国人群以行进，必自科学小说始"，并率先翻译了凡尔纳的小说。有人怕它，认为是大毒草，是资产阶级自由化。有人问：你们老写外星人占领地球，那么，党又在哪里呢？但这挡不住科幻生长。新世纪十年，热爱它的中国年轻人越来越多，他们称自己为"科幻迷"。科幻迷的劲头，有些像80年代的文学青年。科学加文艺，几乎成为一种生活时尚。他们自己办网站，办沙龙，拍电影，画漫画，搞翻译，建组织，办读书会，办协会（比如全国的主要高校都有科幻协会，包括上海的复旦和同济，还有科学松鼠会、四十二工作组等）；他们还自己办杂志（比如《新幻界》），还给喜爱的作者和作品评奖（比如七月中下旬颁发的"星空奖"）。科幻网站的人气很旺，一些科幻小说被译作外文。西方有人认为，世界的下一个科幻增长点在中国。

科学文艺为何会在新世纪产生吸引力？

一个是想象力。在一个缺乏想象力的国度，科幻解放了想象力。比如科幻最早想象了网络如何改变人类生活，包括改变了文学。最近在《新幻界》上看了上海作家潘海天的《春天的猪的故事》，他想象全中国人在汶川大地震后受到猪坚强的启发，拼命从地下挖猪，挖出了猪太强、猪更强、猪最强，开挖了一个又一个的猪矿，猪像洪水一样从地下冒出来。中国成了猪的国度。最后，数量多达一百亿头的猪认为中国人不值得拯救，集体飞向太空。这当然不仅是想象力。潘海天写故事很像奥威尔和卡夫卡。

二是传奇性。科幻继承和发展了文学的传奇性。科幻善讲故事，它有时骇人听闻而匪夷所思，有时出人意料而充满悬念。在国外，电影《阿凡达》就是科幻传奇性的代表。

三是它很直接而真实地反映了这个时代的命题和困惑。科幻不是不着边际的幻想，也不是简单的科普，在新世纪，科幻更多地关照了人们在科技时代感受到的荒谬和失落。我们生活在一个由农业到工业再到信息社会的转型中，相对论、量子力学、基因技术就在我们身边的现实中作祟，并与政治和经济的巨大变化交织一起。中国几千年的文明发展到今天，呈现出比科幻更加科幻的特点。我们感受到人性在世界、未来、科技、资本、权力的五重架构下异化，民主和科学精神并未完全成为现实。科幻作者有一种强烈的欲望，要把对荒谬生活的恐惧表现出来。科幻的最大主题是恐惧。我们试图秉承《1984》《五号屠场》《万有引力之虹》的文学先锋精神，并把它中国化。比如说楸帆的《鼠年》，他写的是大学生毕业后，找不到工作，彷徨徘徊，最后只好响应号召，加入灭鼠大军。这种鼠，是生物科学大发展时代变异的或者像大学生一样异化的"新鼠"。战斗极其残酷，最后灭鼠队自相残杀，人性毁灭。王晋康的《蚁生》，则描述了"文化大革命"中的中国人在科技的作用下，像蚂蚁一样生活的场景。还有刘慈欣，写普通中国老百姓在面对宇宙这样大尺度，这样充满机械感和压力感的巨物之下，怎么艰难生存，写科技把穷人与富人的关系变为人与狗的关系。还有探讨终极存在与渺小的个体的关系，像飞氘，他写了《一览众山小》，把孔子的求索与宇宙的真谛联系在一起，像康德那样提出心与物的困惑问题。还有像赵海虹，写两性关系的扭曲，写人究竟是什么，写人与机器究竟有没有区别。科幻还是展示无穷可能性的，在来开会的路上，飞氘提出一个话题：时间机器是西方资本主义发明的科幻道具，如果我们掌握了，会拿它做什么？我十几年前写过一个这方面的科幻小说：我们掌握了时间机器，会首先考虑用它返回过去，去阻止"文化大革命"的发生。但这遭到了另外的人的反对——因为如果没有"文化大革命"，就没有现在的我们的存在。这是中国的最大悖论。当代中国科幻小说，往往直接来自作者日常生活中的体验，所以打动了人。

当然，科幻并不过多地选择批判现实，而是选择了逃离现实。科幻构造出了平行世界和未来世界，它是最具技术性的、最具逃离感的文学形式，与现实有一种真实而天然的陌生化和疏离。不过，这逃离本身，就像行为艺术一样，却又是最大的现实主义，我们是逃不出去的，就像小姬那篇发表在《新幻界》上的《沙漏》。女主人公的老公是国家安全部的，她深陷在时间的无意义的缝隙中。她的出口在哪里呢？而最终，中国伟大的宇宙探测器发现宇宙只是边界在仙女座星系的一个花瓶，我们都住在这个器皿的底部。更悲哀的是，这个瓶子大概又是女主人公想象或编程出来的。不管怎样，科幻成为我们的生活方式，成了我们自我解嘲的艺术——如果我们不能自我救赎的话。

导读：

在相当长的时段里，以高校中文系（或文学院）为核心的文学研究界，对科幻文学，尤其是正在发生着的当代中国科幻文学，知之甚少。在各种版本的现当代文学史中，几乎不可能出现"科幻"二字，在各类"主流"文学界举办的正规学术研讨会上，也看不到科幻作家的身影。科幻迷和科幻作家对于在小圈子里自娱自乐的状况早已习以为常，因此，当复旦大学中文系教授严锋的那句"刘慈欣单枪匹马以一己之力将中国科幻提升到世界级水平"的断言出现在刘慈欣新书上时，许多科幻迷在颇感意外的同时，也对于终于有名牌大学中文系的教授如此看得起中国科幻作家感到欢欣鼓舞。严锋教授很快成为学院系统中最早跟中国科幻界建立密切联系的文学教育者之一。因此，当2010年复旦大学准备举办"新世纪十年文学：现状与未来"国际研讨会时，严锋提议邀请科幻作家参会。本文即是韩松在会上发言的整理稿。

作为新华社的资深记者，韩松在会议期间一直在用笔记本电脑全程记录会议的主要内容和嘉宾发言要点，即便到了作家发言的环节，坐在台上的他仍然旁若无人地进行着速记工作，只有轮到自己发言时才停止敲击键盘。考虑到这是中国科幻作家第一次参加这种高规格的国际文学会议，韩松做了精心的准备。整个发言的定位，是向基本上完全不了解当代科幻的知名作家、学者介绍中国科幻现状。在有限的时间里，韩松以其一贯的低沉、徐缓而冷幽默的方式，简明扼要地介绍了中国科幻的当下处境。例如，几乎没有职业的科幻作家，科幻写作基本属于业余爱好；在作协系统里，科幻文学隶属于儿童文学。这些原本只是对于实际情况的陈述，但由于多数听众对此一无所知，因此很容易在现场产生某种活跃气氛的效果。听众的注意力很快被吸引住。接着，韩松分析道：科幻在新世纪仍然保持活力的重要原因，是具有飞扬的想象力与传奇性。大概是担心听众由此产生"科幻不关注社会现实"的误会，韩松紧接着又强调：科幻的另一个魅力在于能以另一种方法传递"作者日常生活中的体验"，看似离奇的故事"直接而真实地反映了这个时代的命题和困惑"，"关照了人们在科技时代感受到的荒谬和失落"。从这些观点中，能够看出身为作家和记者的韩松从未中断过对当代中国社会的忧思。此外，作为一名在科幻界声望颇高的成名作家，从他发言中提到的作品来看，韩松也一直对于不断涌现的新作保持关注，尤其对年轻的科幻作者的成长寄予了很高的期待。这种对青年的肯定和鼓励也是令人感动的。

在发言的最后，为了避免给听众造成片面的印象，韩松又转而强调：科幻尽管可以批判现实，但也提供逃离现实的空间，"与现实有一种真实而天然的陌生化和疏离。不过，这逃离本身，就像行为艺术一样，却又是最大的现实主义，我们是逃不出去的"。在这种非常典型的韩松式的隐晦、缠绕的句法背后，我们能够隐隐体会到在众多光彩照人的文学明星面前，这位来自中国科幻界的代表在谈论科幻时那种混杂着谦逊、自豪、无奈、苦涩、自嘲的复杂感情。

韩松的发言产生了相当良好的效果。发言结束后，他立刻被媒体人士、正在撰写学位论文的研究生包围。大会结束后，不少知名学者开始关注科幻文学。到了年底，备受科幻迷期待的《三体》第三部《死神永生》出版，此后引发的公众关注远远超出了出版方、多数科幻迷乃至刘慈欣本人的最初预期，中国科幻在新世纪的第二个十年迎来了前所未有的好机遇。如此看来，韩松的这次发言，不但助推了中国科幻被外界认识的进程，也有助于我们了解在中国科幻的魅力开始真正向外界产生有效辐射的前夜，作家们的内心感受。

这场发言之后不久，韩松的新书《地铁》出版，科幻迷在互联网上对该书与《死神永生》联动推广,产生了极好的宣传效果。2011年8月,在上海举办的"今日批评家"论坛上,韩松成为专题讨论的作家。

(贾立元)

对"科幻现实主义"的再思考

陈楸帆

几天前,我看了一部好莱坞电影《极乐空间》,讲述 21 世纪末的地球已经变成疾病肆虐、资源匮乏、环境恶劣的贫民窟,而特权阶级全都移民到车轮状的太空城"极乐空间"里,享受着优美清洁的环境、富足的生活及医疗机——一种可以治疗所有病症的完美机器。

片子毫无疑问影射了许多现实问题,如美国的医改政策、美墨间的移民问题等。在同一位导演的前一部作品《第九区》中,更是赤裸裸地影射抨击了南非的种族隔离历史,他运用了许多写实主义风格的手法为影片增添视觉冲击力,如手持摄像的伪纪录片风格、脏乱差的环境设置,对血腥乃至恶心场面也丝毫不避讳,多次正面近景表现。在前半段观看过程中我不断在想:"这就是科幻现实主义啊!"

但到了故事后半段,或许是大投资导致的压力,情节如脱缰之马,为了严格遵守好莱坞的起承转合节奏而不停赶路,漏洞百出,以至于有几分政治正确的乏味,最终来自地球的草根英雄重启了极乐空间,让所有人都能享受到免费医疗的权利。又一个 Happy Ending。这让我有点失落,过分理想主义的结局处理弱化了片子整体的可信度,也让前面的现实化风格努力化为乌有,观众会在最后一刻回过神来:"这不过是又一部好莱坞流水线作业。"它想说些什么但是浅尝辄止，把一切思考中止于安全的范围内。

那么，究竟什么是科幻现实主义？

2012年在星云奖的科幻高峰论坛上，我在发言里说："科幻在当下，是最大的现实主义。科幻用开放性的现实主义，为想象力提供了一个窗口，去书写主流文学中没有书写的现实。"经由韩松老师的提炼，"科幻现实主义"这个词诞生了，在过去一年中，它不断出现于各种媒体关于中国科幻的报道中。韩松、吴岩、姚海军、潘海天和我曾在一篇采访中试图阐释这个概念：

> 在中国，科幻文学作品从新闻中获取灵感，甚至科幻言中现实的文学流派，被戏称为"科幻现实主义"。大英百科全书对"科幻文学"的定义是：有关科学或科技幻想的文学，多数涉及未来；科幻文学因为描述人类的独特想象常常具有惊异感和荒诞性。

显然，这种定义存在其片面性，就像余华新作《第七天》被批评为微博社会新闻大杂烩一样，将文学创作赋予太多当下性，就像强迫风筝贴地飞行一样不可取，而如刘慈欣所说"科幻就像风筝，要飞得高远，又需要一根细细的线牵着"（大意）。"科幻现实主义"所追求的应该不仅仅是对时事的简单呼应和摹写，否则便丧失了这种开放文类自身的优势和可能性。

我更愿意将"科幻现实主义"理解成一种话语策略，正如《科幻世界》杂志主编姚海军所说："科幻应该关心现实。"去寻找并击打受众的痛点，唤起更多人对科幻文学的关注，踏入门槛，并进而发现更加广阔的世界，"科幻现实主义"类似于在一个特殊时期科幻排头兵的角色。

那么我们需要进一步厘清的便是，哪些作品可以算作"科幻现实主义"？

在 2005 年出版的《新观念史词典》(*New Dictionary of the History of Ideas*)中，著名学者鲁宾（J. H. Rubin）作为"现实主义"词条的编撰者认为：

> ……这个词涉及视觉现实主义（形式或细节来源于自然，例如前拉斐尔派或照相现实主义）、心理现实主义（有时扭曲形式以表达情感，如表现主义）或错觉主义（通过细腻的描绘技巧使想象的形式显得逼真，如超现实主义）。现实主义与摄影术在 1839 年一同兴起，后者为视觉现实主义提供了新的标准，同时也是以科学技术回应艺术对现实主义标准的追求。……

而恩格斯在 1888 年 4 月初致玛格丽特·哈克奈斯的信中认为，"现实主义"除了细节的真实外，还要真实地再现典型环境中的典型人物。

从美学层面的定义去看，《三体》以及刘慈欣的大部分作品无疑属于科幻现实主义，不仅仅由于他对于现实层面（包括历史）的真实描绘，还包括了对想象中的三体世界及未来细致入微的刻画，以及对于这些极端的典型环境中典型人物的成功塑造，让读者觉得可信而真实，从而在心理层面完全沉浸其中，获取共鸣及恢宏震撼的阅读体验。

而从题材层面定义看，韩松的"轨道"三步曲（《地铁》《高铁》《轨道》）同样属于科幻现实主义，尽管运用了表现主义及超现实主义的手法，但其作品根基仍牢牢扎根于现实，阅读经验丰富的读者能够从中读解出对现实事件的多重反讽。在韩松那里，科幻现实主义的精神更具批判性，当然也更具隐蔽性。

那么照这种分法，岂不是大部分科幻作品都可以纳入科幻现实主义的范畴。严格地说，没错，因为它是一种风格，高于类似于"太空歌剧""赛博朋克""反乌托邦"等亚文类（sub-genre）之上，"科幻现实主义"可以作为一个定义加在任何一种亚文类的前面。

那么，区分哪些作品不是"科幻现实主义"就变得很重要。

我们经常能看到一些作品，发生在貌似现实的世界里，但主人公却有着像卡通人物般的言行举止（玛丽苏文），而剧情更像是上演过无数遍的好莱坞大片的杂糅体，充满了俗套和不可能的转折。这种文章的感情总是超乎寻常地充沛，感伤泛滥或者咆哮成风，但是看完之后，除了脑袋发疼嗡嗡作响，什么也留不下。

没错，我在讨论的是"真实性"。"真实性"不等于"真实"，它是一种逻辑自洽与思维缜密的产物，这或许是"科幻现实主义"不同于"现实主义"，并将后者往前推进的那一步。而迈出这一步，则海阔天空，整个宇宙和历史都将成为我们的游戏机和试验场。我们设置规则，这些规则基于我们对现有世界运行规律的认知和理解，然后引入一些变量，它们有些会很极端，引发链式反应，变化从个体开始，蔓延到群体、社会、技术和文化，整个世界都将为之产生改变，但这一切都是可理解可推敲的、符合逻辑的、具"真实性"的舞台，我们的故事便会在这样的舞台上演。

我们的目光从大地望向星空，探入海底，甚至直指人类的意识深处，在狭隘的传统中国现实文学题材（乡村、情爱、官场、谍战等）之外，还有无穷无尽的可能性和新大陆等待我们去探究、去发现。

韩松老师曾经说过："现实最大的一个问题，是荒谬感。比卡夫卡的小说还要荒谬。很多东西表面上十分正确、严肃，但恰恰是这样，它显得尤其荒谬，现实太科幻了，我们怎么写得过它？"我却觉得，有了这样"富营养化"的荒谬现实沃土，我们的作家理应更加长袖善舞，我们的"科幻现实主义"理应能够走得更高，更远，更美妙。

导读：

进入新世纪以后，"科幻现实主义"这一口号被重新提出。陈楸帆是积极主张并进行自觉创作实践的重要作家之一。在陈楸帆的一些论述当中，他提供了一系列与郑文光同一提法存在联系但又并不相同的独特阐释。《对"科幻现实主义"的再思考》是这些论述当中较为深入的一篇。该文在编辑过程中有所删节。

陈楸帆（1981— ），毕业于北大中文系，曾经在谷歌、百度等公司任职，科幻作家，现任世界华人科幻协会会长，代表作《荒潮》《未来病史》《人生算法》等，曾多次获得全球华语科幻星云奖、银河奖、世界奇幻科幻翻译奖等国内外奖项，作品被翻译为多国语言。

科幻与现实之间的关系，长期以来一直是中国科幻作家尝试深入探讨的话题。但时至21世纪，郑文光等前辈作家对"科幻现实主义"的提倡并不为大部分人所知。陈楸帆也正是在对此前这一口号及其内涵并不了然的情况下，从当时对科幻与现实之间关系的一系列讨论出发，开始自觉提倡"科幻现实主义"。

在2012年第三届全球华语科幻星云奖的演讲当中，陈楸帆就曾谈及这一提法。《对"科幻现实主义"的再思考》则是在相关讨论产生一些影响之后，较为系统的一次梳理。本文最初是陈楸帆在2013年于山西太原召开的第四届全球华语科幻星云奖"科幻照进现实"高峰论坛上的发言稿，后发表于《名作欣赏》2013年第28期。在发言当时，这一话题即引起了与会作家、学者的热烈响应和思考，相关讨论以各种形式在线上线下平台多次展开，收获颇丰。其中，吴岩主编的《2016中国科幻研究》（收录由吴岩主持的"科幻现实主义圆桌会议"的论文，湖北科学技术出版社，2017年）、姜振宇的博士论文《中国科幻与现实关系的流变》（北京师范大学，2019年）等是较具有代表性的后续研究成果。

陈楸帆本人对"科幻现实主义"的阐释存在一个演变发展的过程。在提倡这一口号的初期，他主要强调在话语策略和美学特征方面的意义；而后他拓展了"现实"本身的内涵和外延，更多地转向近于"知识考古学"的创作姿态。

具体来说，在早期，他强调科幻文学作为一种讽喻手段，来折射社会现实当中原本不可言说的部分。这种工具性的认知与郑文光以科幻作为"折光镜"的譬喻类似。但一方面，它并未抵达郑文光强调借由科幻的思想实验式摹写，在更高的层面表现社会真相的思路；另一方面，这种提法受到了来自理论界的许多批评，如王瑶认为，这将导致科幻存在一个"现实的天花板"，由此限制这一文类的发展前景。

随着相关讨论走向深入，陈楸帆逐渐认识到并不存在一个稳固而且等待科幻去表现或讽喻的"现实"。现实本身正在科技的深刻影响之下，脱离常轨，"变得科幻"，因而实际上超出了包括主流文学在内的其他文类的表现能力。而科幻恰是在这样一个现实经验无法确定，现实逻辑不可理解的世界当中，个体能够借以"重新确立坐标系"的重要话语资源。陈楸帆认为科幻作家应该主动去承担这一责任。

在这个意义上，"科幻现实主义"与"赛博朋克"流派的原初理念遥相呼应，在国内则受到了吴岩、韩松、夏笳等人在理论和实践等多个层面的响应。其中代表性作品包括吴岩的《打印一个新地球》、韩松的"医院"三部曲、夏笳的"中国百科全书"系列等。

（付昌义）

科幻未来主义宣言

吴岩

一、应该为未来写作

今天,科幻作家多为自身的爱好写作,为市场写作,为娱乐写作。这无疑是对的。科幻现实主义者关注现实,现实的种种问题成为科幻写作者批判的对象,这也无可厚非。但科幻未来主义者则认为,真正的未来需要建构性的写作。要为人类打开脑洞,为迷途的羔羊折返自由的宇宙而写作。

二、感受大于推理

科幻未来主义者坚定不移地追随感觉,让创作回归个体心灵而非已有的知识或方法。科幻未来主义者被心灵指引而非科学的推理指引。这使他们的创作明显地表现出超越科学的灵光。科幻未来主义者不是未来学家,但他们通过自己的努力,使思想能在未来人类生活的变化中做出贡献。

三、思想和境界的无边性

在科幻未来主义者看来,幻想不需要边疆,科幻是没有底线或突破底线的最佳文类。无论是科学底线还是人文伦理的底线都不会阻挡科幻未来主义者的建构性探索。

四、没有唤起的作品是可耻的

科幻未来主义者为人写作，而不是为宇宙写作。科幻未来主义者不把人当成宇宙的中心，但是，他们清楚地知道地球上跟自己一样的人是创作过程中最重要的隐含读者。科幻未来主义者创作的是大众的未来读本，它以人对未来生存和生活的情感和态度唤起为核心考量。

五、创造力是最终旨归

科幻未来主义者不满足当前的文类状况，他们不会孤芳自赏。恰恰相反，他们反思自己的不足，期待对文类的陈词滥调做彻底颠覆。创造力的孕育是科幻创作的核心潜力，没有创造力的科幻不是真正的科幻。不但如此，在科幻未来主义者看来，没有对自己过去陈词滥调的埋葬，就没有文类的新生。科幻未来主义者期待跟世界一起的重返，跟宇宙共同的新生！

导读：

本文是科幻未来主义提出时的原初文献。

在现实主义主导的中国文学领域，科幻现实主义的出现，在某种意义上容易进入相关语境，也容易引发人们的联想。但除此之外，中国科幻是否只能有一种路径？是否有其他可以选择的道路？本文是关于这些另类道路观点的一个案例。

吴岩从1978年开始科幻理论研究，1979年开始科幻作品创作，主要作品包括《心灵探险》《生死第六天》《引力的深渊》和《科幻文学论纲》等。他是中国科幻教育的开拓者之一，也是第一个国家社科基金科幻项目的执行者。目前，他是南方科技大学人文中心教授，四川大学中国科幻研究院《中国科幻评论》学术委员会主任，钓鱼城科幻中心荣誉主任，《科幻世界（少年版）》特邀主编。

吴岩在长期的学术生涯中，注重对中国科幻历史的研究。他曾经将中国当下的科幻创作总结为四种主义的组合，这四种主义是古典主义、现实主义、现代主义和未来主义。此文就是他对科幻未来主义的概念界定，也是一种创作宣言。

考虑到现实主义盛行，对于人们对科幻现实主义的关注现象，吴岩认为这样的关注是必要的，也是重要的，但不应该成为唯一的。科幻文学本身就是一种多通道、多面向、多含义的文本创制，因此建立与现实主义对立的未来主义，不但是可能的，也是必须的。

科幻未来主义的提出有其必然性：它是一种现代人都具有的心理冲动；它是一种独特的恰逢其时的文学主张；它是一种文学中可能创建的新社会。从个人、文学至新社会，科幻未来主义的由点到面，对中国科幻，提出了乘胜追击、加快发展的要求——要求中有不满和期待。

应该看到，科幻未来主义是对转型期中国科幻所面临的瓶颈和机遇的回应。中国科幻进入良好的快速发展阶段，但创作实践仍停留在科幻现实主义一枝独秀、新古典主义附从的尴尬境地，这种局面还将在一定时期继续存在。大量的中国科幻小说主题陈旧，形式老化。从世界范围看，中国科幻文学也面临着严峻挑战：中国科幻在世界科幻格局中的主体性尚未建立，缺乏自有理论基础，既有的科幻的理论和既成经验缺乏总结，世界发达国家的科幻经验不能简单移植。并且，从文学自觉看，科幻未来主义的提出，符合文学的发展规律。文学本身一直在经历着断裂运动，例如法国的"新小说"运动，当罗伯·格里耶发现当前的小说理论无法指导小说创作时，他必然要亲自下场发动一场"新小说"运动，在理论上改变创作的方向和目标；当约翰·巴斯等人怀疑自己既不属于现代主义也不属于后现代主义，他必然和许多作家一起，提出"元小说"运动，采用新的语境指导全新的小说创作。在科幻作家内部，对科幻本质和形式的探讨，一直具有未来小说的指向。威尔斯在一篇《关于未来的小说》的演讲中指出："科幻小说必须实现一种针对现实的幻觉，一种历史小说的效果，一种与读者在自欺欺人过程中的合谋。针对作家的假设，作家必须在更高的维度上，摆脱现实世界的经验，发挥想象力，创造出最高形式的小说。"新浪潮科幻、赛博朋克科幻，都是这种创新的自觉。

未来主义是一种现代人都具有的心理冲动。现代人的时空观念，打破了古人循环的时间观和静态的空间观，这种时空观的转变，带来了经验世界的重新认识。对未来的期盼，是一种心理冲动，不但体现为对未至时间的预测、预期和预演，也体现为对空间和环境的改造的愿望。科幻未来主义具有悠久的历史理论资源，意大利的未来主义、非洲未来主义等形形色色以"未来"命名的20世纪的断裂运动，都是建立在时空观念改变之上的革命性的心理冲动。某种意义上，我们甚至可以说，整个科幻文学，也是近代未来主义运动的产物。人们对未来的心理冲动，体现为种种形式的先锋运动。先锋运动的目标，就是革除陈旧的形式、内容、主题，对自我及环境的心理期待。

科幻未来主义，是一种文学中可能创建的新社会。当前科幻文学创作严重滞后于未来图景，滞后于科技发展，创作题材和体裁老化，面对新的科技、人类社会新的可能形态应对措施不足。例如当前人工智能发展迅猛,但大量的科幻小说几乎早已写完了人工智能的各种想象和形式。科幻小说理应对人工智能改变后的经验世界做出新维度的回应和描写,对替换世界里的新道德、新伦理做出可能性推演,否则现实世界和科幻小说里的替换世界并没有不同,科幻小说由此失去了新奇性。

由于科幻未来主义适应了科幻诗学最高层次的审美标准,与科幻未来主义相对应的是新型的科幻小说:未来小说。以未来小说为具体承担,探索科幻未来主义,能从最广大的面,结合主流文学与科幻文学的叙事传统,开拓新的叙事机制,推动科幻小说的创作,驶出中国科幻的全新轨迹。但也应该吸取以往未来主义激进的缺陷,从本土创作的实践出发,多在创作上下功夫,不要仅仅停留在大而无当的口号上吸引人的注意力。

(张凡)

后 记

我从小学时代开始,就有收集科幻文章的癖好。最初是剪下报纸或刊物上对科幻的评介以及各种跟科幻有关的前沿科技动态,做成的剪报集有十几本,等上大学之后,这样的工作仍然在断断续续地进行。特别是从1991年起,我在北师大开设了面向本科生的科幻文学课程,更是有意加大了这方面的工作力度。这些资料给我的教学和科研提供了不少帮助。

进入21世纪以来,我先后主持了国家社科基金一般项目"科幻文学理论与学科体系建设"和重点项目"20世纪中国科幻小说史",跟我的研究生一起对中国科幻文学一百多年发展历程中的重要资料进行了比较系统的收集。学生们精通网络和数据库,保存和检索资料的方法也比我强许多倍。

现在看来,在20世纪国内报刊上发表的科幻文学方面的文章,总共在千篇左右,形式上包括短论、书评、书信等。进入21世纪以来,这类文章和发表平台的数量都有大幅增长,在刚刚过去的第一个二十年中,发表量就已经迅速达到并超过了上个世纪的总量。从发表的阵地看,两个世纪有着很大差别。在20世纪,关于科幻文学的论述更多出现在报纸或综合性期刊上；而到21世纪，虽然报纸仍然是这类文章发表的重要阵地，但学术刊物和网络平台异军突起，前者成为科幻研究论文发表的主要阵地，后者则成为星星之火的思想源泉。

为了整理整个20世纪到21世纪中国科幻文学研究与思考的发展脉络，我们决定配合《20世纪中国科幻小说史》编辑两本科幻文论的精选集。现在大家看到的这一本，收录的主要是发表在非学术刊物之中但却具有强大影响力的文献。有的文章引用量巨大，例如周树人的《〈月界旅行〉辨言》，更多的文章虽然没有太大的引用量，例如童恩正的《谈谈我对科学文艺的认识》之类，但也对中国科幻文学行业本身具有同样巨大的变革意义。这些文章往往反映特定时代特定作者、论者的真知灼见，其影响力有的在当时就被一再确认，有的却是以潜移默化的方式延续至今。

如何从数千篇文章中确认哪些是具有历时性且意义重大的科幻文献，是我们选编中面对的重要难题。为此，我们在"20世纪中国科幻小说史"项目编撰小组中进行过深入讨论，最终引入了投票机制。现在大家看到的这本选集，就是我们通过这样的机制遴选出的中国科幻文学史上最重要的文论的汇集。为了给读者介绍梳理每一篇文献的作者情况，以及文献在中国科幻文学史中的意义，我们邀请了相关学者对文献逐一进行简单介绍和内容分析。

毫不夸张地说，本书收录的文献涵盖、反映了中国百余年科幻文学发展历程当中最重要的思想缘起与文类变迁的历史现场，对中外科幻文学爱好者、文学研究者、创新创意的收集者有着不可多得的重要价值。我自己在伴随着导读重新阅读这些文献的时候，觉得那些过往的"科幻文学理论家"（我觉得称他们为理论家毫不夸张）的思想一个一个地从历史中凸显出来，我甚至能够从他们的篇章中看出他们的个性，以及这种个性、这种思想给中国科幻文学带来的变化。

除了帮助普通读者对历史过程进行探索，这本文集还可以在教学中发挥更大的作用。我们推荐如下几种阅读方法，以期协助学生更好地使用它。

第一种是历史配位式阅读。作为《20世纪中国科幻小说史》的配套读物，将两本著作配套阅读是一个非常好的选择。如果把历史当成一个个时间轴线，这些文献就是轴线的节点。点线结合，科幻小说史便不再是平面、空泛的，而是立体、具象的。我觉得历史配位式阅读特别适合于理解中国各种科幻文学观念的发生，也适合于理解中国科幻文学在百余年发展中出现的几次重大争论。由于种种原因，这些重要的争论在"正史"中只留下了只言片语，想要恢复它的全貌，非得配合当时的文论资料不可。

第二种是历史横断式阅读。我们参考线性历史的发展，但又不局限于线性历史的描述，而是将每一个历史文献当成某种时代的横断面，并借助这个横断面用文学的地质锤去开凿历史的岩石，相信这会让我们真正触及、理解不同时代断面的深刻意义与内在逻辑。中国最早的科幻文学如何在那个时代诞生？新中国的科幻小说怎样产生和延续自己的传统？在改革开放的新时期，科幻文学为何发生变化？新世纪到来之后，为什么会出现《三体》这样集大成的重磅作品？这些都属于对历史横断面的开凿。这本文论选集给出的是历史山峰上最突出的岩石，等待着我们去敲打、破碎，进一步回归历史，做出深度的、有趣的理论发现。

第三种是观念发生和演进的追踪阅读。单独将某类型的科幻观念通过历史串联起来，能绘制出这一类型观念的成长曲线。但同类观念的二次产生，是否联系着不同时代的独特变化和人类思想状况的即时演进，是否联系着中国和世界之间的观念交流的增加、碰撞、融合与新变，这些就需要我们在阅读中给出答案。例如，有关科幻文学是一种"科学普及"或一种"当代神话"的归类都只是泛泛的说法。真正深入科幻小说史，我们常常会发现这些观念总是同时存在着两种相互搏斗的传承逻辑，一种是一成不变的"继承死守"，另一种是有原则的"大同小异"。无数次保守和创新之间的碰撞，造就了我们今天的科幻文学理论大观。

我从1991年开始系统化的高校科幻文学教学，那时候就已经开始编辑各种文论选集。当时只是为了教学的需要，那个年代我们太缺乏科幻文学理论资源了。等到1993年我去美国一看，他们其实也很重视各种文论选集的编纂。这些年像《剑桥科幻文选》《劳特里奇科幻选》等都相当具有影响力，它们因为选文精良，内容具有里程碑特性，因此很多学校的学生在准备考试或者考研面试的时候都还会一再重温。我们也期待我们的文论选集能起到这样的作用。

还需要说明的一点是，之前我们本来希望同时收录一些具有学术论文性质的重要文献，它们同样具有重要的历史意义，并对科幻理论的二次发现、学术总结和世界传播都有不可磨灭的价值。但后来几经研究，还是决定暂不将这些论文收入本选集，而是依托这些典范性的文章，借助学术论文的选择标准，另行编辑一册与本书体例相似，更强调理论发展逻辑的学术论文精选。在这里向先前已经决定收录其文章的陈平原和王德威教授致以真诚的歉意。他们的文章将会在另一部选集中出现。

感谢参加这次编选工作的所有参加者。姜振宇博士做了大量具体细致的文献整理和发掘，并从基本框架到内容确定上多次跟我讨论，可以说所有部分都是我们共同完成的。贾立元、任冬梅、王瑶、梁清散、三丰、李广益、林健群等都在我们的工作过程中提供了许多有价值的意见。还有所有参加导读撰写的高校教师们，你们的导读让读者得以更好地理解文论的产生过程和文论本身的意义。感谢诸位青年学者的积极投入，没有你们对科幻文学研究的热情，我们无法完成这本书。

感谢在编选过程中提供过帮助的所有人。王泉根教授自始至终给我们的科幻文学研究提供很多指点。李怡教授对我们的工作也非常支持。陈跃红教授不但高度重视我们的工作，还积极支持这本书的编辑和出版。当我提到我们正在编辑的这本书的时候，他马上说应该收入到"南科人文学术系列"之中。感谢北大出版社的张冰主任和朱房煦女士。朱女士在各种编辑细节方面替我们严格把关，使我们这本书能以这样的面貌出现在读者的面前。能跟他们共事是我们的荣幸。

吴岩

2020 年 10 月 7 日

于南方科技大学教师公寓